가면과
거울의
이중주

가면과 거울의 이중주

1판 1쇄 발행 2022년 10월 25일

지은이   민명자
표지그림   홍석원
발행인   이선우
펴낸곳   도서출판 선우미디어
            등록 | 1997. 8. 7 제305-2014-000020
            02643 서울시 동대문구 장한로 12길 40, 101동 203호
            ☎ 2272-3351, 3352 팩스: 2272-5540
            sunwoome@hanmail.net
            Printed in Korea ⓒ 2022. 민명자

15,000원

ISBN 978-89-5658-716-5 03810

민 명 자 에 세 이 집

가면과 거울의 이중주

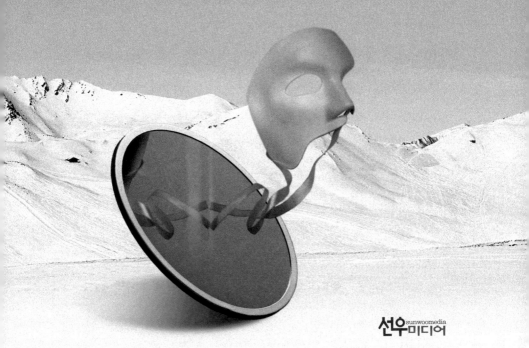

선우미디어 sunwoomedia

시간의 발자국 따라

시간과 만나는 방식은 사람마다 다르다. 코로나 팬데믹은 그 차이를 여실히 드러냈다. 어떤 이는 위기를 기회로 삼아 풍성한 결실을 선보였지만 어떤 이는 그 시간에 갇혀 무기력하게 일상을 보냈다. 쥐처럼 야금야금 일상을 갉아먹는 바이러스 앞에서 속수무책, 나는 후자에 속했다. 평소 편하게 이용하던 도서관이나 문화공간은 사전 예약으로 인원을 제한했고 여행도 마음껏 훌쩍 떠나기 어려웠다. 나만 겪는 문제도 아닐진대, 반대급부로 넉넉히 주어진 시간을 독서로 살지게 보낼수도 있으련만 그마저도 심신이 허락하지 않았다. 소소한 듯 당연한듯 누렸던 자유 상실의 대가는 컸다. 무엇보다도 떨어져 사는 가족이나 보고 싶은 사람들을 자유롭게 만날 수 없다는 건 정신을 더욱 피폐하게 했다. 마치 물줄기 마른 우물 앞에 서서 물을 찾듯 목이 말랐다. 그런 와중에 가난한 농부가 이삭 줍듯 글 몇 편을 소출로 건진 건 그나마 위안이 된다. 글이 내 뒷덜미를 꽉 잡고 놓아주지 않아서다. 때문이랄지, 덕분이랄지, 아무튼 이제는 잃었던 나를 다시 찾아 추스르고 마음 근육을 단단히 다져야 한다.

허공에서 말[言]들이 떠다닌다. 내가 쏟아낸 말들의 영혼과 지상에서 뿌리내리지 못한 말들의 씨앗도 있다. 그동안 흩어놓은 모음과 자음들을 한 자리에 모으려 한다. 글은 자타의 삶과 생각을 문자로 담아내는 그릇이다. 한 작가의 글을 놓고 어떤 이는 종지라고도 하고 어떤 이는 사발이라고도 한다. 보는 눈도 발화 방식도 제각각이다.

사발이 종지에게 말한다. '너는 왜 그리 그릇이 작니? 그릇이 되려면 적어도 나만큼은 커야지. 내 안엔 국을 가득 담을 수가 있거든.' 이에 종지가 말한다. '그러니? 그런데 조금씩 찍어 먹는 양념장을 담으려면 내가 더 적당하지 않을까?'

하긴 이 세상에 종지와 사발만 있으랴. 접시도 있고 사발보다 더 큰 양푼도 있고 함지박도 있고 더더더…, 수많은 그릇이 각기 다른 쓰임새에 맞게 이것저것 담아내면서 제 역할을 해낸다. 글도 사람도, 이 세상은 그렇게 다양한 존재들이 어우러져 차려내는 거대한 잔칫상이다. 내 글이 종지든 사발이든 아니면 또 다른 그릇이든 그것은 온전히 내가 감당해야 할 몫이다. 그것은 나의 한계이자 개성일 수도 있다. 종지는 종지대로 사발은 사발대로 쓸모가 있을 테니까. 그저 자기 그릇만큼 볼 뿐, 쓸 뿐이다.

글쓰기는 시간과 만나는 방식의 하나다. 과거와 현재와 미래의 시간과 만나고 가면과 거울의 시간과 만나고, 시간이 이끄는 발자국 따라 거닐며 희로애락의 시간과 만나며, 온갖 대상과 만나는 것이다. 이 책에는 전반적으로 자아와 자전 및 가족 이야기, 고락을 함께한 지인들의 삶과 애환, 사회에서 일어나는 여러 현상에 대한 소견과 인문학적 사유를 담았다. 특히 2부에서는 사회의 민낯과 만난다. 3부에서는 우리말에도 관심을 가졌다. '민명자의 가나다라 여행 이야기'라고나 할까. 모 일간지에서 'ㄱ의 순간'을 기획한 것이 마침 내가 「기역을 기억하다」를 발표한 이후지만, 나의 여행은 아직 많은 미답지를 남겼다. 앞으로도 이 여행은 오랫동안 계속될 것이다. 5부에서는 시와도 만났다. '에세이로 시를 만나다'(『인간과 문학』)와 '민명자가 읽은 시 이야기'(『선수필』)로 연재했던 시 에세이 중 몇 편을 올렸다. 나름대로 마음에 크게 닿는 시를 중심으로 심층 의미를 살핀 것이니 서평과는 변별된다. 수필은 시 외에도 여타 장르를 포섭할 수 있다는 장점이 있다. 이 외에 중편 에세이도 몇 편 올렸다. 이른바 미니멀리즘의 시대, SNS가 지배하는 시대에 독자의 독서 호흡은 점점 짧아지고 있다. 생각도 표현도 간단함을 추구한다. 축약어와 은어가 난무하는 이유 중 하나다. 시대적 조류의 수용이나 거부는 각자가 판단할 일이지만 비판적 안목으로 접근할 필요가 있다. 중요한 건 결과가 아니라 숙고과정이다. 수필잡지도 대부분 원고 매수를 일정 분량으로 제한한다. 어느 정도 제한은 불가피한 측면도 있으나 융통성 없는 적용은 수필을 천편일률적으로 기계화하고 수필 문학의 지평을 축소할 우려가 있다. 그런 중에도 중편 에세이에 지면을 할애하는 잡지가 있다는 건 고무적이다. 글을 무조건 줄이거나 늘이는 것은 지양해야겠지만 짧은 글이든 긴 글이든 소재와 주제에 따라 작가 취지대로 쓸 수 있어야 한다. 나의 중편 에세이 발표는 이러한 일련의 문제 제기도 포함한다.

책표지 디자인을 맡아준 홍석원, 나의 손자, 고맙다. 어릴 적 모습이 아직도 선연한데 어느새 늠름한 청년이 되어 대학 전공 따라 내 책의 얼굴을 그려냈으니 무척 대견하고 뜻이 깊다. 이지수, 외손녀에게도 같은 마음이다. 「일어나, 봄의 새싹들처럼」에서 글감의 불씨를 지폈던 아이가 어엿한 대학생으로 제 몫을 해내며 내 책 발간예정 소식을 듣고 글을 썼다. 이 또한 감회가 남달라 에필로그로 남긴다. 아이들 성장은 내가 건너온 시간의 발자취이기도 하다. 나의 시간이 어느덧 그만큼 흘러온 거다.

항상 나의 울타리가 되어주는 남편과 가족은 내가 살아가는 큰 힘이다. 책 발간을 위해 수고를 아끼지 않은 선우 미디어 대표님, 궂은 인생길에서 오늘이 있기까지 나와 인연을 맺으며 우산 역할을 해주신 모든 분께 깊은 감사를 드린다.

차례

VI. 잃다, 그리고 찾다

I.

가위바위보의
대화

순수 시대

숨소리도 들릴 만큼 고요한 봄날에 일어난 일이었습니다. 부엌 뒷문을 열고 나갔다가 들어온 엄마 표정이 예사롭지 않았어요. 뒤꼍으로 나가지 말라는 엄명까지 내리니 되레 나가보라는 말처럼 들려 더 궁금했어요. 그때 영숙 언니네 집 쪽에서 갑자기 고함치는 소리가 났어요.

내가 초등학교 다닐 때 살던 집은 초가였습니다. 우리 집을 한가운데 두고, 왼쪽으로는 영숙 언니네, 오른쪽으로는 순희 언니네 집이 낮은 돌담을 경계로 둘러싸고 있었고 그 너머로는 양쪽 집 대청까지 훤히 보였지요. 두 집은 우리와는 비교가 안 될 만큼 큰 기와집이었지만 돌담 사이로는 가끔 부침개나 푸성귀 같은 음식들이 건네지곤 했어요.

도대체 무슨 일이 일어난 걸까? 안달이 날 지경이었어요. 아, 드디어 엄마가 자리를 비웠어요. 나는 얼른 뒷문을 열고 나갔습니다. 뒤뜰엔 나비 몇 마리가 꽃잎처럼 날 뿐, 적막하기 그지없었어요. 설핏 보기에는 아무 일도 없는 것 같았습니다. 낮은 돌담 키보다 웃자란 찔레나무엔 하얀 꽃이 흐드러지게 피어 있었어요. 그런데 그 꽃가지 옆에서 영숙 언니네 집 쪽을 보던 나는 그만, 헉, 너무 놀라 뒤로 자빠질 뻔했어요.

마치 죄수가 포승줄에 묶인 것처럼, 영숙 언니의 두 손과 몸이 굵은 밧줄로 묶여 있었거든요. 몸을 묶은 줄은 대청 기둥에 매여 있었어요. 고삐를 풀려는 짐승처럼 이리저리 몸을 비트는 언니 얼굴에는 원망과 절망의 표정이 가득했습니다. 놀라서 망연히 바라보고 서 있던 나는 그만 언니와 눈이 딱 마주치고 말았어요. 얼른 찔레나무 옆에 쪼그리고 앉았어요. 꽃향기에 숨이 탁 막힐 것만 같았어요.

'큰일 났다. 앞으로는 연극을 못 볼지도 모른다.' 영숙 언니 처지가 걱정되었지만, 그보다 더 먼저 떠오른 건 언니가 연극 놀이할 때의 모습이었습니다. 묶여 있는 모습이 연극의 한 장면 같아서였지요. 당시 동네 처녀들은 마루가 넓은 집을 빌려 연극무대로 꾸미곤 했습니다. 멍석을 펴놓은 안마당에는 주로 동네 조무래기들이 관객으로 앉아 있었지만, 어른들도 간혹 끼어 있었어요. '이수일과 심순애' 이야기에선 순희 언니가 이수일 역을 맡았고, 영숙 언니가 심순애 역을 맡았어요. 남장을 한 순희 언니가 "놓아라, 김중배의 다이아몬드 반지가 그렇게도 좋더냐."라고 할 때, 영숙 언니가 순희 언니의 바짓단을 잡고 흐느낄 때는 어른이나 아이나 가릴 것 없이 모두 한숨을 내쉬거나 눈물을 찔끔거리기도 했습니다.

동네 처녀들은 예배당에도 몰려다녔습니다. 삐걱거리는 나무 계단을 밟고 2층으로 올라가면 방석이 놓여 있는 마룻바닥, 그 좁은 예배당에 쪼그리고 앉아 우리는 기도를 했습니다. 왼쪽에는 풍금이, 가운데에는 십자가에 매달린 예수상과 낮은 제단이, 오른쪽에는 긴 가로막대에 넓고 하얀 종이가 걸쳐진 걸개가 세워져 있었어요. 누군가 종이를 한 장씩 넘기면 우리는 거기 적힌 가사를 따라 풍금 소리에 맞춰 찬송가를 불렀지요. 논두렁 밭두렁을 지나 집으로 돌아가는 길에는 꽈리풀이 많았어요. 주홍빛으로 잘 익은 꽈리 열매를 따서 꼭지를 살살 돌려 씨앗을 빼낸 다음에 입안에서 요리조리 굴리며 뽀드득 소리를 내는 것도 영숙 언니가 가르쳐 주었어요.

'그런데 영숙 언니가 저렇게 묶여 있으면 같이 다닐 수 없을 텐데, 어쩌지?' 난감하게 앉았다가 찔레나무 아래서 막 일어서려는데 언니네 집에서 분기탱천한 목소리가 들려왔습니다.

"다시 또 연앨 했단 봐라. 그땐 다리 몽둥일 분질러 집안에 앉혀 놓고 머릴 빡빡 깎아 버릴 테니까."

영숙 언니 아버지는 동네 사람들이 '호랑이 할아버지'라고 부를 만큼 무섭기로 소문난 분이었습니다. 그렇긴 해도 연애를 한다고 밧줄로 묶어놓다니. 있어선 안 될 일이었지요. 그 벽력같은 불호령을 들으며 나는 생각했습니다. '아, 연애라는 건, 하면 안 되는 거구나.'

그날 엄마도 호랑이 할아버지와 비슷한 말로 엄포를 놓았습니다.

"너도 이담에 커서 멋대로 연애하면 영숙 언니처럼 꽁꽁 묶어놓을 거야."

영숙 언니의 연애 소문은 찔레꽃 향기가 퍼지듯 바람 따라 솔솔 동네를 떠돌아다녔습니다.

"영숙이가 연애를 한다네. 집안도 가난하고 직업도 변변찮은 녀석이랑 만난다고 호랑이 할아비가 길길이 뛴대."

얼마 지나지 않아서는 긴 머리를 숭덩숭덩 가위질당한 언니가 머리에 보자기를 뒤집어쓰고 호랑이 할아버지 몰래 집 밖엘 나왔다 들어가는 게 눈에 띄기도 했습니다. 아무리 무서운 아버지라도 딸의 "다리몽둥이"만은 차마 분지르지 못했나 봅니다.

언니는 결국 연애를 하던 그 남자와 결혼했습니다. 자신이 선택한 사랑에 대한 믿음과 한결같은 순정의 승리였지요.

내가 조금 더 자라 중학생이 되었을 때 언니가 결혼해서 사는 집엘 놀러 간 적이 있었는데, 탐스럽고 몽실몽실한 사내아이를 안고 있는 언니는 세상 모든 걸 다 얻은 사람처럼 행복해 보였어요. 봄날의 열병을 치르면서 꽃이 피어나듯, 언니가 사랑의 열병으로 피워낸 생명의 꽃이었지요. 대청 기둥에 묶여 있을 때 하얀 찔레꽃 사이로 보였던 언니의 표정은 찾아볼 수 없었어요.

언니가 연애에 대한 희망과 확신을 준 걸까요. 나도 커서 연애를 했습니다. 그 남자와 결혼도 했어요. 그이도 별로 부유하진 않았어요. 그래도 꽁꽁 묶이는 일 같은 건 없었어요. 그때 만일 엄마가 살아계셨다면 나를 묶어놓으셨을까요.

봄이 기울어가는 산등성이에 하얀 찔레꽃이 마구 피었습니다. 찔레꽃에서는 영숙 언니가 바르던 분내가 납니다. 일찍 핀 꽃은 이미 한쪽에서 이울고 있네요. 순수했던 시절은 져버린 꽃잎처럼 회복할 수 없는 동화 속 세계로 사라져버리고, 가난했지만 인정과 사랑이 살아 있던 시절도 멀어져가네요. 이제 순수는 바보나 미성숙으로 치부되는 시대, 순결이나 순정이라는 단어도 화석화되어가는 시대를 살고 있습니다. 그래도, 그럴수록, 영악하고 타산적인 사랑이 활개 칠수록, 한물간 유행가 같은 사랑 불러내고 싶네요. 연극무대 뒤로 사라진 사랑, 하얀 찔레꽃처럼 순박한 사랑, 치열하면서 향기 짙은 순수 시대의 사랑, 커튼콜, 커튼콜.

　실종신고를 해보는 건 어떨까요. 실종된 시간을 찾습니다. 잃어버린 순수를 찾습니다. 사람을 찾습니다. 영숙 언니를 찾습니다.

[『수필세계』, 2017. 봄호]

구두 한 켤레

카톡! 지인이 영상 하나를 보냈다. 그저 흔하디흔한, 훈계조의 그렇고 그런 내용이 아닐까, 의구심도 살짝 스쳤다. 그러나 평소 그녀의 성품으로 보면 허섭스레기 영상을 보낼 리가 없다. 그러니 기대해볼 만하다.

"4분짜리 영화로 이집트 룩소르 영화제에 출품하여 상 받은 영화인데 감독이 스무 살이라네요~~^^"라는 문구가 호기심을 자극한다. 영상이 시작되었다.

카메라는 소음 속에서 거리를 오가는 사람들의 다리와 발에 초점을 맞춘다. 발걸음이 모두 분주하다. 그중 누군가 맨발에 샌들을 신었는데 한 짝이 자꾸 벗겨지는 장면이 클로즈업된다. 이어 앳된 소년의 모습이 비친다. 소년은 샌들 한 짝을 벗어들고 맨발로 길 한구석에 가서 앉는다. 엄지와 검지 발가락 사이의 끈이 떨어진 채 너덜너덜한 샌들을 다시 신어보고 이리저리 돌려보며 고치려 애쓰지만 구멍이 나서 꿰어지질 않는다. 낙심한 표정이 역력하다. 그때 소년의 눈길이 한 곳에 끌린다. 하얀 양말에 검정 구두를 신은 발길이다. 부러운 듯, 그 구두를 좇아 끝까지 시선을 놓지 않는다.

구두의 주인공은 제 또래의 소년이다. 그 아이는 길을 가다가도, 의자에 앉아서도, 틈만 나면 연신 허리를 구부리고 하얀 천으로 정성스럽게 제 구두를 닦는다. 무척 아끼는 모양새다. 그때 기차가 서서히 들어온다. 사람들이 몰려간다. 그런데 가족에 이끌려 기차를 타던 아이의 구두 한 짝이 벗겨지고 만다. 길거리에 떨어진 구두 한 짝, 맨발의 소년이 얼른 달려가 구두를 주워 소중하게 두 손에 받쳐 들고 본다. 신어보려는 걸까. 아니다. 예상을 깨고 기차를 향해 뛴다.

사람들에 떠밀려 기차를 탄 아이가 출입구 난간에 매달려 안타깝게 제 구두를 바라보고 있다. 맨발의 소년이 구두를 들고 좇아가지만 미처 손이 닿지 않는다. 기차 속력이 점점 빨라지자 소년은 아이가 받을 수 있도록 구두를 던진다. 그러나 구두는 결국 길바닥에 떨어지고 만다. 소년이 안타깝다는 듯 가슴을 친다. 어쩌나. 그때 또 한 번 반전이 일어난다. 아이가 제가 신고 있던 구두 한 짝을 벗어 맨발의 소년 쪽으로 던진다. 둘은 서로 웃으며 손을 흔든다. 기차는 떠났고 길 위엔 흩어진 구두 한 켤레와 소년만이 남았다.

숙연해진 관객들이 감동의 박수를 보낸다. 누군가는 눈물을 글썽이는 것도 같다. 아름다운 배려가 일러주는 힘이다. 맨발의 소년에게 구두 한 켤레는 소망의 기표였다. 신발은 두 짝이 함께 있어야 온전하게 제구실을 할 수 있다. 가난하지만 남의 것을 탐내지 않는 소년, 가난한 소년에게 제가 아끼던 구두 한 짝을 던져줄 줄 아는 소년, 그 둘을 보여주는 감독의 목소리는 그 어느 웅변보다도 깊고 울림이 크다.

구두 한 켤레, 내 기억에 숨어 있던 영상 하나가 송곳처럼 불쑥 튀어나와 심연을 건드린다. 열아홉 살, 꽃 같은 나이? 그때 나는 무척 가난한 여대생이었다. 장학금 덕분에 겨우 대학 캠퍼스에 발을 들여놓을 수 있었지만 춘삼월이 다 가도록 고등학교 때 입었던 검정 코트를 입고 다녀야 했다. 여름에는 외숙모가 재봉틀로 박아서 만들어준 블라우스나 스커트를 입었고 운동화만 신고 다녔다. 점심은 학교 앞 풀빵 집에서 때웠는데 그때 내 친구 지향이가 거의 매일 무던하게 풀빵을 사줬다. 지향이는 조금 부유한 집 딸이었다. 그래도, 염치도 없지. 그렇게 캠퍼스의 낭만이고 뭐고 즐길 새도 없이 입주 가정교사나 과외지도를 하면서 1년을 후딱 보냈다.

2학년 여름이 시작되던 어느 날, 지향이가 명동엘 나가자 했다. 명동? 묻지 말고 가잔다. 그녀가 아직도 유명한 K 제화점으로 나를 데리고 갔다. 왜? 구두를 고르란다. 제화점 구두라니, 그렇게 비싼 구두는 감히 엄두도 못 낼 일이었다. 그러나 그녀의 고집이 나보다 셌다. 그때 고른 것이 세상에 나서 처음으로 신어본 제화점 구두, 연한 노란색 가죽 샌들이었다. 지향이는 신데렐라의 왕자님처럼 내게 구두를 신겨보았다. 구두가 내 발을 감싸듯 그녀는 내 마음을 감쌌다. 그 노랑 샌들은 우정을 넘어서는, 혈육의 정 못지않은 사랑의 메신저였다. 그러나 구두 한 켤레처럼 붙어 다니던 지향이는 이미 저세상에 가고 없다. 이젠 내 구두 여러 켤레가 신발장을 차지할 정도가 되었지만 고마움에 보답할 길이 없다. 그녀가 살아 있을 땐 늘 내 앞가림하기에 바빴다.

영화에서 샌들과 검정 가죽구두가 가난과 부의 상징이었듯 신발은 실존의 대명사이며 삶의 흔적을 담고 있다. 고흐는 낡은 구두 그림에 고단한 삶의 연민을 담았고, 박목월 시인은 자신을 "十九文半의 신발"로 환치했다. "屈辱과 굶주림과 추운 길을 걸어/내가 왔다./아버지가 왔다./아니 十九文半의 신발이 왔다."(시 「삼동시초」 연작 중 「가정」에서)라고 하며 가족을 "文數가 다른 아홉 켤레의 신발"로 표상한다.

내가 어릴 적, 어머니는 가족들 고무신을 정갈하게 닦아 댓돌 위에 올려놓곤 했다. 바깥마당을 향해 가지런히 놓인 고무신 코는 늘 세상 밖으로 나가기를 꿈꾸는 듯했다. 할아버지와 할머니가 차례로 돌아가시면서 고무신도 한 켤레씩 댓돌에서 사라졌다. 그리고 아버지도 돌아가셨다. 어머니는 아주 귀한 신발 한 짝을 잃고 한 발은 맨발로 걸어야 하는 처지가 되고만 셈이다. 어머니가 생계를 책임지고 시장판으로 나가게 되면서부터 고무신은 허름한 운동화로, 버선은 양말로 바뀌었다. 나이 마흔에 이승 떠나면서 염습 자리에서야 세상사 훌훌, 신발을 벗고 버선발로 편안히 누우셨다.

내 아이들이 결혼해서 제각기 가정을 꾸린 지금 신발장엔 우리 내외의 신발만 255mm와 245mm로 누워 있다. 가끔 아이들이 와서 신발이 현관을 꽉 채울 때면 마음도 하나 가득 풍성해진다. 오늘따라 신발장을 정리하고 현관에 흩어진 신발들을 가지런히 놓아본다. 지금까지 구두 한 켤레처럼 발걸음을 맞추며 살아온 남편과 나, 우리 신발이 언제까지 나란히 현관을 지킬 수 있을지, 그 시간이 오래가기를 바라는 건 나이 탓일까.

[『그린에세이』, 2017. 5·6월호]

가면과 거울의 이중주

취미 삼아 가면을 수집하는 지인이 있다. 그녀의 집엘 들어서면 벽이나 진열장에서 갖가지 표정을 한 가면들이 크거나 작은 얼굴로 낯선 손님을 반긴다. 그녀는 우울한 날엔 혼자 가면을 쓰고 벗으며 가면 놀이를 즐긴다고 한다. 그럴 땐 익살스러운 표정을 한 가면이 제일 좋단다.

인간은 왜 가면을 쓰는가. 동물들이 보호색으로 자신을 위장하듯 가면의 제일 목적은 '자기 보호'일 것이다. 원시시대 동굴 벽화에선 동물 가죽을 쓴 인간의 모습을 볼 수 있다. 수렵이 생존 수단이었던 그들은 분장을 하거나 동물 형상의 탈을 썼다. 얼굴에 무서운 형상을 그려 넣어 적에게 위협을 주는 한편 자신의 두려움을 해소하고, 동물 탈로 동류인 척 위장하면서 사냥의 성공을 위한 속임수와 주술효과를 겸한 것으로 보인다. 분장이나 가면은 일종의 보호색인 동시에 토테미즘·애니미즘적 주술행위로써 창과 방패의 구실을 한 것이다. 가면 뒤에는 나약한 인간의 방어기제와 초자연적인 힘에 대한 외경이 숨어 있다.

가면은 사회의 변천에 따라 다양하게 변모하면서 존속해왔다. 농경 시대에는 농경의식과 제천의식, 향토성과 민속성이 반영된 가면극으로 발전했다. 우리의 경우 하회별신굿탈놀이는 음력 정초에 성황신에게 마을의 안녕과 풍년을 비는 마당극으로 펼쳐진다. 각시, 주지, 백정, 할미, 파계승, 양반과 선비, 초랭이, 부네, 이매 등이 탈을 쓰고 등장하여 지배층의 허위의식에 대한 희화화로 남녀노소 및 부귀 빈천의 가치를 전도(顚倒)하는 동시에 풍요와 대동(大同)의 기원을 풍자와 해학으로 풀어낸다. 단오제 때 관노들의 탈놀이로 전승된 강릉관노가면극은 장자마리, 양반광대, 소매각시, 시시딱딱이 등의 탈을 쓴 연희자들이 등장하여 무언의 골계미가 있는 춤판을 벌인다. 가면으로 풀어내는 화해와 신명풀이다.

저 멀리, 그리스 연극 시대에는 남자들이 가면을 썼다 벗었다 하며 여자 역할을 함으로써 페르소나의 원형을 보여주었다. 또한, 그리스의 디오니소스 축제와 로마의 바쿠스 축제는 농신제(農神祭)의 일환으로써 카니발의 기원이 된다. 카니발은 그리스도교에선 사순절을 대비하는 종교적 의례행사로, 점차 신분 사회에서 유희성을 겸한 저항적 민중문화와 도시문화로 자리 잡았다. 가장행렬과 가장무도회 등 카니발적 광장에서 민중은 주체가 되어 억압된 욕구를 승화 분출하며 해방감과 자유를 즐긴다.

가면이 갖는 특징은 무엇보다도 겉과 속이 다른 이중성일 것이다. 인간 삶과 밀접한 만큼 영화나 연극 등에서도 자주 소재가 되었다. 영화 「배트맨」이나 뮤지컬 「오페라의 유령」도 그 예다. 예전에 방영했던 드라마 「복면 검사」에서는 낮과 밤, 민낯과 가면, 속물 검사와 정의로운 검사 사이를 오가는 남자 주인공을 그렸다. 나는 요즘 TV 프로그램 중에서 '복면 가왕'을 꼭 챙겨본다. 선입견과 편견을 배제하고 노래로 승부를 거는 것도 좋지만 가면 속에 감춰진 주인공의 진면목을 보는 것도 흥미롭다. 예상외 인물의 정체가 밝혀질수록 시청자는 환호한다.

그러나 가면이 놀이 영역을 벗어나 일반 삶으로 들어오면 피로의 기표가 되기 쉽다. 급변하는 사회를 사는 현대인의 고민 중 하나가 사회적 가면이 아닐까 싶다. 살아가는 동안 셀 수 없이 썼다 벗었다 해야 하는 수천수만의 가면, 융(C.G. Jung)이 말하는 것 같은 페르소나다. 외부로 드러내는 언표와 내면에 감춰진 심적 진실 간에 괴리가 있는, '진정한 나와는 다른 나'의 얼굴이다. 가면은 때로 은폐 속의 자유와 오락을 선사하지만 향유하는 시간은 길지 않다. 왜? 가면은 결국 가짜 얼굴이고 벗음을 전제로 하니까.

가면과 대척점에 있는 것이 거울이 아닐까. 거울은 좌우가 전도된 상을 보여주긴 하지만 점 하나도 놓치지 않고 대상을 적나라하게 비춘다. 가면이 부끄러움이나 자의식을 가리는 역할을 한다면 거울은 그러한 자기 인식을 드러내는 기제로 작용한다. 그러므로 가면과 거울은 시각의 범주 안에선 친족 간이되 내밀한 본질에선 서로 등을 맞대고 있다.

신화에선 불과 대장장이의 신 헤파이스토스가 거울을 발명했다고 전하지만 거울의 원조는 미소년 나르키소스가 자기애에 탐닉하여 수선화가 된 샘물이 아닐까 싶다. 중세에 인간은 신을 거울로 삼았다. 거울의 발달로 본다면 고인 물이나 반짝이는 검은 돌에 자신을 비춰보던 인류가 금속거울에 이어 유리거울을 발명한 것은 인류 문명사에서 획기적인 일이다. 거울 제조 기술이 없었다면 베르사유 궁전의 거울의 방은 탄생할 수 없었을 것이다. 내가 가서 본 거울의 방은 빛의 반사가 지배하는 현란함의 극치였으며 '보고 싶은, 혹은 보여주고 싶은' 욕망이 춤추는 공간이었다.

유리거울은 처음엔 귀족의 전유물이었으며 재산목록에 포함될 정도로 귀한 대접을 받았다 한다. 한편으론 사치나 허영, 마법이나 환상의 도구로도 인식되었다. 그러나 필수품으로 보편화되면서 미의식의 제고는 물론, 그림에선 자화상의 발전을 이끌었다. 또한, 물질로서의 거울은 자아와 대화하며 정체성을 통찰하는 상징물로서 정신 및 심리 영역과 친연 관계를 맺어왔다.

이러한 프레임으로 본다면 인생살이란 가면과 거울의 이중주가 엮어내는 파노라마다. 한 손엔 청기를, 다른 손엔 백기를 들고 번갈아 손을 올리듯, 가면과 거울을 수시로 바꾸며 연극배우가 되곤 한다. 요즘 SNS 공간엔 공유를 가장한 가면의 언어들이 많은 자리를 차지한다. 공허한 내면을 포장하는 외피의 삶, 타인에게 보여주기 위한 삶의 언어가 대부분이다. 거기엔 영혼 없이 엄지손가락을 치켜세우는 '좋아요' 이모티콘 클릭도 한몫한다.

세상이 탁류에 휩쓸릴수록 문학의 언어는, 특히 수필의 언어는, 거울의 언어와 친해져야 하지 않을까. 사회적 얼굴과 본래 얼굴 틈새에서 갈등하면서도 생존을 위해 아무렇지 않은 척 견디며 상처받는 영혼들의 소리에 귀 기울일 수 있기를, 자아와 타자의 가면에 감춰진 민낯을 들여다보고 존재의 고독과 본질의 무늬를 진정성 있는 언어로 그려낼 수 있기를, 함께 깨어 그 길을 찾아갈 수 있기를….

오늘도 또 내일도, 나는 얼마나 많은 가면과 거울 앞에서 서성일 것인가. 가면을 쓸 것인가, 거울을 볼 것인가. 나는 누구인가, 그것이 문제로다.

[『수필시대』, 2017. 11·12월호]

손에게 헌사(獻詞)를

나는 손입니다. 나의 주인이 태어날 때 이 세상에 함께 와서 평생 일심동체로 희로애락을 나누며 살아왔지요. 마치 알라딘의 요술램프 속 '지니'처럼 나는 주인이 부르면 언제든지 '네'하고 조아리며 충성을 바쳤답니다. 나는 주인과 운명공동체이니 주인의 운명이요, 삶의 산증인이니 주인의 자서전인 셈이지요.

나에겐 다섯 자매가 있답니다. 그 아이들 이름은 엄지, 검지, 중지, 약지, 소지예요. 그 아이들이 없다면 내가 무슨 일을 할 수 있겠어요. 그뿐인가요, 왼손까지 합치면 열 자매지요. 나의 왼쪽엔 든든한 반려자 왼손이 있으니까요. 왼손 없는 나는 짝 잃은 기러기지요. 아무리 힘든 일도 둘이서 맞잡으면 척척, 못해낼 일이 없답니다. 자, 그럼, 지금부터 나의 주인 이야기, 아니 왼손과 지나온 나의 이야기를 들려드릴까요.

나의 주인이 어머니의 자장가를 들으며 잠들던 어린 시절, 나도 따라 어머니의 젖가슴을 만지작거리거나 포대기에 싸여 꿈을 꾸곤 했지요. 주인이 차츰 뒤집고 기기 시작할 때 나는 방바닥을 놀이터 삼아

발 노릇도 대신했어요. 기어 다닌다는 건 네 발로 걷는 거나 다르지 않지요. 나의 주인이 드디어 아장아장, 두 발로 걷게 되면서부터는 '죔 죔, 짝짜꿍'을 하며 재롱떨기 바빴지요. 나는 점점 할 일이 많아졌어요. 장난감 대신 연필 쥐고 차츰 글씨를 배우기 시작했지요. 아, 공부와 가까워지면서 동화 같던 시절은 조금씩 멀어졌지요. 연필은 펜이나 만년필로, 다시 컴퓨터로, 내가 쥐던 필기구 따라 주인의 세월도 시대도 달라진 것이지요. 나는 지금 주인이 펼치는 생각의 물결 따라 컴퓨터 자판을 두드리고 있답니다.

나의 주인이 결혼을 하고 아이를 난 후에는 나는 그 아이를 보듬는 손길이 되었지요. 우유병을 쥐거나 밥 짓고 음식 만들고 빨래하고, 아휴, 동분서주, 셀 수도 없이 많은 일로 하루가 휙휙 지나갔답니다. 나의 주인은 서예도 꽤 오래 했답니다. 결국 일필휘지의 꿈은 접고 말았지만, 편물, 양재, 민화까지 안 해본 게 없을 정도랍니다. 칼질, 뜨개질, 바느질, 붓질, 나는 주인 따라 쉴 새 없이 움직였어요. 뭐니 뭐니 해도 분필 들고 칠판에 글씨 써가며 학생들과 만날 때가 제일 행복했지요.

내 주변엔 친구들이 많아요. 사람이 있는 곳이라면 어디든 내 친구들이 있지요. 주인의 직업 따라 친구들 하는 일도 천태만상이에요. 농부를 섬기는 친구는 뙤약볕에서 호미 쥐고 잡초와 싸우고, 어부를 섬기는 친구는 바다에서 그물이나 낚싯대 들고 어족과 씨름하지요. 요리사를 섬기는 친구는 온종일 물 묻히며 먹을거리 만들기에 여념 없지요. 요즘은 먹방 시대라서 바쁘기가 이루 말할 수 없답니다. 미용사를 섬기는 친구는 머리카락과 연애하지요. 한 친구는 폐지 줍는 팔순 할아버지를 섬기고 있어요. 펜대 잡고 근사한 직장에서 잘나가던 때도 있었다던데 요즘엔 고생이 만만치 않지요. 또 한 친구는 할머니의 지팡이를 짚는 손이 되기도 하지요. 아, 그런데 부탁할 게 하나 있어요. 우리를 제발 나쁜 일에는 쓰지 말아 주세요. 우리의 헌신이 순교에 가까운 데도 '더러운 손'이라는 소리를 들을 때는 슬프거든요.

돌고 도는 인생 따라 수생(手生)도 돌고 도는 것이지요. 내가 주인으로 섬기던 아이가 커서 짝을 만나 아이를 낳고, 그 아이가 다시 커서 짝을 만나 아이를 낳고, 나의 주인이 할머니가 되고 말았어요. 이제 나는 그 손자 손녀의 손을 잡는 손이 되었어요. 요즘에는 나이 들어 방안에서 책갈피 넘기는 일도 중요한 일 중의 하나랍니다. 그런데 지금 가만히 생각해보니 이 모든 일을 내가 잘나서 한 게 아니네요. 혹시 팔 없는 손을 상상해보신 적이 있나요? 팔이 있어 나의 헌신이 가능했겠지요? 팔님! 고마워요.

*

내 손을 펴서 손등과 손바닥을 본다. 쭈글쭈글한 주름과 손금들에 그동안 내가 거쳐 온 삶의 굴곡진 길이 새겨져 있다. 고단한 생의 마디도 굵직하다.

「손 없는 색시」 이야기가 생각난다. 구전으로 전해오는 민담 중 하나다. 세계적으로 분포한 '계모 형 설화'의 일종인데 그림 형제는 이 이야기를 「손 없는 처녀」로 문자화했다. 여러 유형이 있고 다각도로 분석이 가능한 이야기지만 내가 관심을 갖게 되는 건 바로 '손'이다. 왜 하필 손이 없을까. 이 이야기에서 전실 딸은 계모의 악행으로 손이 절단된 채 내쫓긴다. 손이 없어 밥을 굶는다는 건 죽음과 다름없다. 먹을거리를 산이나 들에서 채취하거나 농사지어 구하던 옛 시대엔 더욱 그러했으리라. 즉 손의 유무는 생명적 삶의 여부를 좌우한다. 여러 고난을 거친 끝에 손이 기적적으로 재생됨으로써 '색시'의 삶도 분열에서 통합으로 나아가며 온전해지는 것이다.

그뿐인가. 최초로 석제 도구를 만들어 썼다는 호모 하빌리스(Homo Habilis)의 후예들은 인류문명의 발달에 기여해 왔다. 자유롭게 손을 움직일 수 있는 능력, 손의 공로 덕분이다. 거대한 빌딩도 작은 텃밭 하나도 손의 노고가 없다면 엄두도 내지 못 할 일이다. 하긴 알라딘의 '지니'도 못한 일은 있었다. 사랑하는 일과 죽음에 관한 일이라던가. 손에도 그런 전능함은 주어지지 않았다. 그러나 도처에서 숱한 손들이 이 세계를 움직인다. 그 힘은 성쇠를 거듭하면서 인간 삶의 발전을 이끌어왔다. 그럼에도 소중한 것은 당연한 듯 잊히기 일쑤다.

무심히 대해 왔던 손을 쓰다듬어 본다. 엄지손가락이 기어이 탈이 나서 병원엘 다니는 중이다. 그동안 고생 많았지? 태어나면서부터 지금까지 나와 하나 되어 기쁠 때 손뼉 쳐주고 슬플 때 눈물 닦아준 나의 두 손, 그대들에게 헌사를 보낸다.

[『그린에세이』, 2019. 11·12월호]

가위바위보의 대화

모년 모월 모일, 가위바위보 삼 형제가 한자리에 모였습니다. 자, 우리 슬슬 게임을 시작해볼까? 가위바위보, 가위바위보, 가위바위보, 좀처럼 승부가 나지 않습니다. 바위가 싫증이 났는지 그만하겠다며 자리를 뜹니다. 그때 가위가 보에게 얼른 말합니다.

"자, 어때, 우리 둘이 한 판 붙어볼까? 하기야, 해보나 마나지. 너랑 겨루면 나는 백전백승이니까. 너처럼 상대방에게 마음의 손금을 숨김 없이 다 펴 보이면 질 수밖에 없지. 이 세상엔 이기는 자만이 가치가 있어. '이등은 기억되지 않습니다.'라는 광고도 있잖아. 인생은 어차피 서바이벌 게임이거든. 내 특기는 단죄를 하는 거야. 내 가위질엔 누구도 당할 자가 없어. 자르고, 자르고, 자르고."

가위의 말을 가만히 듣고 있던 보가 지지 않겠다는 듯 대꾸합니다.

"그래, 난 너한테 져. 너는 뭐든지 가차 없이 자르고 오려서 조각을 만들어버리니까. 그래도 너는 바위한테 지잖아. 네가 아무리 가위질을 잘해도 바위를 이길 재간은 없지. 그런데 나는 그런 바위를 이겨. 그러니까 너무 으스대지 마. 난 네가 조각내서 흩어놓은 것도 다 싸안는 힘이 있거든. 단죄보다 더 훌륭한 건 포용이야."

그때 바위가 어느새 들어왔는지 말참견을 합니다.

"보야, 난 너한테는 지지만 가위를 이기잖아. 아무리 잘라내는 힘이 세다 해도 주먹 불끈 쥐고 버텨내는 나를 당할 수는 없어. 나는 웬만한 비바람은 눈 질끈 감고 참아내거든. 우직하게 침묵으로 인내하는 나는 그만큼 강해. 그렇지만 너의 포근한 사랑엔 속수무책이야. 너는 잘난 것도 못난 것도 한데 모아 따뜻하게 싸안으니까. 내가 너한테 굴복할 수밖에 없는 이유지."

가위바위보 삼 형제의 말다툼을 밖에서 들으신 아버지가 방문을 열고 들어오시며 말씀하십니다.

"왜들 이렇게 싸워? 형제들끼리 누가 이긴들 그게 뭐 대수라고. 가위는 정의로워서 좋고, 바위는 고통을 잘 견뎌내서 좋고, 보는 마음이 넓어서 좋아. 그러니 싸우지들 마라."

나의 상상은 여기까지입니다. 음식점 한쪽에서 시끌벅적한 소리가 들립니다. 어떤 모임의 회원인 듯한 아주머니들 여럿이 둘러앉아 가위바위보 놀이를 하네요. 테이블 한구석엔 선물이 요것조것 옹기종기 놓여 있어요. 연말 분위기가 물씬 납니다. 아마도 이긴 사람이 자기 마음에 드는 선물을 먼저 고르기로 했나 봐요. 가위바위보, 가위바위보, 까르르….

다시, 가위와 바위와 보의 말을 들어봅니다.

가위, 자르거나 잘린다는 건 단절이나 소외를 부르기도 해. 그렇지만 세상 이치는 양날의 칼과 같아. 그 옛날 산파 할미의 가위질이 없었다면 어머니와 그 어머니와 그 어머니가 태어날 수 있었겠어? 사람들이 세상 빛을 볼 수 있었던 것도, 배냇저고리를 입고 포대기를 두르고 자랄 수 있었던 것도, 다 내 덕택이지. 옷 한 벌, 책 한 권도 마름질 없이는 만들 수 없어. 둘러보면 내 힘은 무궁무진해. 나무도 가지치기를 잘 해줘야 튼실하게 자라고 긴 머리도 내가 없으면 자르지 못해. 전정을 하듯, 사람의 마음속에서 가지를 벋는 번뇌도 잘 다듬어주고 상처도 도려내야 새순이 돋을 수 있겠지. 불의가 가득한 세상도 그렇게 마름질 잘하면 멋진 신세계가 될 수 있을걸. 만일 이 세상에 작은 것이 없고 큰 것만 있다면? 상상만 해도 끔찍해. 거대한 마천루도 작은 것이 모여서 이루어졌듯, 무릇 작은 것이 모여 큰 것을 이루니 새로운 세계는 마름질로 탄생하는 거야. 그러니 내 친구 교두 각시가 자랑할 만도 하지.

바위, 서로 잘났다고 떠드는 시끄러운 세상에서 도덕군자처럼 입 다물고 지긋이 참아내는 나는 어때? 나는 세상의 비바람 견디며 큰 산을 지키는 힘이야. "내 죽으면 한 개 바위가 되리라"던 시인도 있잖아. 유치환 시인은 시 「바위」에서 노래했지. "아예 애련(愛憐)에 물들지 않고/희로(喜怒)에 움직이지 않고" "두 쪽으로 깨뜨려져도/소리하지 않는 바위가 되리라"고…. 세상사 헛된 유혹에 몸 가벼이 하지 않고, 아무리 힘들어도 비명 지르지 않고, 세속에 흔들리지 않는 나처럼 꿋꿋이 살아갈 수 있다면 좋지 않겠어? 그런데 가만히 생각하면 나도 부서져야 새 생명을 얻긴 해. 큰 바위는 산을 지키지만 내가 주춧돌도 되고 디딤돌도 되고 모래가 돼야 집을 지을 수 있잖아. 집 없이 사람들이 살아갈 수 있겠어? 내 몸 깨뜨려 조각품도 되고 제단도 되고 비석도 되고 돌탑도 되는 건 새 생명을 얻는 일이야. 세상의 반석이 되는 내겐 구원의 힘이 있어. 길바닥에서 사람들 발길에 이리저리 구르는 돌멩이라도 아무렇게나 걷어차지 마. 아무리 하찮아 보여도 모든 돌에는 사람들이 상상도 못 할 만큼 오랫동안 격심하게 살아온 시간의 내력이 숨어 있거든.

보, 뭐니 뭐니 해도 싸안는 힘은 나를 따를 자 없어. 내 품에서는 둥근 것도 모난 것도 하나가 돼. 내 모양을 고집하지도 않아. 둥근 것을 싸면 둥근 몸이 되고 네모를 싸면 네모가 되는 거야. 그러려면 우선 내 몸을 바닥에 반듯하게 쫙 펴야 해. 나는 바닥의 힘인 거야. 이 세상에 바닥이 없다고 생각해봐. 세상은 사상누각, 휘청휘청, 무엇 하나 온전하게 설 수가 있겠어? 그러니까 나는 대지 모성의 힘이야. 낮은 자리에서 모든 걸 받아들이고 품어주는 대지가 없다면 자연도 사람도 생명을 부지할 수가 없잖아. 나는 어머니가 안아주는 따뜻한 가슴이야. 잘 생각해 봐. 이 세상의 바닥엔, 바로 나, 거대한 보자기가 있어.

엎치락뒤치락, 앞서거니 뒤서거니, 서로서로 자리를 바꾸는 가위바위보는 어느 한 극단(極端)에 머물지 않고 잘 융화합니다. 가위바위보 놀이엔 불평등계약 같은 것도 없습니다. 애초부터 물고 나온 금수저나 은수저 같은 건 아예 맥을 못 추지요. 갑이나 을? 그런 것도 소용없어요. 부자든 빈자든 배운 사람이든 못 배운 사람이든 다 함께 어울릴 수 있거든요. 남녀노소 누구나 아무런 조건 없이 동시에 손 내밀어 승부를 결정짓는 놀이, 공평하고 정정당당하게 내미는 손엔 오로지 자기 선택만이 있을 뿐입니다. 자신이 선택한 거라면 그 결과에 깨끗이 승복해야겠지요. 오늘의 승자가 내일의 패자가 될 수 있고, 내일의 패자가 모레의 승자가 될 수도 있으니 매력 있지 않나요? 이 세상도 가위바위보 놀이의 법칙대로 굴러가면 얼마나 좋을까요.

테이블 저쪽에서 웃음소리가 커집니다. 한 아주머니가 자기가 고른 선물을 들고 희희낙락, 양쪽 입꼬리를 한껏 올리면서 웃네요. 둘보다는 셋이, 셋보다는 넷이, 여럿이 어울릴수록 승패에 연연하지 않고 즐길 수 있는 놀이. 우리 모두 함께 모여 가위바위보, 가위바위보. 가위바위보….

[『문예바다』, 2017. 봄호]

연애하실래요?

길은 밟히기 위해 태어난다. 숙명인 듯, 자청한 듯, 오는 발길 마다하지 않고 가는 발길 잡지 않는다. 사계의 변화도 오롯이 받아들인다. 낙화에 이어 낙엽을 품었던 길은 이제 잔설을 가득 안고 길게 누워 있다. 내가 서 있는 마을버스 정류장엔 아무도 없다. 눈송이가 다시 흩날리기 시작한다. 바람결에 꽃잎처럼 흩어져 날리는 눈꽃들이 지난 여름의 기억을 불러온다.

*

그날도 이곳엔 나 혼자 서 있었다. 손목관절에 이상이 생겨 치료를 받고 나오는 길이었다. 무더위 탓인지 왕복 6차선 도로를 오가는 자동차들만이 도시의 분주함을 알리고 거리엔 인적이 드물었다. 가로수로 늘어선 회화나무가 그늘을 만들어주니 그나마 다행이었다.

길에는 전날 내린 비 때문에 회화나무에서 한꺼번에 추락한 황백색 꽃들이 자잘하게 흩어져 생명을 다하며 군데군데 몰려 있었다. 나무를 올려다보니 벌 몇 마리가 염탐이라도 하듯 꽃딸기 주위를 맴돌고 가벼운 바람에 딸기를 떠난 꽃들은 훌훌 허공을 헛돌다가 땅바닥으로 곤두박질쳤다.

방금 떨어진 꽃 한 송이를 주워보았다. 마치 갓난아기가 혓바닥을 살짝 내민 듯 앙증맞게 젖혀진 꽃잎 위로 다소곳이 몸을 세운 꽃술이 싱싱했다. 아직 여린 숨을 쉬는 것처럼 보였다. 이 꽃도 곧 가뭇없이 스러질 텐데…. 여고 시절엔 낙엽을 주워 책갈피에 간직했었지. 꽃송이를 하나씩 주워 한 손에 모았다. 그때 저쪽에서 나이가 지긋해 보이는 남자 한 분이 걸어왔다. 눈길이 마주쳤다. 그가 내 앞에 멈춰 서더니 말을 건넸다.

"그걸 왜 주우세요?"

"발길에 밟히는 게 안쓰러워서…."

생면부지 남녀의 객담은 그렇게 시작되었다. 머뭇거리며 말끝을 흐리는 내게 그가 다시 말을 이었다.

"사실, 꽃은 불쌍해요. 사람들은 꽃을 보면서 아름답다고 하지만 나무에서 떨어지면 끝이잖아요. 죽는 거잖아요. 그런데 그 꽃 주워서 뭐 하실 건데요?"

"책갈피에 말렸다가 손편지 쓸 때 써도 좋죠."

"지금도 손편지를 쓰세요? 요즘엔 다 핸드폰이나 메일로 하는데."

"필요할 땐 쓰지요."

"그럼 펜팔은 아세요?"

"네, 알지요오."

그러면서 나는 속으로 웃었다. 남편과 내가 펜팔로 인연을 맺은 건 모르시죠? 말하고 싶었지만 참았다. 지금은 SNS가 대세지만 아날로그 세대에겐 펜으로 한 글자씩 정성스럽게 써 내려간 편지지를 우편으로 주고받던 펜팔이 꽤 낭만적인 소통 수단이었다. 펜팔을 안다는 내 대답에 그가 말했다.

"어, 나랑 통할 것 같네. 나, 6학년 5반인데 나랑 연애하실래요? 나, 아무한테나 이런 말 하는 사람 아닌데~."

후홋, 연하남이시네. 하긴 뭐 그게 대수인가. 차 한 잔 마주 놓고 저무는 인생 담론이라도 나눌 수 있다면 그 또한 나쁘지 않겠지. 그러나 스쳐 가는 인연 함부로 맺을 일 아니다. 그럼 무어라 답을 해야 하나. 순간 큰 바위 같은 얼굴 하나가 둥실 떠올랐다. 남편이다. 부지불식간에, 조선 시대 여인이라도 된 양, 단호한 말 한마디가 불쑥 튀어나왔다.

"저는 남편한테 부끄러울 짓은 안 합니다."

"아, 남편, 남편이 있었구나!"

그 남자, "남편"이란 말을 신음하듯 내뱉더니 갑자기 등을 돌렸다. 그리고는 도망치듯 뒤도 돌아보지 않고 잽싸게 그 자리를 떠났다. 무척 당황한 그의 모습을 보니 내가 더 당황하여 오히려 잡고 싶을 정도였다. 좀 더 유연하게 거절을 해도 좋았으련만, 얼마나 무안했을까. 낭만남의 기대에 현실녀의 건조한 방어기제가 찬물을 끼얹은 셈이다.

곧이어 버스가 왔다. 빈자리에 앉았는데 그 표정과 뒷모습이 어른어른, 어찌 그리 헛웃음이 실실 나던지. 나의 무례를 용서하지 마시길.

집에 도착했다. 현관문을 열고 들어서는데 거실 소파에 앉아 있던 남편이 대뜸 물었다.

"밖에서 뭐 좋은 일 있었어?"

긴 세월 함께 살다 보니 사소한 감정변화도 손바닥처럼 읽히는가. 내 낯이 원체 얇아서 표정을 들켰나 보다. 얘기해봤자 지청구를 들을 게 뻔한 일, 무슨 칭찬을 듣겠다고 말을 해. 관두자, 하다가 슬슬 장난기가 발동했다. 남의 이야기하듯 술술 이실직고를 했다. 남편의 반응은 내 예상을 한 치도 빗나가지 않았다.

"어이구, 좋으셨겠네."

금방 눈꼬리가 실쭉 올라가더니 비꼬듯 말했다. 하나 더하기 하나는 둘이라는 공식 그대로다.

"이거 안 되겠네. 여자가 말이야. 헤프게…. 모르는 남자가 말을 거는 데도 또박또박 친절하게 대답을 해주니까 우습게 보이잖아. 왜, 연애 좀 하지 그랬어?"

마치 손발이라도 꽁꽁 묶어놓을 기세였다. 아하, 희망 있네. 나를 아직 여자로 생각하시는구먼. 노쇠해가는 종이호랑이의 불안을 감춘 엄포가 오히려 애틋했다. 그런데 또 다른 이야기를 해주면 이번엔 뭐라 하려나.

연전에 지하철에서 있었던 일이다. 비교적 한산한 차 안에서 영감님

한 분이 나를 자꾸 쳐다보았다. 내 얼굴에 뭐가 묻었나? 은근히 신경이 쓰였다. 그렇게 몇 정거장 지났는데 영감님이 내가 서 있는 쪽으로 가까이 왔다. 그리고는 내게 뜻밖의 말을 했다.

"청춘만 아름다운 줄 알았는데, 곱게 늙어가는 모습도 아름답습니다."

내 눈을 마주 보며 스치듯 그 말만 남기고 홀연히 하차한 영감님에게서 진정성이 느껴졌다. 평소 '늙어감'에 대한 사유가 깊지 않았다면 선뜻 나올 수 없는 표현이다. 그래서일까. "늙어가는"이라는 말이 그다지 거슬리지 않았다. 설령 마음속으로 생각하더라도 겉으로 드러내 말하기가 쉽지 않았을 터인데, 내겐 과분한 선물이었다. 한편으론 그렇게 살아가라는 격려나 희망주문으로도 들렸다. 내게서 사라져가는 '청춘, 아름다움'이란 단어가 오랫동안 곱씹어졌다.

남편의 기색을 떠볼까. 짓궂은 생각이 들었지만 그 이야기는 고이 접어 마음속 서랍에 넣어두었다. 남편은 회화나무 꽃 건만으로도 심심하면 한 마디씩 툭툭 던진다.

"그 버스 정류장에 또 가봐. 누가 알아? 그 사람이 당신 기다리고 있을지. 아니면, 오지 않는 그분을 하염없이 기다려 보시든가."

가끔은 한술 더 떠서 나를 "민 바람"이라고 부르기도 하고, 내가 외출할 때 조금이라도 꾸미는 낌새가 보이면 "오늘은 아예 군단을 끌고 오시지~~"라며 비아냥댄다. 연애 한번 제대로 해보지도 못하고 졸지에 바람둥이가 되어버렸으니 딱한 노릇이지만, 그렇게 서로 놀리고 놀림을 당하면서 은근히 즐기는 게다. 그나마 내가 미인이 아닌 보통여자인 게 천만다행이다. 혹시 클레오파트라나 양귀비의 발뒤꿈치나 그림자라도 닮았다면 꼼짝없이 인형의 집에 갇혀 사는 신세가 되었을지도 모를 테니까.

나이가 들어도 조물주가 빚어낸 남녀 음양 조화의 섭리는 변치 않는 진리인가. 시들어가는 꽃도 꽃이거늘, 몸은 여기저기 고장이 나서 반란을 일으키고 얼굴에 주름이 늘어도 여전히 꽃이고 싶은 건 할미 소녀의 철없는 꿈인가. 꽃은 자기를 사랑해달라고 구걸하지 않는다. 존재 그 자체로 존재할 뿐이다. 나 또한 나일 뿐, 여자이기 이전에 주체로서 인간이며 타인의 가치평가에 기댈 일 아니다. 그럼에도, 누군가 기억의 갈피에서 아름다운 꽃으로 남고 싶은 건 모순된 꿈이런가. 비록 낙화가 운명일지언정, 길바닥에 떨어져 뭇사람의 발길에 밟히기보다는 누군가의 책갈피에서 오랫동안 추억으로 살아남는 꽃잎처럼.

*

지금 이곳, 정류장에 그분은 없다. 떨어진 꽃잎도 물론 없다. 회화나무에는 순백의 눈꽃이 얹혀 있고 내가 기다리는 버스는 아직 오지 않는다. 설령 그를 다시 만난다 할지라도 남편 아닌 남(男)과의 연애는 내 어쭙잖은 윤리적 자아가 훼방꾼이 되어 생채기를 낼 것이므로 여전히 미완의 연애로 남을 것이다.

모든 걸 순하게 받아들이는 길의 미덕을 인간이 탐한다는 건 섣부른

허위의식이거나 판타지로 그칠 공산이 크다. 내가 길이 될 수 없을 바엔, 길에서 길과 연애하며, 누추한 삶을 설렘으로 일으켜 세우고 영혼의 울림으로 혈맥을 통하게 하는 하늘땅의 존재들에겐 기꺼이 포박당해도 좋으리.

　겨울은 다시 돌아올 봄을 품고 있고, 길은 그 발자국을 품는다. 시간은 달리기 선수다. 이제 나는 시간의 강물 저편으로 낙화유수(落花流水)처럼 흘러간 내 청춘에 긴 편지를 띄우며, 살아 숨 쉬는 지금 이 순간이야말로 내 생의 화양연화려니 여기며, 오랫동안 짝사랑하던 예인(藝人)에게 살며시 속삭인다. '고흐 씨, 나랑 연애하실래요?'

[『좋은수필』, 2020. 2월호]

배회하다

연극은 오후 7시 반에 시작된다. 일찌감치 집을 나섰다. 소설가 구보 씨도 아니건만 오늘은 도시의 산책자가 되어볼 요량이다.

내가 볼 연극은 명동예술극장에서 공연한다. 지하철을 타고 을지로입구 역에서 내린다. 지하도를 빠져나와 서울 도심 한복판 명동 입구로 들어선다.

마주 보며 늘어선 키 큰 빌딩들, 그 앞 인도를 경계 삼아 키 작은 노점상들이 이열종대로 중앙로를 만들고 있다. 중국인이나 일본인으로 보이는 관광객들이 북적인다. 마치 블랙홀로 빨려 들어가듯 나도 그 인파 속으로 휩쓸린다. 이쪽저쪽 기웃기웃, 장신구나 소품을 파는 가게들이 눈길을 끈다. 그래도 이곳의 주종은 먹을거리들이다. 굽거나 찌거나 지지거나 튀긴 음식과 생과일주스 등이 구미를 돋운다. 어, 저기 한쪽 구석에 쪼그리고 앉아 있는 아주머니가 '또 뽑기'를 판다. 흑설탕과 식용 소다를 섞고 끓여서 만든 추억의 '달고나'이다. 지금은 간식이 흔하지만 내가 어릴 적에만 해도 무척 인기 있는 주전부리이자 놀

잇거리였다. 누름틀로 찍은 하트나 별 모양 등을 흩트리지 않으면 뽑기 하나를 공짜로 더 얻을 수 있었으니 그 재미에 아이들은 가장자리를 요리조리 핥고 살살 쪼개 아작아작 씹으면서 단맛을 즐겼다.

그곳을 지나 그 옛날 청자 다방 쪽을 기웃거린다. 풋내기 대학생 시절의 낭만과 추억이 서려 있는 곳이다. 그러나 다방은 자취도 없고 낯선 간판들이 즐비하다. 도심에서 다방이란 단어는 이미 구시대의 유물이 되어버렸다. 저 먼 시절 다방에는 첫사랑 남자와의 애틋한 만남과, 시대의 불안과 문학을 고민하던 문청들의 목마름과, 계란 노른자 한 알 동동 띄운 모닝커피 한 잔으로 아침을 대신하던 낭만 족들의 허기가 새겨져 있다.

길 저편에서 노랫소리가 들린다. 소리를 따라가니 버스킹을 하는 청년이 기타를 치며 노래를 부르고 있다. "내 속엔 내가 너무도 많아 당신의 쉴 곳 없네~~."

누군가는 '내 안엔 내가 없다'고 하고, 누군가는 '내 안에 네가 있다'고도 한다. 내 안엔? 오늘따라 노랫말이 "가시나무"처럼 마음 깊은 곳을 쿡쿡 찌르고 달아난다. 저렇게 길에서 노래하는 것도 용기와 열정이 필요할 텐데⋯. 노래 몇 곡을 서서 듣다가 문득 보니 양쪽 날개를 편 악기 통이 길에 누운 채 텅 비어 있다. 조금 넉넉하다 싶게 지폐를 넣는다. 알량한 동정이 아니라, 자기 앞에 가로놓인 현실의 벽 앞에서 뜨거운 목소리로 외쳐대는 청춘에게 보내는 응원이요, 내가 다시 돌아가 붙잡을 수 없는 시간을 사는 청춘에게 보내는 갈채다. 순간 노래가

뚝 끊긴다. 청년을 보니 잠시 심사가 울컥해진 듯하다. 내 작은 마음을 크게 받는 그의 순수함이 고맙다. 곧 마음을 추스른 듯, 노래를 마저 부른 청년이 다시 한 곡을 이어간다. "화려한 도시를 그리며 찾아왔네~ 그곳은 춥고도 험한 곳~~ (…) ~~ 이 세상 어디가 숲인지 어디가 늪인지 그 누구도 말을 않네~"

'그렇지요. 나도 한때 많은 꿈을 꾸었어요. 그런데 우리 삶이 어디 그렇게 피터 팬처럼 살아갈 수가 있던가요. 나는 아직도 'I Have A Dream'을 즐겨 듣지만, 꿈은 꾼 것만큼 접기도 하고 답은 홀로 찾아가야 하는걸요. 방향등도 안내판도 화살표도 없는 인생길엔 정답도 없어요. 그 누가 답을 말해줄 수 있겠어요. 어두운 밤길을 밝히는 초롱불은 자기 안에 있거든요.'

청년의 노래를 뒤로 들으며 성당으로 가는 언덕을 오른다. 평일인데도 본당엔 기도하는 사람들이 적지 않다. 한때 민주화의 성지라 불렸던 곳, 하나가 끝나면 또 하나가 겹치는 세상사는 아직도 뒤죽박죽 시끌벅적한데 무심한 듯 비치는 스테인드글라스가 눈부시다. 얼마 만인가. 쉬는 교우로 산 세월이 꽤 길다. 성수를 찍어 성호를 긋고 한쪽에 앉아 묵상과 기도를 한다. 나와 너와 우리를 불러내 본다. 비탈진 길목 한구석에서 노래하던 그 청년은 지금쯤 이런 노래를 부르고 있진 않을까. "잠자는 하늘님이여 이제 그만 일어나요~ 그 옛날 하늘빛처럼 조율 한번 해주세요"

긴 시간 앉아 있었다. 어느새 저물녘, 극장엘 가야 할 시간이다. 아까 올라왔던 비탈길을 다시 내려가기 전에 성처럼 우뚝 서 있는 성당의 붉은 건물 주위를 천천히 걸어본다. 오늘 관람할 연극은 국립극단이 공연하는 「성(城)」이다. 프란츠 카프카가 쓴 동명의 미완성 장편소설이 원작이다.

극장에서 지정석을 찾아 앉는다. 혼자 연극을 관람하는 재미도 즐길 만하다. 드디어 무대가 열렸다. 무대를 압도하는 건 여러 층의 견고한 벽과 그 사이사이 달린 문이다. 한 단계 오르면 다시 더 높이 오르고픈 상승 욕구와 더불어 수많은 벽과 문을 통과해야 하는 게 우리 삶의 속성이라고 본다면 무대배경은 다분히 은유적이다. 설경과 음습한 이미지가 원작의 분위기를 살려낸다. 겨울 저녁 눈 덮인 마을에 한 남자가 도착한다. 측량기사 K다. 그는 성에 들어가려 하지만 번번이 실패한다. 그 와중에도 걸림돌이 되는 건 식욕과 수면욕과 성욕이다. 결국 K의 시간은 자신의 의지와는 무관하게 흘러간다. 성은 마을 사람들 모두의 삶을 지배하면서도 그 실체가 모호하며 간간이 들리는 종소리가 시간의 경계와 성의 존재를 확인케 한다. K는 마을과 성, 그 어느 쪽에도 흡수되지 못한 이방인이다. 마을 사람들은 K를 의심과 견제로 대하고, K에게 마을이란 소외와 불안의 공동체다.

만일 막스 브로트가 카프카의 유언대로 유작들을 불태웠다면 「성」을 비롯한 여러 작품은 영원히 그 탁월한 가치를 드러내지 못했을 것이다. 카프카는 「성」을 통해 실존의 문제를 제기하며 독자에게 끊임없이 질문을 던진다.

카프카가 이 소설을 완성했다면 주인공 K는 성에 들어갔을까. 아마도 그리되도록 마무리하진 않았으리라는 게 내 어설픈 유추다. 성은 도착하는 순간 목표로써 지향의 가치를 상실하기 때문이다. 현실 삶은 예나 지금이나 부조리하고, 성은 우리의 손이 닿지 않는 영역을 상징하는 문학적 장치이며, 인간은 성이라는 욕망의 기호를 따라 끊임없이 길을 떠나는 존재이므로. 그렇기에 성은 늘 멀리, 높이 있어야 제격이다.

이쯤에서 또 하나 질문이 생긴다. K의 직업은 왜 하필 토지 측량사였을까. 그는 결국 입성(入城)하지 못했으니 측량작업도 당연히 불가능했다. 성으로 가는 길은 가까운 듯 멀고 여러 갈래이며 옆으로 휘어져 있다. 그럴수록 성은 권력으로 작동하고 만다. 결국 성이란 일반의 잣대로는 가늠조차 어려운, 입성도 측량도 허락되지 않는 신성불가침의 영역이라는 겐가.

마지막 장면에서 K는 끝내 성에 도착하지 못하고 기력이 소진하여 길 위에 쓰러진 채 말한다. "성에 가야 할 이유가 더 분명해졌어."라고. 왜? 아직은 살아 있으니까? 목숨이 붙어 있는 한, 그것이 이데아든 무엇이든, 성으로 들어가는 길 찾기와 성문을 여는 열쇠를 찾기 위한 도로(徒勞)는 멈출 수 없을 테니까. 자신이 성주(城主)가 되지 않는 한, 성은 내내 미완의 기표로 남을 테니까. 그 미로에서 걷거나 달리거나 뒷걸음질 치거나 서성거릴 수밖에 없을 테니까. 그럼에도 중요한 건 가다가 넘어져도 다시 발을 떼며 일어서야 한다는 사실이다.

자기 배역에 충실한 몸짓으로 메시지를 전하던 연극배우들, 혼탁한 세상에서 주역 혹은 조역으로 번갈아 몸 바꾸며 살아가는 군중들, 오늘 내가 만난 사람들, 그들에게서 K의 초상을 본다. 내 안에도 K가 있다. 그러고 보니 숲인지 늪인지 모를 도시에서 오늘 내가 보낸 시간은 산책이라기보다는 배회라는 말이 더 어울리지 않을까 싶다. 성, 저무는 길 저 멀리 모퉁이에 아스라이 깜박이는 불빛 하나.

[『계간수필』, 2018. 겨울호]

별을 밟다

낯부터 바람결이 심상치 않았다. 사거리 횡단보도 앞에 서 있는데 바람이 휘익 휩쓸고 지나간다. 은행잎이 한꺼번에 떨어지면서 노랑나비 떼처럼 허공을 난다. 이십여 마리가 족히 됨직한 비둘기 떼가 덩달아 솟구쳐 올라 하늘에서 한바탕 원무를 춘다.

어스름한 저녁, 조금씩 흩뿌리던 비가 제법 내린다. 아파트 초입이다. 어느새 가을이 깊어가건만 미처 느낄 새도 없이 계절을 흘려보냈다. 단풍나무가 늘어선 길을 지난다. 그런데 뭉클, 미끌미끌한 촉감이 발길에 와 닿는다. 발밑을 내려다본다. 물에 젖은 단풍잎들이다.

아직 숨을 쉬고 있을 것만 같아 차마 밟기 안쓰럽다. 발자국을 비키면서 보니 본체에서 떨어진 단풍잎들, 영락없는 별 무리다. 천상의 별이 지상으로 낙하한 걸까. 어디로 가는 숨결들인가. 귀천(歸天)이라도 하려는가.

새봄 한 나무에서 태어난 이파리들은 각기 제 생을 살다 간다. 어떤 잎은 꽃도 피워보기 전에 누렁 잎이 되어 떨어지고, 어떤 잎은 푸름 더해가며 나무의 숨결이 된다. 그러다 가을 되면 어미 품을 떠난다.

낙엽이 가는 길도 제각기 다르다. 나무의 거름 되어 새 생명 틔우거나, 사람들의 발길에 밟히거나, 길거리 휘돌다가 쓰레기 되어 청소부의 자루에 담겨 불구덩이로 간다. 운 좋으면 소녀의 책갈피에서 오래도록 살아남을 수도 있다.

한때는 나무의 영광이었다가 순간에 조락하여 한 생애 마감하는 낙엽. 짧은 생명 붉게 태운 영혼 차마 밟을 수 없던 저녁. 시 한 편을 쓰고 시어의 마디들을 짚어본다.

밟힌다, 밟힌다, 별
밟는다, 밟는다, 별

생명의 가지에 붙어 활활 타는 영혼이었다가
찬란하게 허공 밝히다가
하느님 손에 등 떠밀려
무한 낙하

길바닥에 제 몸 얹고 누운
단풍잎 떼
영락없는 별 무리다

가을비 얼굴 때리는

어둑한 밤

차마 밟을 수 없어 발밑 조심

피해 보지만 피할 길 없다

더러는 미끌미끌한 숨결 질척이고

더러는 바스락바스락 낮은 신음 지르며

뭇사람의 발길에 잔뼈 묻는 짧은 생애

어두운 밤길 붉게 밝힌다

공(空)으로 돌아가는 단풍잎

― 졸시 「별을 밟다」 전문

가을은 허공을 밟고 떠나는 모든 존재에게 송별사를 쓰게 하는 계절
이다.

빈 고요에 몸 맡기고 먼 길 나선 낙엽들, 어머니도 아버지도 그렇게
홀홀히 길 떠나셨다.

저 낙엽들, 우주 어느 한 구렁이나 창공에서 서늘한 영혼으로 떠돌
다가 윤회의 빗줄기 타고 이 세상 초록으로 물들이는 생명의 빛으로
다시 오려니. 우리네 인생도 그러하리니.

색즉시공 공즉시색.

[『문예바다』, 2017. 봄호]

Ⅱ.

가짜 뉴스입니다

돼지가 꿈 꾸다

돼지, 1

나, 돼지. 아니, 옥자예요. 돼지에게도 이름이 있느냐고요? 네, 주인님이 지어주었어요. 영화 「옥자」를 생각하며 지었대요. 내 친구들도 이름이 있어요. 내가 사는 곳은 저 푸른 초원이에요. '초원의 돼지 하우스'라고 하지요. 돼지가 왜, 돼지우리 안에서 살지 않고 초원에서 사느냐고요? 나는 '초식돈'이거든요. 주인님을 잘 만난 덕분이지요.

나, 더럽지 않아요. 나랑 내 친구들은 우유와 풀을 먹고 살아요. 그러니까 똥, 아니, 변 냄새도 그리 심하지 않아요. 풀 향기가 난대요. 먹은 대로 배설하는 게 인지상정 아니겠어요? 여러분도 잘 아시다시피 우리가 애초부터 우리에 갇혀 산 건 아니었지요. 사람들이 살과 뼈를 얻으려고 우리를 좁은 우리 안에 가둔 채 가축으로 길들이고, 우리는 그 안에서 몸 비비대며 먹고 싸고, 그러다 보니 더러운 동물로 전락한 것이지요. 닭들이 몸도 움직일 수 없는 비좁은 닭장에서 제 알 한 번 품지도 못하면서 달걀 기계 노릇을 하는 거나 다를 게 없지요. 순전히 사람들을 위한 헌신 아니겠어요? 나의 주인님은 우리에게 목욕탕과 분만실과 그늘막도 마련해 주었어요.

나, 미련하지 않아요. 게으르지도 않아요. 주인님이 "옥자야, 이리 와~" 하고 부르면 얼른 알아듣고 쫄랑쫄랑 뛰어가지요. 달릴 줄도 알거든요. 뒤뚱뒤뚱 꿀꿀, 그렇게만 살진 않아요. 더럽다, 미련하다, 이런 건 다 인간님들이 만들어 놓은, 순전히 인간님들의 눈으로 본 돼지 세상이고 돼지 모습 아닌가요? 반려견이나 반려묘만 있고 반려돈은 없으란 법이 있나요?

돼지, 2

너, 돼지, 아니, 옥자라고 했지? 그래, '초원의 돼지 하우스'는 예전에 텔레비전 프로그램에서 보았어. "돼지는 내 인생의 전부"라고 말하는 주인님과 함께 있으니 행복하겠구나. 네 주인은 또 말하더구나. 돼지는 자신의 꿈이자 미래라고. 그래서 자기 일생에 그 하우스 하나 만들었다고. 너는 주인이 간식을 주려고 부르면 빠르게 달려가더구나. 하긴, 네 말이 맞아. 돼지는 게으르고 느리다는 것도 사람들이 만들어 놓은 편견인 게야.

너와는 달리 영화의 주인공 옥자는 유전자 조작으로 태어난 슈퍼돼지야. 그 새끼돼지들이 세계 각국으로 한 마리씩 보내져. 겉으로는 그럴듯하게 자연 친화적인 환경과 생명을 내세우지만 실은 상업주의에 물든 인간의 탐욕이 숨어 있지. 그중 한 마리가 강원도 산골 소녀 미자와 살게 되는 거야. 할아버지와 단둘이 살던 미자는 옥자랑 가족처럼 평화롭게 지내. 옥자 이빨도 닦아주고 발바닥 가시도 빼주고 과일도 나눠 먹어. 옥자는 덩치가 무서울 만치 크고 얼굴은 하마처럼 생겼지만 성격이 온순해. 눈물도 흘릴 줄 알아. 미자가 절벽에서 떨어져 위험한 순간에는 옥자가 제 몸을 던지는 기지를 발휘해서 구하기도 하지.

그렇게 자연 속에서 정을 나누며 십여 년을 지냈는데 결국 큰일이 벌어지고 말아. 뉴욕 인근의 다국적 기업 '미란도'에서 옥자를 데려가려는 거야. '베스트 슈퍼돼지 세계대회'가 명분이지만 옥자가 뽑힌다한들 홍보용일 뿐, 막판에는 거대한 도축공장에서 안심, 등심, 목살, 부위별로 조각조각 토막 나서 목숨을 잃을 게 뻔하지.

돈에 눈먼 인간들이 돈(豚)을 돈벌이 수단으로 삼는 거야. 그 횡포에 맞서는 미자는 옥자를 지키려 우여곡절 끝에 뉴욕까지 가게 돼. 좌충우돌 필사적인 구출 작전이 펼쳐지는 거야. 여기에 '동물해방전선(ALF)' 요원들이 힘을 합쳐.

옥자가 도살되려는 아슬아슬한 찰나에 미자가 '미란도' 측에 금 돼지를 던져주고 구해내는 장면이 여러 생각을 하게 해. 금 돼지는 할아버지가 옥자를 내주는 대신 받은 것이지. 제 새끼를 살리려 도살장에서 옥자 쪽으로 몰래 밀어내는 부부 돼지는 또 어떻고. 짐승이 보여주는 부모 사랑에 마음이 짠했어. 덕분에 그 어린 돼지는 목숨을 보전하고 미자네 식구가 되지.

돼지, 3

초원의 옥자야. 너랑 너의 친구들, 그리고 슈퍼돼지 옥자를 보면서 나는 생각했어. 조지 오웰의 「동물농장」을. 소설에서는 동물들이 인간의 횡포에 맞서. 수돼지 메이저 영감은 인간의 착취에 길들여진 동물들의 잠자던 의식을 일깨워. 인간 악습에 물들지 말아야 한다며 '영국의 동물들' 노래도 가르쳐주지. "우리가 해방되는 그날 영국의 들판은 더욱 밝아지고 강물은 더욱 맑아지리라."고. 그렇지만 늙은 메이저는 사흘 뒤, 잠자다가 숨을 거두고 말아.

살아 있는 동물들은 그 노래를 잊지 않아. 부당한 처사에 성난 동물들은 농장주 존스를 쫓아내 버려. 동물들은 우선 일곱 계명부터 정하고 이상적인 동물 공화국 건설을 꿈꾸지. 그 첫째 계명은 "두 발로 걷는 자는 모두 적이다."이지. 둘째 계명은 "네 발로 걷거나 날개가 있는 자는 모두 동무다."라네. 그들은 인간 흉내를 내지 말자고 다짐해. 옷을 입거나, 침대에서 잠을 자거나, 술을 마시거나, 다른 동물을 죽이는 일을 배격해. 그들을 이끌어가는 동물이 바로 돼지들이야.

이 소설이 스탈린 시대의 정치를 풍자한 우화라는 건 널리 알려졌지만, 나는 조금 궁금해. 조지 오웰은 많은 동물 중에서 왜, 하필, 돼지를 우두머리로 내세웠을까. 동물농장에서 돼지들이 차츰 인간들이 하는 짓을 답습하는 걸 보면 조지 오웰도 돼지를 긍정적으로 본 것만은 아닌 것 같아.

하여튼, 순수한 이상주의자 스노볼은 영영 추방당하고, 권력 지향의

독재자 나폴레옹은 다른 동물들 위에 군림하면서 인간과 뒷거래까지 하고, 교활한 달변가 스퀄러는 통계조작까지 해. "모든 동물은 평등하다."라는 마지막 계명도 무색해져. 지배계급과 피지배계급 간의 불평등은 여전하고, 억압과 착취와 권모술수 등 못된 인간들이 하던 짓을 그대로 자행해. 일곱 계명도 교묘하게 단어를 바꾸는 속임수로 자기들 행동을 합리화하고 본질을 변질시키지.

소설의 마지막 문장이 서늘해. "이미 누가 돼지이고, 누가 인간인지 구별할 수 없었다."라는.

우리, 돼지들

옥자야. 시간은 흐르고 시대는 바뀌어도 인간들이 돌고 도는 세상의 쳇바퀴는 그다지 변치 않는 것 같아. 참으로 어이가 없어서 잊히지 않는 일이 있어. 아, 글쎄, 나랏일 하시는 어떤 높은 분이 "민중은 개, 돼지로 보고 먹고살게만 해주면 된다"고 했다네. 99% 민중이라니, 신분제를 공고화해야 한다니…. 어쩌니. 나도, 앞집 아저씨 옆집 아주머니도, 이 동네 할아버지 저 동네 할머니도, 졸지에 멍멍이 꿀꿀이가 되고 만 거야.

영화 대사를 본뜬 것이라지만 공인(公人)이 어찌 그리 사려 분별없이 함부로 말할 수 있담. 뇌리에 잠재한 평소 인식이 문제인 게지. 그분이 잊은 게 있어. 호모 사피엔스로서의 인간은 만물의 영장이라지만 동물의 종(種)에서 자유로울 수 없다는 사실을, 모든 민중은 두 발 달린 동족이거늘 자신도 그 테두리에서 벗어날 수 없다는 사실을, 무엇보다도 선량한 민중이 있으매 자신이 높은 자리에서 일할 수 있다는 사실을, 아무리 하찮게 보일지라도 민중은 힘이 세다는 사실을.

그런데 말이야. 안하무인 잘난 분들도 돼지꿈을 꾸면 길몽이라고 혹시 로또복권이라도 사지 않을까. 인격을 지녔다고 자부하면서 돈격(豚格)을 마음대로 올렸다 내렸다 하는 인간들이 많거든. 돼지를 보면 혐오스러운 표정을 지으며 혀를 쯧쯧 차면서도 그 살코기 앞에서는 입맛을 다시거나 어떤 때는 복돼지라고 추켜세워. 그래서 저금통이 된 돼지 친구들은 손때 묻은 돈을 꾸역꾸역 받아먹어. 알량한 동전 나부랭이가 몸속에 가득 차면 그 안에 있는 것 탈탈 다 털리고 빈 몸뚱이가 되지. 돼지는 죽을 때도 실눈으로 살짝 웃어야 굿판에서도 대접을 받아. 인간들은 웃는 돼지머리를 골라서 무자비하게 뎅겅 잘라 상 위에 올려놓고는 입에 돈을 물려주면서 운수대통을 빌어. 모든 생명은 어차피 한 번 죽지만 죽어서까지 인간의 몸을 위해 제 몸을 남김없이 바치는 게 돈(豚), 바로 그대들의 운명이라네.

옥자야. 여자는 남자 하기 나름이 아니라 돼지는 사람 하기 나름인 게야. 너는 주인 잘 만나 살아 있는 동안이나마 초원에서 편히 먹고 자며 평화를 누리지만 슈퍼돼지 옥자는 물질 만능에 찌든 인간들이 생명의 존엄성을 경시하고 만들어낸 욕망의 상징물이잖아. 아, 또, 나폴레옹이나 스퀼러 같은 돼지들이 소설에만 있겠니. 우리가 살아가는 사회, 현대판 동물농장 곳곳에 그런 리더가 많을수록 구성원의 삶은 암담해지지. 지도자가 세상을 보는 시각과 마음가짐에 따라 민생의 질도 달라지기 마련이니까.

옥자야. 뜨거운 냄비 속 같던 한해가 어느새 가고 새해가 성큼 왔네. 지난해엔 위대한 대한민국이 아닌 헬조선에서 경멸과 수모를 견디며 살아야 했던 다수의 을남을녀들에겐 팍팍한 일들이 도를 넘었어. 앞으로 어떻게 살아가는 게 좋을까. 그저 세상 탓할 것 없이 비속하고 잡스러운 행태에 눈 귀 더럽히지 말고 제자리에서나마 껑충껑충 뛰기라도 해볼까?

아니야. 더 나아가야 해. 새해는 마침 '황금돼지 해'라지? 누구에게나 꿈꿀 권리가 있어. 그것은 살아 있다는 증거이니까. '시절이 하 수상하여 매화가 필둥말둥할지라도' 우리가 가야 할 길을 찾아 당당히 가는 거야.

하여, 나는 꿈꿔. 1%의 개·돼지에게 휘둘리지 않는 대한민국이 되기를. 암울한 현실에 몸 적시고 침묵으로 저항하는 뭇사람들이 희망의 신발 끈 질끈 동여매고, 굴신(屈身)했던 허리 쫙 펴고, 힘내서 마음껏 달릴 수 있기를. 발 딛고 서 있는 땅이 비록 거친 들판일지라도, 어둠을 헤치고 하늘로 치오르는 일출처럼 빛나는 도약을 위하여, 2019의 새로운 고지를 향하여, 다 함께 꿈꾸며 용기 있는 행군을 할 수 있기를.

[『수필시대』, 2019. 봄호]

가짜 뉴스입니다

가짜 뉴스일까요?

자, 지금부터 가짜 뉴스를 발표하겠습니다.

나, 아버지로부터 씨를 받고 어머니의 몸을 대지 삼아 생명의 뿌리 내려 뭇 인간 법칙 따라 열 달 만에 세상 문을 열었습니다. 서울특별시 성북구 변두리, 너른 마당 앞으로 실개천이 흐르고 옆과 뒤로는 텃밭이 백여 평 남짓한 터에 자리 잡은 초가, 그 집에서 '응애응애' 고고성을 터뜨렸습니다. ─ 가짜 뉴스입니다.

내가 이 세상 빛 볼 때 나의 부모님이 밝게 살아가라고 지어준 이름 명자(明子), 아버지의 성씨 따라 민명자가 된 일, 그 어린아이가 앞마당과 뒤꼍을 놀이터 삼아 고물고물 자라서 어느덧 사춘기 지나고 꽃다운 나이에 사랑하는 남자 만나서 결혼한 일, 그리하여 아들딸 낳고 그 아이들이 가정을 거느려 또 아이를 낳은 일, ─ 가짜 뉴스입니다.

봄이면 꽃 피고, 여름이면 녹음방초 우거지고, 가을이면 단풍 물들고, 겨울이면 앙상한 몸으로 눈비 맞으며 이듬해를 준비하는 수목들의 자연 섭리, ─ 가짜 뉴스입니다.

인간은 한 번 태어나 한 번 죽는다는 사실, 아침이면 해 뜨고 저녁이면 달 떠서 어둠 밝히는 우주의 이치, ─ 그것도 가짜 뉴스입니다.

여러분, 민명자가 지금까지 가짜 뉴스라고 떠든 말, 정말 가짜 뉴스일까요. 진짜가 가짜로 둔갑하고 가짜가 진짜처럼 칼춤을 춥니다. 가짜 스티브 잡스의 유언과 빌 게이츠의 이름을 도용한 가짜 뉴스가 진실처럼 무한증식하는 세상입니다. 그렇다면 나의 근원과 우주 법칙은 과연 명백한 진실이라고 믿어도 될는지요. 빙글빙글 어질어질, 나를 나도 믿기가 어렵습니다. 영화 「매트릭스」의 주인공처럼 '빨간약'이라도 먹으면 '진짜 세상'을 볼 수 있을까요?

진짜 뉴스일까요?

날만 새면 텔레비전이나 신문에선 뉴스를 쏟아냅니다. 나랏일 보신다는 양반들, 좌측이든 우측이든, 위든 아래든, 이쪽저쪽 어디를 보아도 온통 설설설(說舌泄)로 어지럽습니다. 자기들에게 흠이 되거나 불리한 일이 터지면 무조건 가짜 뉴스라고 우겨댑니다. 아전인수와 내로남불은 기본, 남 탓으로 덮어씌우기, 후안무치한 궤변과 말 바꾸기. 슬며시 물타기와 발 빼기 등은 다반사, 진실과 거짓이 마술을 부린 듯 능수능란하게 몸을 바꿉니다. 자기편이라고 생각하면 두 눈 가린 말의 등에 올라탄 채 무조건 한쪽으로 내달립니다. 끼리끼리는 그야말로 맹목적(盲目的), 이 말이 딱 어울리지요. ─ 이것은 진짜 뉴스일까요?

이 세상에서 가장 확실한, 최고의 거짓말은 정치인이 "나는 정치인 이다."라고 하는 말이라지요. 정치인의 말은 그만큼 신뢰할 수 없는 지경에 이르렀다는, 웃지 못할 우스갯소리지요. '국민의 공복'이란 말은 이제 구시대의 언어 박물관에서나 찾아야 하려나 봅니다. 요즘엔 '내 밥그릇 챙기기, 내 편 챙기기'가 대세거든요. – 이것은 진짜 뉴스일까요?

어제의 진실이 오늘은 거짓이 되고, 오늘의 거짓이 내일은 진실이 되곤 합니다. 아니, 그렇다며 억지를 부립니다. '그럼, 너는?' 누군가 묻는다면? 글쎄요. 까마귀 싸우는 고을에 가지 말아야 할 백로든, 겉 희고 속 검은 백로들이 추는 군무에 밀려 발끝도 못 내미는 까마귀든, 무엇이 될꼬 애쓰지 말고 흔들리지도 말고 너의 길 가라고 '내 안의 또 다른 나'가 말하네요. 이런들 저런들 어울렁더울렁 '그래, 세월아, 세상아, 돌고 돌아라. 나 아직 숨 쉬고 있으니 쉬엄쉬엄 걸어가련다.' 마음 다지며 뭇 새들과 새타령이라도 흥얼흥얼 부르면서 가는 건 어떠냐고 묻네요. 말하자면 지금 이 글은 내 안에 박혀 있을 못을 찾아 뽑아내는 장도리요, 내가 내게 겨누는 펜촉이지요. 그렇긴 해도 꼭 지키고 싶은 건 있어요. 두 손에 흰 돌 쥐고 검은 돌 쥐었다고 속이거나, 두 눈으로 흰 쥐 똑똑히 보고 검은 쥐 보았다고 떼쓰지는 말자는 것이지요. 그러니까 이렇게 고민이랍시고 돈벌이도 되지 않는 글 쓰면서 글자를 소비하는 게 아니겠어요. 나처럼 힘없는 민초(民草)마저도 부질없는 설(說) 한 자락에 끼어들고 있으니 딱한 노릇이지요. 장작불 과하게 지핀 온돌방처럼 세상이 뜨겁게 설설 끓고 있으니까요. - 이 설은 진짜 뉴스일까요?

유행가 가사처럼

정치뿐이겠어요? 인터넷도 가짜 뉴스 대열에서 한몫을 톡톡히 하지요. 잘못된 정보가 전염병처럼 퍼지는 '인포데믹' 현상, 허구세계를 진실이라 여기고 거짓말을 반복하는 '리플리' 증후군도 바이러스처럼 기승을 떤다지요. SNS에는 검증되지 않은 정보나 조작된 뉴스가 진실인 양 초고속으로 퍼져 마녀사냥이 줄을 잇고, '좋아요' 공감을 유도하려는 사람들은 과잉으로 부풀린 감정 샷을 쏟아내고, 인정욕구를 충족하려 과도하게 꾸며낸 '자랑하기' 인증 샷은 진짜인 양 경계수위를 넘지요. '뷰'라나 뭐라나, 구독자 수와 구독 시간이 돈과 직결되는 유튜브는 자극적으로 치달으며 낚싯밥을 던지기 일쑤지요. '고픈, 웃픈, 슬픈' 인간 자화상이지요. 하지만 모두가 다 그런 건 아니니 다행이에요. 혼탁한 중에도 진정성 있는 소통과 가치를 추구하며 보석 같은 역할을 하는 이들이 한 줄기 빛이 되지요.

오늘 아침엔 지인한테서 참으로 황당한 일을 겪었습니다. 아, 글쎄, 내가 뻔히 다 아는 일인데 눈도 깜짝하지 않고 천연덕스럽게 거짓말을 술술 해대지 않겠어요. 잔칫상 준비하려고 땀 뻘뻘 흘리며 소리 없이 음식 장만한 사람은 따로 있는데 숟가락 하나 놓고 자기가 상까지 다 차렸다고 떠벌리는 격이지요. 너무 어이가 없으니 기가 탁, 숨이 탁,

허장성세에 그저 허허실실 웃음만 나더군요. 허세의 속살은 열등의식이라는데 그냥 안쓰럽게 보아넘기면 될까요? 우리네 사람살이, 아무리 소설 같은 세상이라지만 허구로만 삶을 채우는 건 허무하지 않나요? 소설도 실은 삶의 진실을 찾으려 픽션을 빌리거늘, 팩트를 텃밭으로 삼아야 튼실하거늘…. 그 사람, 내일 만나면 아마 피노키오처럼 코가 석 자쯤 자랐을 거예요. 하긴 그렇다 한들, 별다른 묘수가 있겠어요? 거짓말이 역병처럼 난무하는 세상이니 역신을 물리친 처용이라도 모셔오면 명약 처방이 되려나. 나는 그저 속수무책, 대중가요 한 가락을 주술처럼 뇌며 춤 한판을 벌였지요. 이 세상에 태어나 빈방에서 홀로 노래 부르며 독무를 추어보긴 처음이네요.

"세상은 요지경~ 요지경 속~~이다~ 잘난 사람은 잘난 대로 살고 못난 사람은 못난 대로 사~안다~~" "여기도 짜가~ 저기도 짜가~ 짜가가 판친다~~."

휴~! 그래도 희망은 있어요. 쓸쓸한 내 심정을 알기라도 한 듯 때마침, 진심으로 나를 찾아주는 친구가 있네요. 묵은지 같은 삼십여 년 지기(知己)랑 가식 없이 끈끈한 속정을 나누니 기운이 나더군요. 그래서 저녁나절엔 길게 목청을 뽑았지요.

"찐찐찐찐 찐이야~ 완전 찐이야~~ 진짜가 나타났다 지금~ 찐찐찐찐 찐이야~ 완전 찐이야~~찐하게 사랑할 거야~ 요즘 같이 가짜가 많은 세상에~ 믿을 사람 바로 당신뿐~~"

아침엔 짜가, 저녁엔 찐, 세상은 역시 천태만상 요지경 속인가 봅니

다. 가짜가 오죽이나 많으면 유행가에서도 찐을 외치겠어요. 대중가요
는 '3분 드라마'라고 하지 않던가요. 시대의 감성을 곡진하게 읊어 주
지요. '단장의 미아리 고개'는 한국전쟁의 애끓는 비극을 대신해주고,
'아침이슬'은 민중을 앞으로 나아가게 했지요. 아무리 유식한 척 고상
한 척 어깨에 힘주고 눈 내리깔며 고담준론 펼쳐도, 마음을 울컥 흔드
는 건 촌부의 진솔한 시 한 구절이고 유행가 한 소절입디다. 세상살이
뭐, 별것 있나요? 타관 길에서 타는 목마름, 그저 번지 없는 주막에서
탁주 한 잔으로 잠시 축이고 밤길 터덜터덜 걷다 보면 어느새 날 새는
것, 인생은 그렇게 유행가 가사처럼 흘러갑디다.

가짜 뉴스면 좋겠습니다

아홉 살 소녀가 4층 빌라 베란다에서 옆집 지붕을 타고 도망쳐 나왔
습니다. 계부와 친모는 아이를 쇠사슬로 묶어 가두고 화장실에 갈 때
나 밥 먹을 때만 풀어주었다고 하네요. 자주 굶기고 뜨겁게 달군 프라
이팬에 손가락도 지졌다지요. 아이는 사슬이 잠시 풀린 틈을 타서 아
슬아슬하게 목숨을 걸고 탈출한 것이었어요. 잠옷 차림에 맨발, 몸에
학대당한 흔적이 있는 아이가 거리를 헤매는 모습을 예사롭지 않게
본 주민이 구했답니다. 만일 부모에게 발견되어 집으로 다시 끌려갔다
면…. 생각만 해도 온몸이 저립니다. 학교에 가고 싶다면서도 집에는
가고 싶지 않다고 말했다는 아이가 평생 안고 갈 트라우마를 누가 쓰
다듬어 줄 수 있을까요. 또 다른 집에서는 아홉 살 소년이 작은 여행용

가방에 갇혔다가 죽었답니다. 숨쉬기 힘들다고 호소하는 아이에게 계모는 오히려 헤어드라이어로 뜨거운 바람을 불어넣고, 가방에 올라가 뛰기까지 했다네요. 그 가련한 아이의 영혼은 누가 달래줄 수 있을까요. 벌어지지 않아야 할 일들이 벌어지고 있습니다. ─ 가짜 뉴스면 좋겠습니다.

경비일 하시던 분은 한 입주민의 갑질에 시달렸습니다. 그분은 폭언과 해고위협, 머슴이라는 조롱과 폭행과 모멸감을 견디다 못해 결국 극단적인 선택을 하고 말았습니다. 세간에선 이러한 세태를 '임계장 비극'이라 일컫지요. '임시 계약직 노인장'이랍니다. '고르기도 다루기도 자르기도 쉽다'해서 '고, 다, 자'라는 별칭도 붙었다니 어쩌면 좋을까요. 다른 여러 입주민이 마련한 애도의 자리와 헌화의 마음이 저 먼 곳에 계신 그분께 안식과 위로로 닿으면 좋겠습니다. 한창 꿈을 키워야 할 국가 대표 운동선수는 지도자의 가학행위로 고통받다가 스물두 살 꽃다운 생을 스스로 마감했습니다. 훈련을 빙자한 체벌과 인격 모독은 예사, 복숭아 한 개 먹고 보고하지 않았다고 따귀를 스무 대나 맞고, 체중 조절을 못 했다는 이유로 단식 강요에 식고문까지 당했답니다. 주위에서 그 선수를 도와줄 만한 사람들, 가해자에게 경고등을 켜 들만한 위치에 있던 사람들은 모두 침묵의 카르텔 안에서 외면했습니다. 책임을 방기한 조직이 저지른 사회적 타살입니다. 력력(力力), 폭력과 권력이 완장을 차고 위세를 떨치는 곳에선 인간 존엄이 나락으로 떨어집니다. ─ 가짜 뉴스면 좋겠습니다.

지방의 물류창고에서 불이 나서 서른여덟 분이 유명을 달리했습니다. 그 슬픔이 채 가시기도 전에 또 다른 물류센터에서도 사고가 나서 근로자 여러분이 참변을 당했습니다. 배달 아르바이트를 하던 청년이 음주 운전차에 사고를 당해 목숨을 잃었습니다. 폭우로 산사태가 발생하고 하천이 범람하여 또 귀한 인명이 희생되고 재산 피해가 속출했습니다. 불행은 늘 예고 없이 찾아드는 불청객입니다. 인재(人災)와 불가항력적인 자연재해(自然災害) 앞에서 무기력하게 망연자실할 수밖에 없습니다. 세상 사람들을 참담하고 안타깝게 하는 일들은 모두, － 가짜 뉴스면 좋겠습니다.

진짜 뉴스면 좋겠습니다.

불가능했던 일들이 거짓말처럼 실현 가능해졌다는 뉴스를 듣고 싶습니다.

열심히 살다가 애석하게 세상 떠난 분들, 애도하는 가족들 품으로 잠시만이라도 다시 살아 돌아와 못다 한 복록을 누리고 갈 수 있다고, 진짜 뉴스가 발표되면 좋겠습니다.

이제는 꿈에도 보이지 않는 아버지와 어머니가 단 5분 만이라도 환생하여 그리운 얼굴을 보여주러 오실 거라고, 힘든 세상에서 힘내라고, 그 손길로 내 머리를 쓰다듬어 주러 오실 거라고, 진짜 뉴스가 발표되면 좋겠습니다.

'코로나19' 바이러스가 무릎을 꿇고 완전히 물러갔습니다. 가짜 뉴스 바이러스도 거짓말처럼 사라졌습니다. 불신과 도덕적 타락과 분열이 말끔히 사라지고 세계가 청정해졌습니다. 정의와 진실이 살아 있고, 인간과 사회의 품격이 고양되고, 존엄한 가치가 구현되는 이상사회가 눈앞에서 펼쳐졌습니다. 행복 바이러스가 사람들 가슴마다 철철 넘쳐 사랑과 희망과 평화가 담긴 생명의 꽃을 가득가득 피워냅니다. 불가능한 일들이 만인의 행복을 위해 가능한 일로 바뀌는 세상이 되었습니다. 우리는 모두 챔피언이니까요. ─ 진짜 뉴스면 좋겠습니다.

[『수필과 비평』, 2020. 9월호]

닭 선생

내 친구 C는 교외에 아담한 전원주택을 짓고 산다. 반듯한 양옥에 마당이 꽤 넓다. 친구들 몇이 모처럼 그 집에서 모였다. 잔디 깔린 마당에 놓인 디딤돌이 작은 길을 만들고 담장 주변엔 화초가 한창이었다. 마당 한구석엔 닭장도 보였다. 꽃닭과 오골계들이 옹기종기 모여 있다. 자연스럽게 닭 얘기가 화제에 올랐다. 친구는 "닭들 하는 짓이 사람 사는 모습과 너무 비슷해서 신기할 정도"라고 하며 말문을 열었다. 그날 친구가 들려준 닭 얘기 한 토막을 적어본다.

처음엔 수탉 두 마리, 암탉 세 마리, 합해서 다섯 마리를 식구로 들였다. 모두 꽃닭 종류다. 알을 얻는 재미도 있지만 하얀 털에 종아리까지 소복하게 털이 난 외모가 아름다워 관상용으로도 제격이다. 그런데 수탉 두 마리 중 힘센 녀석이 하는 짓이 가관이었다. 한 집에 두 가장이 있을쏜가, 일부다처의 표본인 듯, 위계질서라도 잡으려는 듯, 암탉들을 한쪽으로 몰아놓고 데리고 자면서 다른 수탉은 근처에 얼씬도 못 하게 했다. 편의상 힘센 녀석을 센돌이, 힘없는 녀석을 약돌이라 부르자. 애초부터 기선을 제압당한 약돌이는 그 기세에 눌려 맥도 못 추고 눈치를 보기 일쑤였다. 그렇긴 해도 그들은 그냥저냥 큰일 없이 평화롭게 겨울을 잘 나는 듯했다. 의기소침한 약돌이 덕분에 외적 평화가 유지된 면도 없지 않았던 셈이다. 문제가 생긴 건 다른 식구가 들어오면서부터다.

봄 들어 오골계 암탉 다섯 마리를 새 식구로 들였다. 그런데 꽃닭과 오골계 사이의 텃세와 기 싸움이 가관이었다. 종족끼리의 길들이기라고나 할까. 하여튼 바둑돌도 아닌데 흰 닭과 검은 닭의 싸움이 시작되었다. 더욱 놀라운 건, 잔뜩 주눅이 들어 있던 약돌이의 태도가 기세등등하게 돌변했다는 거다. 수탉이라곤 오직 센돌이와 저뿐이었는데 암탉이 새로 들어오니 기회는 이때다 싶었는지, 아니면 센돌이에게 당한 한풀이라도 하려는 것인지, 작심한 듯 오골계들을 쪼아대면서 모이도 먹지 못하게 을러댔다. 을이 을한테 해대는 갑질이었다.

그러기를 일 주일여, 조금 사그라지나 싶었는데 급기야 반전이 일어났다. 약돌이 녀석이 덩치가 제일 작은 오골계 암탉을 만만하게 보고 올라타려 했다. 그런데 웬걸, 약돌이의 무력함을 이미 눈치라도 챘는지 앙칼진 반격이 만만치 않았다. 돼먹지 못한 수컷의 힘자랑을 그냥 보아 넘길 암탉이 아니었다. 그 결과는? 약돌이의 벼슬이 찢기고 목이 찍혀 피를 흘리는 완패로 끝났다. 제 몸을 지키려는 암탉이 필사적인 투혼을 발휘하여 승리한 것이다.

암탉한테마저 신 약돌이는 시름시름 기운을 잃어갔다. 패배자로 낙인이 찍혔으니 동료 닭들도 업신여기고 왕따를 시키는 게 역력했다. 가만히 있는 약돌이를 툭하면 쪼아댔다. 닭이나 사람이나 왕따를 당하면 삶의 의욕을 잃기 마련인가. 약돌이는 식욕을 잃은 채 점점 뒤로 밀리면서 한쪽 구석에 웅크려 있곤 했다.

주인장 입장에선 그대로 두고 볼 수가 없었다. 녀석이 하도 딱해 지렁이를 잡아다 먹이거나 생선도 주고 약도 발라주었다. 겉 상처는 아물어 가는데 내심 마음의 상처가 컸는지 그냥 두면 죽을 것만 같았다. 무리와 떼어놓아야겠다 싶어 약돌이를 닭장 밖으로 따로 내놓았다. 구박을 받아도 제집이 좋은지 처음엔 닭장 안을 기웃거리더니 차츰 마당을 오가거나 나무 그늘 아래서 놀기도 했다. 조금 마음이 놓였다.

그런데 이게 웬일인가. 어느 날, 외출했다가 돌아와 보니 약돌이가 보이지 않았다. 독수리가 채갔나, 오소리가 물어갔나. 방심한 게 탈이었다. 아무래도 그동안 가끔 집 주위에서 어슬렁거리던 오솔이 짓 같다. 내부의 적을 막아주려다 외부의 적에게 희생을 당하게 한 거다. 한 생명 살리려다 오히려 죽게 했으니 주인장 마음이 편치 않다. 싸우든 말든 그냥 저희들 무리에 섞여 살게 두었으면 죽음은 면했으려나.

약돌이가 죽었는지 살았는지도 모르는 센돌이는 가부장으로서의 위엄을 한껏 지키고 산다. 모이를 주면 제가 먼저 냉큼 먹는 법이 없다. 꼬~옥 *꼬꼬꼬꼬*, 암탉들을 불러 모으고는, 암탉들이 먹는 걸 보고서야 저도 모이를 입에 댄다. 가장이 식솔들 입에 밥 들어가는 거 보고서야 안심하고 자기 배 불리는 것과 다를 바 없다.

철학은 책상머리에서 나오는 게 아니라 하찮은 존재들의 삶에서 나온다. 힘없으면 닭도 살아남지 못하는 세상이니 뾰족한 수가 없어 더 딱하다. 그런데 약돌이를 따돌린 센돌이, 왕따를 시킨 행동거지엔 회초리를 들어야 마땅하지만 투철한 책임감으로 톡톡히 해내는 가장 노릇은 웬만한 사람보다 나으니 가상하다고 머리라도 쓰다듬어 줘야 하려나. 벌도 상도 함께 받아야 할 센돌이. 계격(鷄格)과 인격(人格)은 다르다고, 센돌이나 약돌이는 닭 세상에나 있을 뿐 만물의 영장인 사람 사는 세상은 다르다고, 딱 잘라 도리질을 할 수도 없는 형편이니 어쩌나. 난해한 세상살이 닭을 선생 삼아, 반면교사 삼아, 인간사 둘러 봐야 할 거나.

[『좋은수필』, 2016. 10월호]

도시의 빈자(貧者)

녀석의 눈빛이 아직도 생생하다. 아파트 화단, 후박나무가 그늘진
작은 둔덕 위에 엎드려 있던 녀석과 눈길이 딱 마주쳤다. 목덜미를 따
라 가슴에 하얀 털이 섞여 있고 몸통이 온통 새까만 길고양이다. 몸을
동그랗게 웅크린 채 꼼짝도 하지 않고 나를 뚫어져라 응시하는 그 눈
빛엔 기묘한 기운이 서려 있었다.

어렸을 때 나는 고양이를 무척 무서워했다. 동네 어른들은 '고양이
가 관을 넘어가면 송장이 일어난다.'는 말을 자주 했다. 그래서 동네에
초상이라도 나면 밤중에 고양이가 얼씬거릴까 봐 무서워 밖엘 나가지
못했다. 어른들은 '얌전한 고양이가 부뚜막에 먼저 올라간다.'고 하거
나, '고양이한테 생선 맡긴 격'이라는 말도 자주 했다. 이런 속담을 들
으면서 고양이는 겉과 속이 다르거나 믿지 못할 동물이 아닌가 생각한
적도 있었다.

고양이에 대한 부정적 생각이 더해진 것엔 한 편의 소설이 준 학습

효과도 단단히 한몫했다. 내가 아직 세상의 이해에 어두울 때 에드거 앨런 포의 「검은 고양이」를 읽어서다. 불안하고 불합리한 주인공의 이상심리나 환상적이고 그로테스크한 소설의 심층적 의미를 다각도로 파악하기 어려운 나이에 줄거리 중심으로 읽은 게 탈이었다.

소설을 읽으면서 각인된 건, 주인의 손등에 상처를 내고 한쪽 눈이 도려내져 흉측한 모습을 한 고양이다. 살인사건과 연루되어 어둠침침한 지하 회벽에 갇혔다가 주인의 죄를 응징이라도 하듯 정체를 드러내는 섬뜩한 고양이의 이미지였다. 주인에게 희생당한 고양이에 대한 측은함보다는 두려움이 더 강하게 남았던 거다.

그래서 골목에서 고양이를 만나면 피하거나 쫓아버리곤 했다. 그 이빨이나 발톱은 마치 나를 할퀴려 대들 것처럼 날카로워 보였고, 눈은 내가 모르는 죄까지도 꿰뚫어 보는 예지능력이라도 있을 것처럼 매섭게 느껴졌다. 한밤중에 암내가 나서 골목을 휘젓고 다니는 고양이의 카랑카랑한 울음을 들을 때면 서늘한 기분에 휩싸여 잠을 이루지 못할 때도 있었다.

그렇다 보니 「봄은 고양이로다」에서 시인이 말하는 것 같은 고양이 이미지가 쉽게 다가올 리 없었다. 봄이 고양이라고? 어떻게? '꽃가루처럼 부드러운 털과 봄의 향기, 금방울 같이 호동그란 눈과 봄의 불길, 고요히 다문 입술과 봄의 졸음, 날카롭게 쭉 뻗은 수염과 봄의 생기'를 지닌 고양이? 지금이야 그 감각적인 시어와 이미지 조합이 봄의 정경과 어우러져 선연하게 다가오지만, 그때는 전혀 실감나지 않았다.

뮤지컬 「캐츠」에서야 고양이 이미지가 친근하게 다가왔다. 여기선 부자, 반항아, 악당, 선지자, 마법사, 춤 잘 추고 매력적인 고양이들이 매우 다양하게 인간 군상을 풍자한다. 하긴, 샤를 페로가 쓴 동화 「장화를 신은 고양이」에서는 고양이가 가난한 물방앗간 집 아들인 자기 주인을 일약 후작의 지위로 올려놓고 대저택에서 공주와 결혼까지 시킬 만큼 영특하고 지혜롭지 않은가. 보들레르는 또 고양이를 얼마나 사랑했던가. 그에게로 가면 고양이는 관능적인 여인이 된다. 이렇듯 고양이는 여러 예술작품에 등장하면서 인간의 시선에 따라 위상을 달리해왔다.

나를 바라보는 저 고양이. 내가 저를 보는 것인지 제가 나를 보는 것인지, 나를 경계하는 것인지 위협을 주는 것인지, 알 수 없다. 내 일거수일투족을 놓치지 않으려는 듯 눈싸움이라도 하듯 끝까지 시선을 놓지 않는다. 자기장에 끌린 듯 떨칠 수 없는 그 형형한 눈빛이 내 온몸을 투시하는 듯하다.

예전에 사람과 처음 살기 시작했을 무렵, 이집트에서는 고양이가 무척 신성한 동물로 대접을 받았다 한다. 설령 실수라 할지라도 고양이를 죽이는 건 사형에 처해질 수 있는 중죄였고, 고양이가 죽으면 그 사체를 미라로 만들고 그 가족은 상복을 입었으며, 집주인은 눈썹을 밀고 애도할 정도였다고 한다. 그런데 이젠 운이 좋아야 반려동물로 밥을 얻어먹을 수 있게 되었다. 그렇지 않으면 집도 없이 떠돌면서 도

둑고양이나 길고양이로 전락하고 만다. 농촌에서 도시로 올수록, 문명의 불빛이 밝아질수록, 먹이는 줄고 쓰레기통은 더욱 견고해져 저들의 삶은 막막해진다.

저 고양이, 아파트 건물을 돌아서며 뒤돌아보니, 애소하는 듯, 두려운 듯, 노려보는 듯, 여전히 내 동선 따라 뒷모습을 쏘아보고 있다.

후박 꽃 다 떨어진 둔덕에서 꽃이 되고 싶은가, 탁발승의 화신인가. '너 누구에게 공양 한 번 제대로 한 적 있는가.' 묻는 것도 같았다. 집에 들어와 고양이가 먹을 만한 음식을 챙겨들고 다시 나갔다. 그러나 그 사이에 고양이는 간데없이 사라졌다.

며칠 후, 공교롭게도 내가 사는 동네에서 길고양이 몇십 마리가 한꺼번에 독살을 당했다는 뉴스가 들렸다. 그 고양이도 혹시 그 축에 낀 건 아닌지…. 누군가 인터넷에 글을 올렸다. "살겠다고 태어난 목숨이니 돕지 않으려거든 죽이지나 마세요. 그냥 그들대로 한세상 살다 갈 수 있게."라고.

다른 한편에선 강아지 유치원 얘기가 시선을 끈다. 강아지를 모셔가고 모셔오는 통학버스도 있단다. 그 견공님들은 유치원에서 사회성도 기르고 간식 먹는 법도 배운다고 한다. 먹이를 얻는 대신 자유를 반납하고 길들여지는 견공님들. 저러다가 혹시 변덕스러운 주인 만나 눈밖에라도 나면 길거리에 버려져 하루아침에 유기견 신세가 되지나 않을지, 사람 사는 세상이나 저들 세상이나 고르지 못하긴 매일반인가.

잉증맞은 모자를 쓰고 예쁜 옷을 입고 '개 엄마' 품에 안겨 있는 강아지의 동그란 눈을 보면서, 왜, 쓸데없이, 추운 지하도 계단에서 만났던 걸인의 눈빛이 겹칠까. 그는 검은색 누더기를 입고 몸을 잔뜩 웅크린 채 고개를 목덜미에 파묻고 있었는데 어쩌다 고개를 들다가 나와 눈이 딱 마주쳤다. 음울했던 그 눈빛이 잊히질 않는다.

문명의 도시 한구석에서 동냥으로 연명하는 걸인이나 길거리를 떠돌며 쓰레기통이나 뒤지는 고양이나 도시의 빈자(貧者)라는 점에서는 다를 바 없는 신세다.

오늘따라 먹장구름이 끼고 날씨는 음산하기 짝이 없다. 허기진 도시의 빈자(貧者)들. 그들의 눈빛이 유혼처럼 허공을 떠돌며 지상을 내려다보는 것 같다. 그대들이여! 만일 그럴 수만 있다면, 다음 생에선 천덕꾸러기 신세 면하고 존엄하게 사랑받는 존재로 환생하시게.

[『계간수필』, 2016. 겨울호]

노인과 십자가

낮이라서 그런지 전동차에는 군데군데 자리가 비어 있다. 내가 앉아 있는 맞은편 자리에는 교복을 입은 여학생 세 명이 나란히 앉아 참새처럼 재잘대고, 그 옆의 할머니는 손자인 듯한 아이를 달래고 있다. 스마트폰을 들여다보며 웃는 사람, 손놀림도 빠르게 문자를 보내는 사람, 표정과 몸짓이 각양각색이다.

한가한 분위기가 깨진 건 전동차가 역에 정차하고서였다. 차내에 들어선 노인 한 분이 시선을 끈다. 검은 바지와 흰 셔츠에 붉은 조끼를 입고 한 손엔 십자가 팻말을 들었다. 차가 출발하자마자 노인이 십자가를 높이 들고 쩌렁쩌렁한 목소리로 외친다.

"회개하라. 종말이 다가왔다. 예수를 믿으면 구원을 받을 것이다."

그러고는 여학생들이 앉아 있는 자리로 다가간다.

"학생들, 예수 믿어야 천당 가."

노인은 세례를 주듯 여학생들의 머리에 차례차례 손을 얹고 기도를 한다. 갑작스러운 행동에 당황한 여학생들은 겉으로 드러내지도 못하고 고개를 숙인 채 킥킥대며 웃음을 참느라 애쓴다. 눈앞에서 벌어지는 광경을 보니 슬며시 웃음이 나면서도 한편으로는 노인이 외치던 단어가 못다 푼 숙제처럼 머릿속을 맴돈다. '구원? ….'

하긴, 이런 광경이 낯설지만은 않다. 일전에는 서울역 광장에서 한 남성이 색소폰으로 성가를 연주하고 있었다. 연주가 끝나자 이번엔 말쑥하게 차려입은 여성이 마이크를 잡고 목청 높여 성가를 불렀다. 이들 옆에는 'ㅇㅇ교'를 믿지 않으면 '불신 지옥'에 떨어질 것이라고 쓰인 글귀가 협박인 듯 호소인 듯 펄럭였다. 또 다른 저쪽에선 이에 질세라 아주머니 한 분이 'ㅇㅇ교'를 믿고 구원을 받으라며 자신이 신봉하는 종교를 전도했다. 저들의 지치지 않는 열정은 어디서 나오는 것일까. 만나기로 한 친구가 늦어지는 바람에 나는 한참 동안 서서 그 광경을 바라보았다.

종교뿐 아니라 예술에서도 구원은 늘 화두가 되어왔다. 미켈란젤로는 「피에타」로 구원의 모상을 조각했고, 베르디는 「레퀴엠」으로 죽은 자를 애도하며 구원을 노래했다. 괴테는 젊은 시절에 시작한 「파우스트」를 평생에 걸쳐 집필하면서 영혼 구원의 문제에 몰두했고, 김동리는 『사반의 십자가』에서 신과 인간과 구원의 문제에 질문을 던졌다. 그밖에도 수많은 예술가가 구원을 표상했다. 직접 천명하진 않더라도 예술 행위 언저리엔 구원의식의 그림자가 따라다닌다. 이처럼 숱한 종교와 예술이 구원을 말해왔는데 세상은 왜 점점 황폐해지는 걸까.

나는 광장이 보이는 계단에 서서 잠시 카프카의 단편소설 「법(율법)

앞에서』를 떠올렸다. 그리고 집에 와서 다시 읽었다. 법 앞에 문지기가 서 있고 시골 사람 하나가 와서 법 안으로 들어가게 해달라고 부탁한다. 그러나 거절당한다. 법으로 들어가는 문은 열려 있지만, 입구의 문지기 말대로라면 "방을 하나 지날 때마다 새로운 문지기가 서 있는데, 갈수록 그 힘은 막강"해진다. 시골 남자는 입장 허가를 받을 때까지 기다리기로 작정한다. 그 문에 들어가기 위해 자기가 가진 값진 것들을 문지기에게 바치며 틈나는 대로 조른다. 나중에는 문지기의 외투 깃에 붙은 벼룩에게까지 간청하지만 끝내 들어가지 못한다. 시력이 약해져 문에서 새어 나오는 빛만을 겨우 볼 수 있게 된 남자가 죽음에 이르러 마지막으로 문지기에게 묻는다. "여러 해 동안 나 말고는 들여보내 달라는 사람이 없으니 어쩐 일"이냐고. 문지기는 죽어가는 남자의 귀에 대고 고함을 지른다. "다른 사람은 아무도 이 안에 들어갈 수 없소. 이 입구는 오직 당신만을 위한 것이었으니까, 나는 이제 문을 닫고 가겠소."라고.

다른 사람에겐 별로 가치가 없지만 오직 자신만이 값지다고 여기는 것, 평생 갈구하며 그 문 앞에서 서성대게 하는 것, 법이라는 이름은 사람에 따라 달리 읽힐 수 있을 것이다. 그것이 종교든 예술이든 돈이든 권력이든, 무엇이 진정한 가치가 있는지 선택하는 것은 본인이다. 그러나 그 문에 아예 들어갈 수 없거나, 한 걸음씩 가까워질수록 더 큰 욕구로 갈증을 불러일으키는, 매달릴수록 눈멀어 더 소중한 것을 잃게 하고 점점 막강한 힘으로 인생을 지배하는, 그것은 끝까지 도달

할 수 없는 미완의 기표다. 나는 '법'을 '구원'이라 고쳐 읽는다. 구원은 내게도 문 안의 법과 같은 기호이니까.

광장은 목마른 사람들의 집합소이자 쉼터인 것처럼 보였다. 역사(驛舍)로 이어지는 계단에 사람들이 군데군데 앉아 그 광경을 바라보았다. 어떤 이는 맥없이 담배를 피우며 하늘을 쳐다보고, 또 어떤 이는 노래를 흥얼흥얼 따라 부르기도 했다. 다른 한쪽에선 두런두런 둘러앉아 얘기를 주고받는 사람들, 허름한 차림새로 보아 노숙자 같았다. 그 틈에는 여자도 한 명 있고, 노인도 한 명 웅크리고 누워 있었다.

노숙자들에겐 고단한 몸을 눕힐 편안한 잠자리와 당장의 배고픔을 해결할 따뜻한 국밥 한 그릇이, 걸인에겐 돈 한 푼이, 또 어떤 이에겐 영혼을 달래줄 따뜻한 말 한마디나 사랑 한 숟가락이 구원의 지푸라기가 될지도 모른다. 저들에게 문학은 어떤 의미가 있을까.

구원을 외치는 사람들과는 무관하게 역사 쪽으로 이어지는 계단을 바삐 오르내리며 무심히 광장으로 밀려가고 밀려오는 인파, 그 어깨 위로 '구·원'이라는 단어의 초성과 중성과 종성들이 낱낱이 흩어져 부서져 내리는 듯했다.

출발지와 종착지가 서로 다른 사람들이 몸담고 살아가며 흩어지고 모이는, 거대한 광장과 같은 이 세상. 그 안에서 부유하는 사람들이 통과해야 할 문은 제각기 다른 빛깔로 닫혀 있다. 이 시대의 문학은 무엇을 할 수 있는가. 유용함의 무용함과 무용지용(無用之用)의 이치를 생각해본다. 노인은 지금도 십자가를 메고 어둠의 미로 같은 지하철역을 돌고 계실까. 아니면 저 하늘 꽃밭에서 지상을 내려다보며 웃고 계시진 않을지.

[『문예바다』, 2017. 봄호]

선(線), 지켜주소서

어렸을 때 '사방치기' 놀이를 자주 했다. 네모 몇 칸을 그릴 수 있는 땅바닥과 납작한 돌멩이와 친구 한두 명만 있으면 즐겁게 놀 수 있었다. 여럿이 모이면 편을 나눠서 놀기도 했다. 1부터 아라비아 숫자를 적은 그림판에 돌을 던져 깨금발로 돌차기를 하고 두 발로 딛기도 하면서 순서대로 돌며 다시 자신의 돌을 들고 출발점으로 오는 놀이다. 이때 꼭 지켜야 할 규칙이 있다. 던진 돌이 선(線)에 닿지 않아야 하고 한 칸 한 칸 뛸 때 선을 밟지 말아야 한다.

정해진 선을 지키면서 자신의 영역 안에서 최선을 다한다는 점에서 '사방치기'는 놀이이되 인생 게임의 법칙을 일러준다. 사람과 사람 사이에서도 지켜야 할 선이 있다. 그 선은 성숙한 자아가 실천할 수 있는 무언의 약속이다. 길을 갈 때만 해도 인도와 차도 구분이 있고 차도엔 차선이 있다. 역주행하거나 서로의 차선을 어기면 사고가 나는 건 불을 보듯 뻔한 이치다. 하물며 긴 인생길에서야 더욱 그렇지 않으랴. 사람이 가야 할 길을 따르는 일, 그것이 바로 도(道)이다.

최근 세간에서 거센 파도를 일으키는 '미투(Me Too·나도 당했다)' 운동 역시 금지선을 무시하는 것에서 비롯된다. 나는 이미 오십여 년 전에 이런 일을 목격했고 그 이전에도 이후에도 도처에 비일비재했다. 그러나 수치심을 느끼며 침묵했던 여성들이 용기 있게 자기 목소리를 내기 시작하여 수면 위로 솟구쳐 오르고 있다. 가부장적 남성우월주의, 권력적인 성문화와 만용은 이제 발붙일 곳이 없다. 폭력적 소유를 사랑이라 포장하고, 여성을 노리개 삼은 성희롱을 사소한 일탈이나 마초적 낭만이라 합리화하는 행위는 더 이상 용인되지 않는다. '미투' 운동은 바로 인간 평등의 선을 지키는 일이다. 제3자가 고발하는 '아우팅 미투(Outing Me Too·쟤도 당했다)'도 피해자의 보호선을 무단으로 침해한다면 폭력적이다. 선은 벽처럼 견고하지 않아 쉽게 넘을 수 있다는 게 흠이지만 서로 침범하지 말아야 할 영역을 알려준다. 선은 균형이고 질서다.

무경계는 유기적 통합과 초월의 기초로도 읽히지만 쓰임에 따라서는 카오스의 원천이 되기도 한다. 세계는 코스모스 안에서 안정의 리듬을 유지하며 흘러간다. 이처럼 전근대적인 질서로 여겨지는 인륜 도덕도 새롭게 해석되어야 한다. 인간 가치 하락이 도를 넘어 사회가 점점 천격(賤格)으로 흐르고 있어 우려된다. 실종되어가는 인간 존중의 미덕을 어떻게 하면 찾을 수 있을까. 데이트폭력이나 가정폭력 혹은 노인 소외 증가 등 사회면을 어지럽히는 기사들도 알고 보면 인간이 지켜야 할 기본선을 위배해서 생기는 일이 대다수다. 어느 시대건 도

덕의 부재는 혼탁한 세상을 불러왔다.

저급한 포르노식 언행 말고도 일상에서 다반사로 벌어지는 '선 밟기' 중 하나가 무례한 언어폭력이다. 인터넷 악플이나 길거리 막말 등은 이미 우리 사회에 만연해 있어 오히려 무뎌질 정도다. 그런 와중에도 그냥 지나치기 어려운 게 있다. 농담의 너울을 쓴 언어 배설행위다. 특히 가까이 있는 사람들한테서 자주 겪어 피로도가 높다. 친한 척, 아무 뜻 없는 척, 은근히 조롱하면서 자신의 감정을 토설하고는 상대방이 언짢은 내색을 하면 '농담인데 예민하게 군다.'고 덮어씌우며 빠져나간다. 그렇게 해서 농담한 사람은 호쾌한 자가 되고 이에 반응하는 사람은 졸지에 옹졸한 자가 되고 만다. 애정 어린 친밀감의 표시인지 비아냥거림인지는 듣는 이가 더 잘 안다. 농담은 선용하면 윤활유 역할을 하지만 비하가 섞이면 불온한 진담이 된다. 진심 어린 충언은 달게 받아야 할 보약이지만 비열한 할퀴기를 숨긴 우롱은 독가시가 된다. 농담의 가치는 대상이 함께 흔쾌히 웃을 수 있을 때라야 빛난다. 가볍게 뱉어내지만 농도에 따라선 그 무게가 결코 만만치 않아 폭력으로 작동할 소지가 다분한 언어가 바로 농담이다.

본의 아닌 실수를 하는 경우도 있긴 하다. 그럴 땐 그저 웃어넘기며 모르는 척 지나쳐버리지만 여러 번 반복될 땐 인내심에 한계를 느낀다. 아무리 선의로 받아들이려 해도 여러 사람 앞에서 받은 모멸감이 쉽게 지워지지 않거나 저의가 의심스러울 때도 마찬가지다. 그렇게 끈적끈적한 마음이 들러붙을 땐 차라리 나의 곡해였기를 내심 바라며 그의 의중을 되묻기도 한다. 그 말, 어떤 뜻으로 한 거냐고. 그 물음에 우물쭈물 변명하거나, 사과하거나, 아예 속내를 보이며 곁을 떠나는 이도 있다. 자신이 던진 말을 돌아보기보다는 내 질문에 대한 노여움이 더 앞섰던 걸까. 아쉽지만 인연이 거기까지라면 웃으며 손을 흔들 수밖에 없다. 그런가 하면 이전보다 더 돈독해지는 이도 있다. 상호 이해를 도와 서로 신뢰하며 다시 손잡고 긴 인연의 끈을 이어갈 지기이니 그야말로 보석 같은 존재다.

이런들 저런들 '둥글게, 둥글게'만 살아갈 수 있다면 좋겠지만 매사에 실천하기란 허상에 가깝다. 경우에 따라선 무조건 좋은 척 참는 게 능사도 아니거니와 비생산적인 감정을 거듭 소모하는 것도 별로 달갑지 않다. 자기 정신은 피동이 아니라 능동의 주체가 되어야 한다는 게 내 소견이다.

아예 노골적으로 돌차기를 하며 선을 넘어오는 이들도 있다. 알량한 권력을 완장으로 여기며 행세하는 사람들이 대체로 그러하다. 불가항력적인 권력 앞에서 속수무책일 경우도 없진 않다. 그러나 웬만한 권력은 그것을 간절히 원하며 종속되는 사람에겐 태산 같은 힘으로 작용할지 모르나 그렇지 않은 사람에겐 티끌에 불과하다. 문단에선 지면이나 감투가 권력의 주역을 담당하기 일쑤다.

나는 나를 존중하는 이를 존중한다. 박애주의자가 될 깜냥이 안 되는지라, 부당한 '선 밟기'로 자존의 영토를 헤집어놓는 침입자에겐 너그러움을 소비하고 싶지 않다. 그럴수록 외로워질 수도 있겠지만 두렵

시 않다. 혼자 가든 여럿이 가든 인간은 본원적으로 고독한 존재이거늘, 관용이나 화합이라는 미명 아래 허허로운 가면의 웃음을 날리며 야합하기보다는 자발적 고독도 즐길만하다. 비루한 현실에 갇혀 밤잠을 설칠 바엔 "먹이를 찾아 산기슭을 어슬렁거리는 하이에나"가 되기보다는 "산장 높이 올라가 굶어서 얼어 죽는 눈 덮인 킬리만자로의 그 표범"이 되어보는 것도 괜찮겠다. 연줄 따라 배경 따라 이리저리 눈치껏 헤엄을 잘 쳐야 출셋길이 넓어지는 세상에서 어리석어 보일지라도 더 중요한 건 내 안의 자유다.

삶은 각자가 자신의 방식에 맞게 택할 일이니 정답은 없다. 다만 밟혀서 아프지 않은 생명은 없다. 누구든지 자기 안에 다치고 싶지 않은 금지선 하나쯤은 갖고 있을 것이다. 누군가에겐 사소해 보이지만 다른 누군가에겐 소중한 생을 유지하는 토대일 수도 있다. 선은 곧 가치이며 권리다. 어떤 이유로든 인간 존엄의 마지노선을 뚫고 들어오는 돌차기를 하지 마시길, 함부로 인격을 훼손하며 선을 밟고 들어오지 마시길, 나는 바란다. '선 지키기'는 단절의 벽 쌓기나 금긋기가 아닌, 너와 내가 '우리'로 피어나기 위한 공존과 배려의 묵계다.

사람이 꽃보다 아름다울 때도 있지만 우주질서 따라 피고 지는 꽃은 어디서나 사람보다 아름답다. 그렇기에 더욱 인간사에서 아름다움을 찾아 헤매는지도 모른다. 다행이랄지 아직은 내 곁에 본받을 만한 인품을 지닌 분들이 많으니 고마운 일이다.

노년의 산정과 가까워진다는 건 자유의 시간과 가까워지는 일이기도 하다. '밥그릇'을 차지하기 위해 억지로 머리를 조아리지 않아도 되고, 닫힌 문 앞에서 기웃거릴 일 많지 않으니 굳이 굴종의 맷집을 키우지 않아도 된다. 인생의 가을까지 열탕을 견디며 살아온 자가 택할 수 있는 선물이다. '늙어간다'라는 진행형이 이래저래 슬프지만은 않은 이유다.

문득 보니 어제와 오늘과 내일의 자리에 '나'와 다수의 '그들'이 있다. 동승했던 인생 열차에서 이미 하차했거나 함께 곁자리를 지키며 먼 길을 가는 사람들이다. 거친 세상을 통과하면서 주고받은 행복 또는 상흔들이 형형색색 무늬를 그리며 얼룩을 남긴다. 내가 누군가에게 주었을지 모를 상처의 그림자도 얼비친다. '어루만져주소서.' 난해한 추상화 같은 세태의 풍경 한복판에서 마음으로 뇌어본다. 이 세상을 주재하는 분이 계신다면, 우리 생을 온전하게 이끄는 조력자가 계신다면, 들어주실까.

'나'와 '그들'이 인간 존엄과 품격을 지키며 살아갈 수 있게 하시고 온갖 상처의 그물로부터 지켜주소서.

[『계간수필』, 2018. 여름호]

내 아이, 그 후

내 아이를 무대에 내보내야 할 차례다. 옷매무시를 아래위로 훑어본다. 솔기가 터진 데는 없는지, 단추는 제대로 채웠는지, 하나하나 꼼꼼히 살펴봐야 한다. 그럭저럭 모양새는 갖춘 듯하다. 잘생겼든 못생겼든 타고난 용모야 어쩔 수 없다. 그건 관객의 취향에 따라 달리 보일 수 있으니 그저 제가 맡은 역할이나 잘하면 된다.

내 아이는 새벽이 낳은 산물이다. 나는 새벽이면 기도하는 마음으로 아이가 탄생할 씨앗을 마련했다. 그렇게 공들이기를 여러 해, 겨우 첫 아이를 세상에 선보인 것이다.

내 아이는 아비가 없다. 아비가 누구인지도 모른다. 이성간 정염(情炎)으로 태어난 생명이 아니기에…. 다만 세상과 교접하여 빚어낸 소산인 것만은 분명하다. 그렇다면 세상 모든 존재가 아이의 아비일까.

그 아이, 나의 '정신적 아이', 등단 14년여 만에 선보인 첫 개인 수필집이다. 늦둥이라고 부끄러워할 일도 자랑할 일도 아니다. 나는 문학을 사랑했는가. 지금에 와서 보니 그랬다. 밀쳐내고 싶을 때가 더 많았기에 그게 사랑인 줄도 몰랐다. 운명처럼 인연을 맺었으니 아이의 아비를 문학이라 해도 좋을까. 인쇄마당을 거쳐 무대에 내보내기 전, 어긋나는 문장은 없는지, 주제나 메시지는 잘 전달이 되는지, 단추를 채우듯 하나하나 살폈다. 수작이든 범작이든 태작이든, 그건 관객인 독자가 판단할 일이다.

아이를 본 관객의 반응은 다양했다. 완벽함이란 신만의 영역일지니 내 아이에게 흠이 없을까만 부족하나마 토닥토닥 등을 두드리며 격려해주는 분들이 많았다.

웃지 못할 일도 있었다. 어떤 이가 아이의 등 뒤에 숨어서 먹물을 뿌리고 히히 웃으며 달아났다. 딱한 노릇이다. 말하자면 내 책에 적힌 글귀를 조금씩 교묘하게 도둑질하고 다른 이의 사례를 마치 내가 진짜 한 일인 것처럼 이리저리 짜깁기해서 나를 형편없는 인격의 소유자인 양 매도했다. 픽션을 팩트처럼 엮어 수필이란 이름표를 단 것이다. 알 만한 사람은 알고 모를 사람은 모르라는 듯, 내 책을 꼼꼼히 읽고 문맥을 기억하는 사람들이라면 내게 자연스럽게 혐의의 눈초리를 보낼 수 있게 썼다. 겉보기엔 그럴듯하게 포장했지만 속엔 독을 품었다. 그런데 그 저급한 해코지를 눈치챈 몇 사람이 내게 전화를 해주었으니 그의 시도는 성공한 걸까 실패한 걸까.

말은 내뱉는 순간 금방 허공으로 흩어진다. 어느 누군가에게는 한마디 말이 개인의 기억으로 오래 남을 수도 있지만, 대중에겐 대개 쉽게 잊힌다. 반면에 글은 인터넷이든 지면이든 그 발표공간이 사라지지 않는 한 좀비처럼 남아 세계를 떠돈다. 내 아이 옷에 먹물로 남은 글사 역시 아무리 깨끗이 빨래를 해도 그 흔적이 오래도록 남을 것이다.

그럴 땐 수행승 아잔 브라흐마가 일러준 것처럼, 머릿속을 헤집고 돌아다니는 '108마리 원숭이'를 쫓아내려 애써야 하려나? 아니다. 잡 념의 원숭이에게 함부로 마음자리 내어줄 일 아니다. 그저 웃으면 된 다. 나는 안다. 그 검은 활자 뒤에 가려진 허위의식을, 피해갈 수 없는 논리적 모순을, 악의(惡意) 뒤에 감춰진 콤플렉스를. 오늘 카타르시스 를 느끼든 내일 부끄러움을 느끼든 그것 역시 어디까지나 각자의 몫인 것을.

그저 제 아이 단속이나 잘하면 좋으련만 그 후로도 틈만 나면 내 아이에게 흠집을 내려 호시탐탐 궁리하며 뒷자락을 잡고 늘어지면서 궤변으로 툭툭 치고 도망가니, 어허, 그 또한 딱하기 그지없다. 어쩌자 고 스스로를 예속하는 늪에 갇혀 헤어나질 못할까.

뭐 그렇다고 꼭 그런 일만 있었던 건 아니다. 그런 일은 어쩌다 가뭄 에 난 콩 한 알에 불과할 뿐이고 박수와 위로를 더 많이 받았으니까. 중학교 2학년짜리 외손녀는 '요즘 감명 깊게 읽은 책'을 발표하는 수업 시간에 '외할머니가 쓰신『새벽 한 조각』'에 대해 이야기했단다. 친구 들이 부러워했다는 말도 내게 했다. 외사촌 동생에게서는 카톡이 왔 다.

"언니, 나 어제 책 다 읽었어. 재밌네. 작가님을 알기에 더 쏙쏙 들 어오구~~~ 울 엄마두 당신 딸은 아니지만 조카딸 글 쓴다고 자랑스럽다고 말했었는데… 오늘 엄마한테 왔는데 언니 책 가져왔어. 엄마가 좋아할 것 같아서 보여주려구~~!!"

동생은 봉안묘에서 과일과 꽃 옆에 내 책을 나란히 놓고 찍은 사진을 함께 보내주었다. 돌아가신 외숙모 생각도 나고 지나간 시간의 이런저런 감회에 젖어 울컥해진 내가 전화를 하니 동생은 "언니 책 읽으면서 울었다."라는 말도 덧붙였다. 그러면 됐지, 뭘 더 바라겠는가. 시나 소설과는 다른 수필만이 지닌 힘 덕분이다. 기본적으로 가족 간 공감과 소통이 안 되면 다른 독자와의 교감도 기대하기 힘들 것이다.

어떤 지인은 꽃바구니를 들고 나를 만나러 오는 길에 지하철에서 이러저러했노라고 자신이 한 일을 전했다. 좌석에 앉아 오는 동안 다른 승객이 책표지를 잘 볼 수 있도록 일부러 무릎 위에 책을 반듯이 세워 쫙 펴고 한 장 한 장 페이지를 넘기며 읽었단다. 간접적인 홍보를 했다는 말에 함께 웃었다. 유쾌한 배려다.

무엇이든 처음이 어렵다. 첫아이를 힘들게 낳은 산모들이 다시는 아이를 낳지 않겠다고 다짐하지만, 시간이 지나면 언제 그랬냐는 듯 다산의 어미가 되기도 한다. 책을 선보이는 것도 그와 다르지 않을 것 같다. 자기 소신에 따라 저서를 단 한 권도 남기지 않는 이가 있는가 하면 수십 권을 남기는 이도 있다. 여기저기 중복된 글로 저작 권수만 늘리는 건 재고해볼 여지가 있지만 그런들 저런들 모든 선택은 그들 각각의 주관에 달렸다.

언어를 함부로 낭비하는 게 아니라면, 안으로 삭히고 아끼며 가둬두 있던 침묵의 언어들이 세상 빛을 보겠다고 꿈틀꿈틀 요동친다면, 제대로 길 찾아갈 수 있게 문 열어 어둠에서 풀어주는 것도 순리가 아닐까 싶다. 그럴 땐 출산의 자유를 가로막는 회의(懷疑)일랑 저 먼 외딴 섬에 유배라도 보내는 게 상책이려나.

이제 책 잔치는 끝났다. 머리로는 '부질없다, 부질없다.' 하면서 가슴으론 글을 욕망하는 모순의 몸뚱이를 모태 삼아 이제 겨우 세상 문을 열고 나온 무녀리. 벌써 첫돌을 훌쩍 지나 두 돌이 다 돼간다. 다산의 작가에 비하면 참으로 미미해 보일 소출이지만 내겐 남의 집 열 자녀 못지않게 위안을 준 외둥이다. 수필에만 전념할 수 없었던 여건도 변명 아닌 변명으로 보태질 수 있겠다. 첫 개인수필집은 그렇게 내게 왔다.

그 아이를 외롭게 두지 말 일이다. 제2 제3의 아이가 개성적 DNA를 지닌 생명체로 태어날 수 있다면 그 또한 복된 일이다. 그 아이들이 제 배역을 잘 해낼 수 있을지 터울이 어느 정도가 될지는 알 수 없다. 다만 첫아이와 웅숭깊은 형제애를 나누며 사이좋게 손잡고 다닐 수 있기를 빌며, 세상의 뭇 존재들과 오래도록 에로틱한 사랑을 나눌 수 있기를 꿈꾸며, 어두운 밤에 깨어 있을 것이다.

[『에세이포레』, 2018. 가을호]

경자(庚子), 너를 보내며

경자야!

너와 보내는 마지막 밤이구나. 지난 한 해 동안 너와 동거하면서 참으로 많은 일을 겪었지. 처음에 너는 희망의 화신으로 왔어. 늘 그렇듯 미래는 불투명하지만 새해는 소망의 시간이니까. 그러나 너는 차츰 기쁜 일보다는 궂은일을, 조화보다는 불화와 절망을 더 많이 부려놓았어.

너도 잘 알지? 2월로 채 접어들기도 전에 너는 '코로나19'라는 불한당 같은 친구를 데려왔지. 그때부터 우리의 일상은 차츰 균열이 생기기 시작했어. 녀석의 정체를 듣도 보도 못했던 터라 처음엔 반신반의 했지. 그런데 그렇게 횡포를 부릴 줄, 그 누가 짐작이나 했겠니. 녀석이 쳐놓은 올가미는 날이 갈수록 견고해졌고 사람들은 전전긍긍, 속절없이 무너지기 시작했어. 빠져나갈 방도가 마땅치 않았지. 방역이라는 방어막을 치는 일이 급선무였어. 봉쇄되는 곳이 늘어나는 만큼 보폭은 줄고 '집콕, 방콕'을 할 수밖에 없었어. 마스크는 어느새 필수품이 되었지. 'M(마스크) 세대'라는 신조어는 코로나 외톨이가 늘어나는 실상을 그대로 반영해. 학생들은 등교 대신 원격수업, 직장인들은 출근 대신 재택근무가 많아졌지. '사회적 거리 두기'로 인한 단절은 고독과 소외를 불러오고 불평등의 골은 더 깊어졌어. 특히 자영업자나 소상공인들의 삶은 가늠하기 어려울 만큼 참담한 지경에 이르렀어. 폐업이 속출하고 일자리를 잃은 많은 이들이 고용절벽 앞에서 지푸라기라도 잡고 싶을 만큼 절박한 심정으로 하루하루 힘겹게 버티며 생계를 이어가고 있어. 젊은이나 노인이나 출구를 찾기 어렵긴 마찬가지야. 운 나쁘게 녀석에게 붙들리면 가족과도 떨어져 홀로 투병을 해야 하고, 그러다가 숨이 멈추면 단 몇 시간 안에 화장장으로 실려 가서 재가 돼야 해. 가족 임종은 사치가 되고 '코로나 죽음'은 장례식장에서도 기피 대상이 되고 말았어. 치열하게 살았던 한 인간의 존엄한 생명이 그처럼 누추하게 끝을 맺는다는 건 용납할 수 없는 비극이야. 만물의 영장이라는 인간이 총탄 없는 바이러스의 노예가 되고 만 거야.

그런 중에도 녀석이 일깨운 게 없진 않아. 집과 가족과 친구의 의미를 되새기게 했지. 가끔은 무의미하게 여겼던 일상을 재발견한 것도 빼놓을 수 없어. 언제 어디서든 마음 놓고 거리를 활보하고, 가고 싶은 여행지를 가고, 보고 싶은 얼굴들을 볼 수 있다는 것이 얼마나 소중한 일이었는지 새삼 깨달은 거야. 그리운 사람들과 만나서 맛난 음식 먹으며 떠들고 웃을 수 있다는 것, 당연히 누릴 권리쯤으로 알고 무심히 지나쳤던 일들, 그건 자유의 다른 이름이었어. 오만에 대한 경종이었을까.

한편 제자리를 찾은 것도 있어. 뽕짝이라고 비하당했던 트로트 열풍이 그 하나지. 힘들고 지친 이들에게 큰 위로가 되었어. 이 세상에 노래가 없다면 어찌 살까. 트로트뿐 아니라 모든 음악은 우리네 감성에 소리로 직접 스며들어 마음의 소리를 다독여 주지. 때론 용기를 주거나 슬픔을 어루만지며 가슴을 적시는 음악, 그 치유의 힘은 명의 못지 않아. 집에서 기르는 화초도 음악을 들려주면 잘 자란다던가.

경자야.

문득, 페스트가 생각나네. 너는 쥐의 아바타지. 우연의 일치일까? 너는 어째서 팬데믹과 친한 거니? 중세시대 유럽을 휩쓸며 수많은 인명을 앗아간 페스트에 숨어 있던 주범이 바로 너, 쥐였잖아. 네가 아니면 페스트를 일으키는 쥐벼룩도 기생할 수 없었겠지. 지금 저 먼 곳 서방인들이 경자라는 이름이나 쥐의 아바타라는 걸 알 리 없겠지만, 어찌 공교롭게도 동방의 쥐해에 코로나 팬데믹이 온 세계를 구렁텅이로 몰아넣는지, 불가사의한 일이야. 더구나 너, 경자는 흰쥐, 근면과 영민, 다산과 풍요의 힘도 있다니 연초(年初)엔 은근히 기대도 했지. 그런데 바라는 덕목은 다 놔두고 남몰래 쥐구멍을 들락거리며 바스락바스락, 무엇이든 갉아먹는 게 서생원의 특기이던가. 너의 해에 코로나라는 녀석은 그렇게 야금야금, 우리 삶을 파먹으며 헤집어놓았지. 그런데 왜, 열두 동물[十二支干] 중에 쥐는 있고 고양이는 없을까. 고양이가 있으면 꼼짝 못 했으려나. 세상이 왜 이러냐고 테스 형한테나

물어봐야 하려나.

경자야.

너와 함께 지냈던 한 해는 국경 없는 국경에서 총성 없는 전쟁을 치르는 연속이었어. 그래도 너와 막상 헤어지려니 아쉬움이 남네. 이제 내 생애에서는 너를 다시 만날 수 없을 테니까. 갑을병정무기경신임계, 자축인묘진사오미신유술해. 십간십이지 따라 '갑자, 을축, 병인, 정묘, 무진, 기사, …, 돌고 돌아 네가 경자로 다시 오려면 60년이나 걸릴 테니까. 내가 백수(白壽)를 넘기고도 몇십은 더 보태야 할 시간이야. 그때쯤 나는 천상에서 네가 펼친 세상을 내려다보고 있겠지.

똑·딱·똑·딱, 작별할 시간이 다 되었다고 알리는 너의 발걸음 소리가 점점 크고 가깝게 들려오네. 해마다 이맘때면 보신각 앞에는 타종을 기다리는 인파로 북적였지. 팔팔하던 20대엔 한 해의 마지막 밤이 아쉬워 보신각에 몰려든 인파에 떠밀리며 하나, 두울, 세엣, 네엣, …. 서른세 번의 종소리에 맞춰 목청을 돋우며 제야를 송(頌)한 적도 있었어. 어느새 예까지 와서 돌아보니 그 시절은 깊었던 고민마저도 화양연화였어. 올해는 그 행사도 현장 중계 대신 인터넷으로 한다니 쓸쓸하네. 그동안 의료진의 헌신적인 노력과 수준 높은 국민의식 덕분에 다소나마 승기를 굳히는가 싶었는데 다시 변이 바이러스가 고개를 내밀며 숨바꼭질을 하자는구나. 이미 놓쳐버린 시간은 회복할 수 없고 포스트 코로나의 숙제는 모두가 함께 풀어야 할 난제지만 이대로 무릎을 꿇을 순 없겠지?

똑·딱, 잠시 후, 찰나의 시간을 통과하는 바로 그 순간, 너는 현재와 미래의 문턱에서 홀연히 과거가 되고 나는 신축(辛丑)이라는 새 친구와 한 몸이 돼야 해. 신축이는 흰 소의 아바타, 길상의 상징이라지. 신축이가 신의 축복을 듬뿍 담은 신축(神祝)의 사신(使臣)으로 오면 좋겠어. 신축이도 앞으로 어김없이 사계를 데려오겠지. 여린 듯 찬란한 봄꽃, 무성한 잎으로 피어나는 초록 열정, 소멸의 아쉬움을 붉게 태우는 단풍꽃, 순백의 군무를 추는 눈꽃들로 온갖 색채의 향연을 펼치며 천지자연의 조화를 꾀하겠지. 나는 그 마법의 시간 따라 불안과 우울을 떨쳐내고 희망가를 부르며 달려볼 거야. 흰 소를 길동무 삼아 뚜벅뚜벅 걷거나, 그것도 힘들면 쉬엄쉬엄 쉬었다 가면 되지.

경자, 너를 보내며 당부한다. 네가 다시 올 때는 내 후손들이 너를 맞이할 거야. 나는 그들이 지금보다 좀 더 나은 세상에서 살기를 원해. 그러니까 이 세상에 팬데믹 같은 건 아예 얼씬도 못 하도록 멀리 거둬 가다오. 그동안의 얼룩과 상처는 말끔히 씻어내고 새롭게 단장한 몸으로 와서 만물이 생동하는 축복의 씨앗을 가득 뿌려다오. 그리하여 모든 이가 청정하고 자유로운 생의 들판에서 손에 손잡고 환희의 송가를 힘껏 부를 수 있게 해주렴. 부탁한다, 친구야. 먼 길 부디 잘 갔다가 신생의 기운으로 귀환하거라. 안녕.

[『수필시대』, 2021. 봄호]

그분이 보신다니

성전(聖殿) 증축식엘 갔습니다. 신자들이 나날이 늘어나는 바람에 하느님의 전당이 점점 비좁아진다지요. 가난한 자의 쌈짓돈과 부자의 뭉텅이 헌금으로 증축된 그곳은 웅장하고 화려했습니다.

그런데 그곳엘 들어서자마자 배설의 욕구가 발동한 건 정말 우연이었습니다. 화장실을 찾았지요. 겉으로 번듯해 보이는 본채 건물과는 전혀 어울리지 않게 마당 한쪽 구석에 처박힌 듯 숨어 있는 그곳은 너무나 초라했습니다. 본채의 위용이나 화장실이란 명칭에 걸맞게 겉모양만이라도 그럴듯하게 분칠이라도 했으면 좋으련만, 마치 버려진 아이와도 같았습니다. 문득 뒷간이란 말이 떠올랐어요. 아 참, 불가(佛家)에서는 해우소(解憂所)라고도 하지요. 근심을 풀고 깨달음을 얻는다는 그곳. 불자(佛子)도 아닌 나는 근심 풀려고 들어갔다가 쓸데없는 근심 하나 얻어 나왔습니다. 변기에 쭈그리고 앉았는데 닫힌 문의 안쪽 정면에 붙어 있는 하얀 종이, 큰 글씨가 나를 노려보고 있었습니다.

하느님이
여러분을
보고 계십니다.

저런, 그분이 보고 계신다니, 어찌하라는 말씀이신지요. 고백하건
대 소인은 믿음이 겨우 좁쌀 한 톨 정도에 불과한 터라 그 깊은 속뜻을
헤아리기가 어렵네요. 언제 어디서든 잊지 말고 늘 깨어 있으라는 말
씀? 혹시 그분 곁에도 CCTV가 매달려 있는 건 아니겠지요? 아니면
원죄(原罪)를 갖고 태어났다는 인간들의 일거수일투족을 저 높은 첨탑
에서 낱낱이 꿰뚫어 보시는 건 아니겠지요? 그런데 화장실에 있는 인
간에게선 무얼 보시나요? 그냥 깨끗이 사용하면 죄를 면할까요. 변기
에 앉아 명상이나 통회(痛悔)의 기도라도 해야 할까요. 이렇게 누추한
곳까지 왕림하시다니, 내 뱃속의 은밀한 죄까지도 염렵하게 주관하실
그분. 내 오장을 더럽히는 묵은 죄, 배설해야 하나 말아야 하나. 일어
설까 말까, 엉거주춤…. 하긴 사는 일이 뭐 하나 확실한 게 있나요.
삶은 늘 엉거주춤과 친하니까요.

그분을 절대 신봉하는 누군가가 초빙한 굿 아이디어일까요. 인간 의
도에 따라 수시로 프로파간다의 도구로 전락하는 그분, 아무리 세상
어디에나 계신다는 분이라지만 아무 데서나 싸구려 장터 물건처럼 사
용된다는 느낌을 지울 수가 없네요. 그럴 리야 있겠습니까만, 혹시 그
분은 남발되는 공수표인가요. 아니면 인간들이 함부로 쓰고 구겨버린

일회용 컵인가요. 그분은 사람들이 지나가는 길목마다 들풀처럼 깔려 있고, 그분 뒤에는 늘 '죄'와 '회개'라는 그림자가 따릅니다.

밤하늘을 보세요. 저리도 많고 많은 네온의 십자가를 보세요. 그런데 왜 죄는 줄지 않을까요. 지상천국은 도래하지 않을까요. 세상의 모든 죄는 다 '너'의 탓인가요. 그분은 어둠 속에서 십자가의 붉은 광고 간판으로 서서 피를 흘리며, 스스로 볼 수 없는 인간들의 뒤통수를 밝혀주고 인간들의 죄를 대속합니다. 아, 그리고 누군가는 그분을 팔아 자신의 말을 사고 이기심을 삽니다.

돌이켜보면, 내 부끄러운 궁둥이를 본 친구가 있긴 해요. 어린 시절, 초가 바깥쪽 두엄더미 옆에 있어 측간이란 말이 딱 어울리던 그곳, 사방을 거적으로 두른 그곳을 아이들은 '똥뒷간'이라고 불렀지요. 한 발만 헛디디면 풍덩 빠질 것처럼 깊고 밑이 훤히 내려다뵈는 통 위에 양쪽 발이 겨우 얹힐 정도로 나무판을 걸쳐 놓은 그곳이 나는 늘 무서웠습니다. 깜깜한 밤에 아이들과 숨바꼭질을 하면서 싸리나무 뒤에 숨기도 하고 반딧불이 꽁무니를 쫓아다니며 놀다가도 뒷간엘 갈 때면 나는 늘 엄마를 흔들어 깨워 손을 잡고 갔습니다. 달이 둥실 떠오른 한밤중에 자다가 깨서 그곳엘 가는 일도 고역이었지요. 그래서 밤이면 방 한 구석에 요강이 놓였지요. 날이 밝으면 내 뒤를 졸졸 따라다니던 주근깨 깨꼼박이 완수란 녀석이 내가 뒷간엘 갈 때마다 거적을 들치고 들여다 보면서 '얼레리 꼴레리' 놀려대거나 콩알 같은 공깃돌을 던지곤 했지요. 그럴 때면 나는 소리 나게 '엄마'를 부르면서 엉엉 울었어요. 내 울음소리가 커질수록 완수의 '히히' 웃음소리도 커졌지요. 녀석은 어른들에게 혼쭐도 났지만, 그때 우리는 천진난만했고 '죄'라는 말도 우리 사전엔 없었어요. 동네 사람들은 선했고 오물은 밭에서 거름이 되었지요.

그런데 뒷간은 차츰 이름을 바꿔 달기 시작했어요. 공중변소, 화장실, Toilet이나 Restroom이나 암호 같은 WC로, 서양 냄새를 물씬 풍기면서 변신을 했지요. 재래식 변소를 속칭하는 푸세식은 수세식으로, 나무판자는 양변기로 단장을 했어요. 변두리 골목길에서 분뇨 수거업자들이 "똥 퍼"라고 외치던 소리도 사라지게 되었지요. 쪼그려 앉던 변기에서 걸터앉는 변기로 바뀐 화장실엘 처음 갔을 때는 어떻게 사용해야 할지 몰라서 당황했어요. 걸터앉는 걸 모르고 엉거주춤, 촌스럽게 그 위에 신발 신은 채 올라앉아 볼일을 보기도 했어요. 이렇게 뒷간이 진화하면서 우리가 배설한 오물은 우리 눈앞에서 멀리멀리 사라지게 되었지요. 아파트가 대세인 요즘엔 요강 대신 양변기가 안방 옆으로 들어왔고요.

그분이 보고 계신다니 묻고 싶어요. 분뇨를 눈에 띄지 않게 물과 함께 멀리 보내며 외양이 고상해진 만큼 냄새나는 인간의 죄도 그만큼 멀어지고 영혼도 청정해졌는지요. 문명의 빛이 찬란해진 만큼 인간 정신도 그만큼 빛이 나는지요. 그렇다고 뭐, 구시대의 뒷간으로 되돌아가자는 건 아니에요. 다만 번드르르한 외적 풍요와 달리 인간 정신은 오히려 더 피폐하고 누추해진 건 아닌지, 오염된 정신에서 풍기는 악취는 더 심해진 건 아닌지, 물음표가 남아서요.

그분이 보고 계신다니 간청하고 싶어요. 전지전능하시다는 당신은 지금 어디에 계신지요. 일찍이 저 먼 하늘나라로 길 떠나신 내 아버지에게 물으면 행방을 알 수 있을까요. 작금에 이 땅에서 벌어지는 총체적 난국을 어찌 이해해야 할는지, 아둔한 머리로는 답을 찾을 길이 막막해서요. 곁에 계신다면 뒷짐 진 채 지켜보지만 마시고 은총의 기적을 내려주시길요. '코로나19'라는 괴물도 멀리멀리 물리쳐 주시길요. 어떤 이는 말하더군요. 코로나 바이러스는 인간의 오만을 깨우치는 심판이라고요. 정녕 그러신가요. 설령 그렇다 하더라도 당신의 궁극이 용서와 사랑과 평화에 있음이 진정이라면 심판의 형틀은 이젠 그만 거두어 주십시오. 깨우침의 빛은 이 무지몽매한 소인에게도 희미하게나마 스며드는 참이니까요. 많은 이들이 어두운 터널에서 출구를 찾지 못하고 있습니다. 그러니 다시 한번 청합니다.

하루하루 온 힘을 다해 버티며 생계를 이어가는 가장들의 피눈물을 닦아주소서.

노동자의 손에 돋아나는 굳은살을 부드러운 손길로 어루만져주소서.

생의 벼랑 끝에서 헤매며 참담한 시간을 통과하는 이들에게 길을 열어주소서.

정의와 진리의 등불로 온 세상을 구석구석 밝히시고 희망과 구원의 빛을 내려주소서.

그분이 정녕 보고 계신다면……

[『동리목월』, 2021. 가을호]

Ⅲ.

기역을
기억하다

단어의 무게

고프다

며칠을 몸살감기로 꼬박 앓았다. 손발 꼼짝 못 하고 죽을 듯이 누워 있어 보기는 처음이다. 남편 혼자 밥을 챙겨 먹었다. 내게 무엇이 먹고 싶으냐고 묻고, 이런저런 음식을 해주거나 사다 주었지만, 음식 생각만 해도 입덧하듯 속이 울렁거렸다. 보리차로만 연명하기를 며칠, 어느 아침에 내 몸이 '배가 고프다'는 신호를 어렴풋이 보내왔다.

고프다. 아, 살아나는 거구나. 식욕은 숭고한 거구나. 그렇다면 형이하학적 욕구나 욕망이란 단어에 보냈던 경멸은 거둬들여야 한다. 정신은 고고한 것이고 육신은 비천한 것이라 여겼던 형이상학적 욕망이야말로 얼마나 어쭙잖고 편협한 오만이었던가. 먹을 것이 없어 '고프다'를 채우지 못하면 인간만이 지킬 수 있는 존엄성도 허물어진다. '고프다'엔 생명의 무게가 실려 있다.

고프다. 때로는 슬픈 단어다. 아버지가, 어머니가 돌아가셨을 때 슬픔 한편으로 염치없이 밀고 올라오던 공복감. "남은 사람은 살아야 한다.”라는 말에 떠밀리듯, 주검 앞에서도 밥을 꾸역꾸역 밀어 넣어야 했던 곤혹스러움. 눈꺼풀이 무겁게 내려앉아 졸기도 했다. 나, 부모님을 다시 못 볼 저세상으로 떠나보내면서 밥도 먹고 잠도 잤다. 식욕과 수면욕, 그 준엄한 생존 앞에서 저 멀리 떨쳐버리고 싶었던 단어, 그럴 때 ‘고프다’는 비애의 무게를 더한다.

고프다. 많은 시종을 거느리며 거들먹거리는 욕망의 단어다. 먹고프고, 놀고프고, 자고프고, 가고프고, 사고프고, 살고프고, 죽고프고, 고프고, 고프고, 프고, 프고… 녀석들은 무엇이든 달라고 손을 내밀며 칭얼댄다. 악착같이 달라붙어 평생을 따라다니며 사람을 제멋대로 부리면서 상전처럼 행세하는 시종. 떼어내고 싶지만 무덤까지 다독이면서 데리고 가야 할 떼쟁이. 때론 생명의 신처럼 때론 죽음의 신처럼 얼굴을 바꾸는 변장술사. 채움과 비움, 충족과 결핍 사이에 ‘고프다’의 무게가 있다.

반갑다

그녀, 봄날 꽃들의 찬연한 향연을 즐길 여유도 없이 꼬박 3일을 누워 있었다. 사람이 준 마음의 병이 원인이다. 믿었던 사람으로부터 받은 모멸감과 상처가 이번엔 몹시 아프다.

거실에 누워 무심히 창밖을 본다. 그때 눈앞에 무언가 아른거린다. 환각인가? 눈을 비비고 다시 본다. 아, 너였구나, 벚꽃.

몸을 일으켜 창 쪽으로 가까이 다가가 밖을 내다본다. 키 큰 벚나무에서 바람에 휘몰린 꽃잎들이 상향곡선을 그리며 아파트 8층 꼭대기까지 하얗게 치솟았다가 점점이 흩어진다. 오, 나를 보러 온 게로구나. 네 몸의 가벼움이 잠시나마 너를 예까지 불러왔구나. 해와 달의 정기와 우주 진리의 무게가 담긴 꽃잎이 자연의 순리 따라 기꺼이 몸 털며 허공을 난다.

반갑고 또 반갑다, 벚꽃. 나비처럼 춤을 추는 벚꽃들이 그녀의 혼미한 정신에 번쩍, 돈오의 방아쇠를 당긴다. 그녀는 타이르듯 다짐하듯 스스로에게 말을 건다.

'그래. 꽃이 피고 지는 것도 너를 위해 있는 거야. 이 세상에 아무리 아름답고 좋은 게 있다고 한들 네가 없다면 무슨 소용이 있겠어. 네 왕국에선 네가 왕이어야 하잖아. 우울도 기쁨도 결국 네가 지은 거야. 사람한테 너무 매달리지 마. 오면 오는 대로, 가면 가는 대로, 인연이 거기까지라고 생각하면 돼. 영원히 변치 않는 건 없다는 거야말로 영원히 변치 않는 진리잖아. 너는 그냥 너야. 그러니까 한 걸음 물러서서 그냥 걷는 거야. 터널 같은 인생길에서 부딪치지 않고 함께 가려면 어느 정도 간격이 필요하지 않겠어?'

그녀, 어깨를 짓누르던 '사람'의 무게를 조금씩 덜어낸다. 그리고 다시 마음을 다진다.

'세상을 한 번 둘러봐. 75억 넘는 세계인구 중에서 너랑 똑같은 사람은 단 한 명도 없잖아. 당연히 생각이 다른데 '왜 다르냐'고 허우적대다가 죽을 때에야 후회하는 건 자신에 대한 예의가 아니야. 그냥 '서로 다른 너와 그'를 인정하고 바라보면 돼. 이제 네가 할 일은 시간과의 대면뿐이야. 잔고가 많이 남지 않은 시간을 이렇게 허비하는 건 너무 아깝지 않니? 벚꽃, 오늘의 너를 오래 기억할게.'

나는 그녀의 말을 들으면서 귀를 크게 열고 고개를 여러 번 끄덕였다. 그래, 그러면서. 그녀의 아픈 체험과 생각과 감정이 고스란히 내 것처럼 다가왔다. 내 마음에 얽혀 있던 거미줄도 하나씩 걷히며 흐렸던 시야가 맑아지고 몸도 한결 가벼워지는 것 같았다.

'반갑다'엔 '기다리다'와 '그립다'의 무게가 있다. 내가 반갑게 환대할, 기다리며 그리워하는 것은 무엇일까.

무겁다

내게도 '사람'이란 단어는 가볍지 않다. 아니, 무겁다. 난해하다. 사람이란 끌고 가거나, 지고 가거나, 이고 갈 수 있는 존재가 아니다. 다만 손잡고 가야 할 뿐이다.

'사람'이란 글자를 해체하면 'ㅅ, ㅏ, ㄹ, ㅏ, ㅁ'이 된다. 여기서 겹치는 'ㅏ' 하나를 빼고 나머지 낱자를 다시 합치면 '삶'이 된다. 우리 삶을 이끄는 주인공은 사람이다. 사람이란 희망이자 절망이며 인생의 주어다. 그 무한한 고리가 인생이다.

그래서일까. 시인도 "사람이 온다는 건/실은 어마어마한 일이다." (정현종, 「방문객」에서)라고 말한다. "그는/그의 과거와/현재와/그리고/

그의 미래와 함께 오기 때문이다."라고, "한 사람의 일생이 오기 때문이다."라고. 그리하여, 시인은 자신에게 오는 방문객, 사람을 바람의 마음으로 "환대"한다.

직립보행을 하고 생각하고 말하고 도구를 사용하고 놀이하는 인간. 호모 에렉투스로부터 호모 루덴스 등에 이르기까지, 더더더 등등등, 끊임없이 진화해온 다양체, 인간. 그들 안에 내가 있고 내 안에 그들이 있다. '그들'과 함께 걸어야 하는 것이 인생이거늘, '인생'이란 하나의 단어이되 사람들의 교집합으로 엮어지는 긴 문장이다.

모든 단어는 제 나름의 무게를 갖고 있다. 개인의 인생은 유한하지만 중중무진의 단어들은 행복과 불행, 가벼움과 무거움 사이에서 거듭거듭 살아남아 인류의 역사를 만들어간다. 삶이란 그토록 수많은 단어를 동사적으로 실천하는 향연장이며 굿판이다.

서산 넘어가는 해가 하늘에 붉은 물감을 잔뜩 풀어 놓았다. 지금까지 이고 지고 온 단어들의 무게를 줄여야 할 때다. 그럴 수만 있다면, 보다 더 자유롭게, 벚꽃처럼 가볍게.

[『좋은수필』, 2017. 10월호]

하필과 아직

　나에게 있어 가장 행복한 장면은 화창한 어느 봄날, 벚꽃 잎이 눈처럼 날리는 거리를 나의 손자들과 함께 자전거를 타고 달려가는 것이다. 그렇게 달리다가 자전거에서 내려 아이들과 함께 짜장면을 먹고 흩날리는 벚꽃 잎을 손으로 잡아 아이들의 건강과 행복을 기원해주는 것이다.

— 임세원, 『죽고 싶은 사람은 없다』(시공사, 2016)에서

　그의 꿈은 소박했다. 그러나 그 꿈을 이루지 못했다. 신경 정신의학과 전문의 임세원 교수. 그는 지금 이 세상에 없다. 지난해가 저무는 12월의 마지막 날, 자신이 진료하던 조현병 환자가 휘두른 흉기에 찔려 마흔 후반의 생을 마감하고 만 것이다. 자신이 희생되는 마지막 순간까지 주위 사람들을 먼저 대피시켰던 그의 별세 소식을 들으면서 절친한 벗을 잃은 듯 참담한 심정을 금할 길이 없었다. 직접 만난 일은 없지만 내가 한때 우울의 골짜기를 헤맬 때 그의 저서로 깊숙이 교감

하고 있었기 때문이다. 그가 자신의 실제 체험을 통해 들려준 진솔한 언어는 내게 큰 울림으로 다가와 위로와 희망을 주었다.

그의 삶은 만만치 않았다. 그는 허리에서 시작된 만성 통증으로 수년간 극심한 고통에 시달리며 우울증을 앓았고 자살까지도 생각했다. 그 실천을 위해 구체적인 계획도 세웠다. 자신의 자살이 가족들에게 남길 상처를 우려하여 음주운전으로 인한 사고사로 위장하기로 마음먹었다. "집 앞 편의점에서 소주 2병을 사서 일부는 마시고 일부는 알코올 냄새가 나도록 옷에 흩뿌린 후 빈 병은 차 안에 둔다. 그러고는 차를 몰고 나가 집 근처의 인적 드문 고가도로로 가서 전속력으로 난간을 들이받고 난간 아래로 차와 함께 추락한다. 당연히 유서는 없다." 라는 것이 그의 계획이었다. 가족이 모두 잠든 "2012년 8월 2일 새벽 3시 43분", 죽기에 알맞은 시간이라 여긴 그는 자동차 열쇠를 찾기 시작했다. 그러나 늘 열쇠를 두던 자리에 열쇠가 없었다. 그렇게 집안 여기저기를 뒤지고 다니다가 눈에 띈 건 작은 방에서 잠든 아내와 아이들의 얼굴이었다. 참았던 눈물을 터뜨린 그는 자살하려던 생각을 접었다.

그는 고통을 몸소 겪으면서 환자를 더욱 이해할 수 있었다. 죽음의 위기를 넘긴 그는 말했다. "죽고 싶은 사람은 없다."라고. 사람들은 힘들 때 '죽고 싶다'는 말을 자주 하지만 그것은 일종의 구조신호일 수도 있다고 본 것이다.

누구나 자기 생명을 지킬 권리가 있다. 그런데 그토록 어려운 시간을 간신히 넘기고 '살아야겠다, 살아야 한다'라고 자신을 일으켜 세우며 단단히 다짐하던 그가 타인에 의해 세상과 이별을 한 것이다.

그는 어쩌다, 하필, 그날, 그 시간, 그 자리에 있다가 변을 당했을까. 하필, 시간 외 근무만 하지 않았더라도 그런 일은 없었으련만.

하필은 인간이 의도하지 않은 불가항력의 언어다. 하필은 불청객의 언어다. 하필은 언제 어떻게 찾아올지 모를 우연이 불가피한 필연으로 이어지는 언어다.

김승희 시인은 시 「'하필'이란 말」에서 말한다. "하필이란 말이 일생을 만들 때가 있다."라고. "하필은 언제 어디로 갈지 모른다"라고. 시인의 말대로 하필은 "우연의 전능"이기도 하다.

꽃 같은 아이들은 왜, 하필, 그날, 그 시간에, 세월호란 배를 탔을까. 군 복무 중 제대를 몇 달 앞둔 윤창호 상병은 휴가 중에 왜, 하필, 그날, 그 시간, 횡단보도 앞 인도에서 만취운전자의 핸들에 참변을 당해야 했을까. 비정규직 노동자로 일하던 김용균 씨는 왜, 하필, 그날, 그 시간, 자신이 일하던 산업현장에서 젊디젊은 목숨을 잃어야 했을까. 하재헌 중사는 왜, 하필, 그날, 그 시간, 북한의 목함 지뢰 도발로 두 다리를 잃어야 했을까. 그냥 보기만 해도 아까운 우리의 젊은이들이건만 이들이 당한 불운을 어찌 이해해야 할까. 외국인 노동자들은 왜, 하필, 먼 타국 코리아의 지하 탱크에서 질식사를 해야 했을까. 여덟 살짜리 소년은 왜, 하필, 우울증을 앓는 엄마와 쓰레기더미가 가득한 단칸 셋방에서 살아야 했을까. TV 화면에 비친 저 갓난아기는 왜,

하필, 난민 부모 밑에서 태어나 굶어 죽어야 했을까. 우리는 왜, 하필, 남북이 분단된 나라에서 태어나 동족상잔의 비극을 겪어야 했을까. 삼풍 백화점에서, 연평 해전에서, 대구 지하철에서, 천안함에서, 그들은 왜, 하필, 그날, 그 자리에서…. 왜, 왜, 왜….

하필은 '왜'라는 질문을 달고 오지만 답을 찾을 수 없는 언어다. 하필은 원망과 한을 안고 오는 언어다. 하필은 시간과 공간이 만나 어둠을 엮어내는 언어다. 하필은 이미 되돌릴 수 없는 어제가 오늘로 이어지는 언어다.

— 나는 왜, 하필, 부잣집에 태어나 호의호식하며 살아야 하는가. 나는 왜, 하필, 인품이 훌륭한 부모님 사이에서 태어나 인간다운 대접을 받으며 살아야 하는가. 왜, 하필, 좋은 대학 나와 좋은 직장에 다니며 부러울 것 없이 살아야 하는가. 왜, 하필, 훌륭한 남편 만나 사랑받으며 살아야 하는가. 왜, 하필, 자식들이 성공해서 행복을 누리며 살아야 하는가. — 이런 말은 가당치 않다. 고로 하필은 행운과 어긋나는 불운의 언어다.

운명은 이리 오라 한다고 오거나 저리 가라 한다고 가지 않는다. '하필'이란 괴물 앞에서 우리는 참으로 무기력하지만 산 자들은 '아직'이라는 희미한 출구를 찾으며 하루하루 고단한 삶을 버텨낸다. 아직은 절망에서 빛을 건져 올리는 언어다. 아직은 희망의 언어다. 아직은 미완의 세계가 완성으로 나아갈 수 있는 가능성의 언어다. 아직은 미래의 언어다. 아직은 살아 있음의 언어다.

살아 있다는 것은 무엇인가. 아침에 깨어 뜨락을 거닐며 햇빛에 채 스러지지 않은 이슬방울이 영롱하게 얹혀 있는 나뭇잎을 볼 수 있는 것이며, 청량한 새소리를 들을 수 있는 것이며, 촉촉한 꽃의 향기를 맡을 수 있는 것이다. 사랑하는 사람들을 만날 수 있는 것이며, 세상 풍경과 소리를 보고 들으며 꿈을 꿀 수 있는 것이다. 살아 있음이란, 오늘 비록 온몸으로 비바람과 눈보라를 맞는다 해도 '아직, 길을 갈 수 있음'이며, '아직, 생각할 수 있음'이며, '아직, 내일을 기다릴 수 있음'이다. '아직'은 아직 기댈만하다.

나는 아직 살아 있고, 이미 안타깝게 세상을 떠난 이들은 아직 내 안에 살아 있다. 불행하게도, 억울하게도, 어이없게도, 온갖 수식어가 다 붙어도 그들을 애도하기엔 부족하지만, 그들은 아직 살아 있다. 내 기억 속에, 책 속에, 내 영혼과 함께, 그들은 영원히 내 안에 살 것이 다. 그들은 아직 죽지 않았다.

[『에세이포레』, 2019. 겨울호]

기역을 기억하다

기역, 니은, 디귿, 리을…. 기역은 우리말의 선두주자야. '낫 놓고 기역자도 모른다.'라는 속담쯤은 누구라도 알 듯, 기역은 초성 중에 으뜸이요, 한글 스물넉 자 중에서도 맨 앞자리를 차지하지. 기역, 'ㄱ'이 없으면 기억이란 단어도 없어. 이외에도 부지기수로 많은 말들이 기역을 몸체 삼아 세계를 가로지르지. 나는 지금 그 영토의 한 자락에 있는 기역의 친구들을 소환해 보려 해. 가령 가랑비 내리는 날 가끔 간식으로 구미를 돋우는 고구마나 가래떡을 구워 먹던 고향 집 기억 같은 걸 글 마당으로 불러내 보면 어떨까. 자, 가자, 기억의 기억 속으로 가보자, 가즈아~~.

*

각, 사람들은 대개 '둥근 것'을 으뜸으로 치지. 각진 것은 모난 것과 동의어로 생각하는 경향이 있거든. 그런데 만일 이 세상에 둥근 것만 있다면 어떨까? 작은 가구 하나도 초간 누옥도 아방궁 같은 궁전도

각이 없으면 제대로 서지 못해. 실은 원(圓)도 각이 맞아야 제 모양을 유지하지. 원무(圓舞)에도 눈에 보이지 않는 각의 원리가 숨어 있어. 둥근 것은 각진 것에 기대서 더 빛을 발하는 게야. 칼 군무(群舞)는 또 어떻고. 동작의 각이 클수록, 여럿이 하나처럼 절도 있게 각을 맞춰 착착 어울릴수록, 유연성도 커져. 멋진 각이 생명이야. 각도기란 말이 은어로 쓰이는 건 알지? '각도기를 잘 챙겨야 한다.'는 말은 수위조절을 잘해야 한다는 말과도 같다는 게야. 지구는 둥글지만 그 안에서 만물은 순리에 어긋나지 않게 각을 맞추며 반듯반듯한 세상의 바탕을 이루어가지. 내 친구 정순이는 성격이 둥글어서 좋고, 윤희는 반듯해서 좋아. 그러니까, 너, 각, 주눅 들지 않아도 돼, 실망하지 마.

간, '간도 쓸개도 없다'는 말 들어봤지? 오장육부 중에서 왜 하필이면 간일까. 그만큼 중요하다는 뜻일까. 하긴 내 어머니도 간암으로 세상을 떠나셨으니까. 간이 유독물질을 걸러주지 못하면 몸이 망가질 수밖에 없어. 그렇듯 세상살이에서도 해독이 필요한 것 같아. 아, 또 있다. '간도 크다'는 말. 그런데 음식 맛을 볼 때도 '간 본다'고 하네. 간이 잘 맞아야겠지? 사람 심중을 떠볼 때도 '간 본다'고 하는데, 그건 간 큰 사람들이나 하는 간 큰 짓일까. 하지만 '간에 붙었다, 쓸개에 붙었다' 한다거나 '간에 가 붙고 염통에 가 붙는' 짓은 삼가야겠지? 간 쓸개다 내줄 것처럼 지내다가도 쓸모가 없어지면 등 돌리는 사람도 많지. 간담상조하던 벗이 떠난다는 건 허무한 일이야. 그뿐이겠어. 험한 세상 살다 보면 간담이 서늘해지는 일도 종종 있어. 그저 어디서든 간처럼 없어선 안 될 존재이거나 간이 잘 맞는 존재가 되면 좋으련만. 그게 참 어렵네.

감, 하면 가을이 먼저 생각나. 가을은 세상을 온통 노랑 빨강으로 칠해놓는 환쟁이 마술사야. 겨울은 흰옷 입고 헐벗은 나무지팡이를 짚고 오는, 계절의 노인이지. 그 겨울이 오기 전에 가을은 온갖 과일을 부지런히 익혀서 숙성한 몸짓으로 우리를 유혹해. 가을 과일 중엔 감이 으뜸인 것 같아. 어린 시절 감꽃 주워 목걸이 만들며 함께 놀던 친구들은 지금 모두 어디서 어떻게 살고 있을까. 한여름 뙤약볕 견뎌내며 초록빛 단단한 몸을 주황색으로 익히는 감처럼 가열한 세월을 통과하면서 저희들 인생을 원숙하게 농익히고 있을까. 제 몸을 말랑말랑 부드럽게 만들면서 떫은맛을 비워가는 홍시처럼, 제 몸의 습기를 덜어내고 쭈글쭈글 주름살 만들며 꼬독꼬독 단맛을 선사하는 곶감처럼, 그렇게 늙어가고 있을까. 까막까치 밥으로 가지 끝에 남아 등불처럼 걸려 있는 감을 보노라면 옛 고향 집이 떠올라. 김남주 시인도 같은 마음이었을까. 「옛 마을을 지나며」에서 "찬 서리/나무 끝을 나는 까치를 위해/홍시 하나 남겨둘 줄 아는/조선의 마음이여"라고 노래했으니.

갑, 어쩌다 갑(甲)질의 대명사가 되었을까. 하긴 누군들 을이 되고 싶겠어? 그러니까 너도나도 갑의 자리로 올라가는 사다리를 타려고 안간힘을 쓰는 게지. 애초부터 갑으로 태어나는 사람도 없진 않아. 그렇지만 갑이라고 누구나 다 속물근성을 보이는 건 아니야. 덜 익은 풋감 같은 사람들이 그 짓을 하는 게지. 갑도 갑 나름이야. 십간십이지는 갑을 시작으로 이리저리 손을 잡고 흩어 모여. 갑자 · 을축 · 병인 · 정묘…, 육십갑자로 순환하잖아. 하늘과 땅과 인간이 하나로 얼크러져 돌고 도는 거야. 갑남을녀(甲男乙女)나 갑녀을남(甲女乙男)보다는 선남선녀(善男善女)나 선녀선남(善女善男)이 더 좋지 않겠어? 갑(岬), 곶은 대해로 나아가려는 꿈을 품고 바다 쪽으로 부리를 틀고 있어. 그러고 보면 꿈꾸는 자들은 곧, 곶과도 같아. 갑(匣) 안의 존재들은 분수껏 제자리를 지키며 평등하지. 성냥갑 안의 성냥들, 담뱃갑 안의 담배들, 그들은 '나란히, 나란히' 누워서 누군가 제 몸에 불을 확 댕겨주기를 기다려. 분신(焚身)으로 헌신하기를 열망하며 경건하게. 그들은 불꽃으로 연기로 순교할 준비가 되어 있어. 갑(甲)과는 달리 갑(匣)을 지키는 존재들의 미덕이지.

갓, 새로 태어나는 존재들은 갓이라는 이름을 달아. 아기든 꽃이든 갓 태어난 생명은 아름답고 숭고해. 그런데 말이야, '배나무밭에선 갓 끈을 고쳐 매지 말'고도 하지? 참외밭에서 신발 끈 고쳐 매지 않듯, 오해받을 짓은 하지 말라는 게지. 양복 입고 갓 쓰는 건 좀 민망하겠지? 더구나 잠자리 날개처럼 가벼운 갓 하나 쓰고 그것도 감투라고 잘난 척 허세를 부리는 건 더 가관이겠지? 그래도 갑옷 입고 노골적으로 싸우자고 덤비는 것보단 좀 나을까? 오 마이 갓. 그럴 땐 '아니 되오, 그러지 마시옵소서.'라고 외쳐야 할까? 목불인견이지만 살다 보면 그런 일이 한두 가지라야지, 쯧쯧. 따끈한 밥이나 한 술 듬뿍 떠서 맛난 갓김치라도 얹어 고물고물 씹으면 갑갑하고 헛헛한 속이 조금이나

마 달래지려나.

　강, 한 소녀가 강가에 서 있어. 소복을 입었어. 하얀 장갑을 끼고 화장한 유골의 골분(骨粉)을 강물에 뿌리고 있어. 소녀는 아버지도 어머니도 그렇게 보내드렸어. 기억은 딱 거기까지야. 오라비나 어린 여동생이 곁에 있었는지, 어느 강 어디쯤이었는지, 어찌 그리 아득할까. 그날 안개가 자욱했던 것도 같아. 아팠던 생의 긴 필름 중 그 한 토막만 뭉텅 떼어놓은 것처럼 정지화면으로 잘린 거야. 소녀는 어른이 되면서 부모님 무덤이 있으면 좋겠다는 생각을 종종 했어. 보고 싶을 때 찾아갈 수 있는 그런 무덤…. 어느 강가였는지, 그것만이라도 알고 싶었어. 그런데 그걸 알려줄 만한 웃어른들도 모두 먼 길을 가버리셨어. 이제 두 분은 꿈에도 안 보여. 어디든 강가에만 서면 아버지랑 어머니가 불쑥 나타나 '많이 힘들지?'하며 내 두 손을 덥석 잡아주실 것만 같아. 강물은 어족이 살아 숨 쉬는 생의 터전이기도 하지만 죽은 이들의 무덤이기도 해. 얼마나 많은 유혼이 한곳에 머물지 못하고 저 강기슭 한 자락 아니면 저 먼바다 거친 물결 사이를 맴돌까. 강은 잠시 쉬어가는 간이역이야. 거센 파도 몰아치는 바다로 나가야 하는 강물이 모여 숨 고르기를 하는 곳이야. 바람에 밀려 강가의 자갈돌과 몸을 섞으며 찰박찰박 흔들리는 잔물결들을 보노라면 이승의 땅 어느 한 뙈기에도 몸을 눕히지 못한 채 떠도는 숱한 영혼들의 숨소리가 들리는 것만 같아.

*

　기역, 그중에도 '가'와 만나는 홑 낱말들을 기억의 곳간에서 꺼내보았어. 아쉽지만 오늘은 일단 이쯤에서 접으려 해. '가'뿐만 아니라 '가갸거겨고교구규그기'를 기둥 삼거나 '가나다라마바사아자차카타파하' 따라 줄지어 인연을 맺는 형제자매들도 가뭇없이 많아. 기억이라는 기차에는 칸 칸마다 서로 다른 기억들이 실려 있어. 기억뿐이겠어. 사람 사는 세상은 말[言]의 제국이지. 공허하거나 따듯하거나 슬프거나 기쁘거나…. 글말, 입말은 무척 힘이 세. 달리는 말[馬]처럼 저 혼자 치달을 때도 있어. 말 한마디에 웃거나 울고, 살기도 하고 죽기도 하지. 그들을 한자리에 다 불러 모으기엔 지면도 시간도 역부족이야. 어쩌면 평생 살펴도 모자랄지 몰라. 그렇기에 나의 '가나다라' 여행 이야기는 앞으로도 오랫동안 이어질 것 같아.

[『에세이문학』, 2019. 봄호]

기역을 기억하다(2)

가수 송창식 님은 노래했지. "가나다라마바사아자차카타파하~ 에헤~ 으헤 으헤 으허허" "일엽편주에 이 마음 띄우고, 허, 웃음 한 번 웃자~"고 말이야. '고래사냥'도 하자고 하네. "삼등삼등 완행열차 기차를 타고" "신화처럼 숨을 쉬는 고래 잡으러" "동해 바다로" 떠나자고 하네.

어쩌지. 같이 가면 좋으련만, 나는 지금 '가나다라' 왕국을 여행 중이야. 지난번엔 '기역(ㄱ)'의 '가'와 한 몸을 이루는 홑 낱말들을 만나보았어. 오늘은 좀 더 자유롭게 '기역'을 초성 삼아 어우러지는 낱말들을 불러내서 여기저기를 유람해볼까 해. 어쩌면 그들이 내 가슴속에서 숨 쉬는 고래일는지도 몰라.

가슴, 한번 열어볼까. 가슴은 두근두근 콩닥콩닥 뛰기도 하고 벌렁벌렁 흔들흔들 휘둘리기도 해. 빨래터도 아닌데 가끔 방망이질도 해. 어머니의 포근한 가슴이 생각나. 어머니의 젖가슴은 어린 생명을 키워

내. 따뜻한 숨결과 한숨으로 말이야. 자식 때문에 가슴이 철렁 내려앉거나 까맣게 타기도 하지. 도려내듯 아프고 미어지기도 하고 구멍이 뺑 뚫리기도 해. 어머니의 가슴에는 자장가가 고여 있어. 슬픈 울음도 마법처럼 가만가만 토닥토닥 잠재우는 힘이 있지. 가슴은 곧 마음이요, 마음자리를 갖고 있어. 설레기도 하고 벅차오르기도 해. 뿌듯하거나 부풀어 오르기도 하지, 불꽃처럼 뜨겁게 타오르거나 식은 재처럼 싸늘해지기도 해. 가슴은 칠정(七情)을 갖고 있거든. 기쁨, 노여움, 슬픔, 즐거움, 사랑, 미움, 욕심 등이 그 안에서 숨 쉬고 있어. 숨을 쉬는 자의 가슴은 늘 살아서 움직여. 가슴이 뛴다는 건 살아 있다는 증표지. 성숙한 인간이 되려면 제멋대로 건들거리는 가슴을 잘 간수해야 해. 가슴에 손을 얹고 생각해볼 필요가 있겠지.

　가면, 본래 가슴을 감추고 있어. 가면은 민낯을 숨긴 가짜 얼굴이니까. 제 얼굴을 투명하게 드러낼수록, 자기가 가진 패를 낱낱이 보여줄수록, 십중팔구 속절없이 당할 때가 많거든. 졸지에 바보 어른이 되고 마는 거야. 그러니까 인생 무대에서는 속내는 가급적 꽁꽁 숨기고 능수능란하게 변신의 귀재 역할을 잘 해낼수록 주인공이 될 확률이 높아. 허허, 그렇긴 해도 괴물이 되진 말아야 하겠지? 가면은 비굴과 자존 사이에서 야누스의 얼굴을 갖고 있어. 진실게임의 법칙 안에서 이성의 저울이 되기도 하고, 가면이라는 외피를 보호색 삼아 용기를 얻거나 자유를 누리기도 해. 한 세상 사노라면 이런저런 가면을 써야 할 때가 많기도 하지. 적당한 페르소나가 필요하다는 것이지. 그렇지만 요즘 SNS에서 한창인 가면 놀이는 지나친 구석이 없지 않아. 뭐 별로 궁금하지도 않고, 관객이 되고 싶지도 않은데, 시시 때때 막무가내로 불러내곤 제멋에 겨워 흥타령을 부르며 춤을 추지. 본래의 자기는 슬쩍 가리고 '나, 이렇게 행복해~. 나, 이렇게 잘 살아~' 자랑이 늘어져. 많이 아는 체, 많이 가진 체, 체체체…, 알고 보면 포장이 근사한 사람일수록 결핍이 커. 속이 헛헛한 게지. 이런들 저런들 인생은 결국 광대 놀음에서 비껴갈 수 없지만 처용이 탈을 쓰듯 승화된 춤을 보여줄 수만 있다면 무엇이 문제겠어.

거울, 사람들은 참모습을 보려고 거울 앞에 서지. 거울은 민낯을 보여주니까. 그런데 거울 역시 속 가슴까지 훤히 보여주진 못해. 가면과 거울은 서로 다른 것 같지만 닮은 구석이 있어. 시선에서 자유롭지 못 하다는 것이지. '보다'라는 동사 안에서, '보고, 보이고'라는 행위 안에서. 거울은 가면과 손을 잡고 오는 이란성 쌍생아인 게야. 사람들은 종종 성찰의 거울이라는 걸 꺼내 들지. 그 거울은 자신의 가슴속에만 있어. 자신만이 자신을 비춰볼 수 있는 거울이지. '가면의 화가'라고 알려진 엔소르(James Ensor)가 그린 「자화상」엔 수많은 가면을 쓴 얼굴들이 주인공을 둘러싸고 있어. 제2, 제3의 자아상이지. 어떤 것이 진짜 자기 모습일까. 윤동주 시인은 '우물'에 비친 자기 모습을 거울삼아 자아를 성찰해. 거기엔 '미운, 가여운, 그리운' 연민의 자아상이 있어. 이들이 그림이나 시로 그려낸 자화상은 예술의 거울이요, 내면의 거울인 게야. 가면과 거울은 끝나지 않는 숙제야. 나는 「가면과 거울의 이중주」에서 못다 한 말을 마저 풀고 있는 거야. 한 손엔 가면을 들고, 다른 한 손엔 거울을 들고, 좌향좌 우향우, 좌고우면 좌충우돌을 반복하는 갈림길에서 춤추는 어릿광대의 삶, 그것이 인생이련가.

길손, 길가의 가로수들이 가랑비를 맞으며 가만가만 젖고 있어. 나무는 늘 한 자리, 그곳, 거기에 서 있어. 움직이지 않는 길손이지. 가로등도 곁에서 몸을 떨고 있어. 우산이라도 씌워주고 싶어. 만일 저들에게 발이나 날개가 있다면, 생각하는 존재라면, 이런 날은 어디론가 가뭇없이 떠나고 싶지 않을까. 겨울나무에선 나무가 살아온 길이 훤히 보여. 잎을 다 떨군 앙상한 가지들이 이쪽저쪽 허공으로 벋어 있어. 휘거나 부러지거나 곧게 뻗은 가지들에서 그들이 지나온 생의 내력이 그대로 드러나. 그 굵기와 길이와 방향 하나하나가 나무가 살아온 길이야. 같은 땅, 같은 뿌리에서 자랐으면서도 어찌 저리 다를까. 햇빛과 비바람의 양이 갈라놓았을까. 인생살이도 마찬가지야. 슬며시 왔다가 도망치듯 냅다 사라지는 인생의 봄. 그뿐인가. 뜨겁고 호된 여름 지나 풍작이든 흉작이든 가을걷이할 때인가 싶으면 어느새 겨울. 앙상한 나뭇가지처럼 뼈대만 남은 늘그막에 이르러서야 지나온 길이 보여. 저 나뭇가지들엔 벌과 나비와 뭇 새들이 길손으로 다녀갔겠지. 폭염 속에서도 무성한 이파리를 키우고 그늘 만들어 뭇 길손들을 쉬어가게 했겠지. 어, 저 꼭대기엔 새가 둥지를 틀었네. 나무는 제 몸에 세 들어 사는 생명들을 내치지 않아. 새의 둥지를 품은 저 나무, 알에서 깨어나 보송보송한 털로 날개의 꿈을 키울 어린 새를 어미 새와 함께 보듬어주겠지. 제 자리에서 꿋꿋하게 제 일을 다 하는 나무는 때로 인간의 거울이 되기도 해. 인간은 숙명적으로 한 곳에만 머물지 못하는 떠돌이 길손들이야. 광장과 골목, 화려한 고층빌딩과 어두운 골방으로 가는 길목에서 갈팡질팡하는 길손들. 버스 정류장 의자에 지팡이를 기대놓고 앉아 하염없이 하늘을 쳐다보는 저 백발의 길손, 혹시 아직도 인생의 현명한 길잡이를 기다리며 그리워하는 건 아닐까.

기다림. 계십니까. 똑똑똑. 나는 오늘 밤에도 그분을 만날 만한 곳을 찾아 문을 두드리지만, 기척이 없어. 이젠 내가 얌전히 기다릴 차례야. 어두운 방 안에 조용히 누워서 이리저리 전전반측하며 그분이 내 방문을 노크해주길 기다릴 수밖에 없어. 마냥, 간절히…. 그분이 누구냐고? 혹시 주님이 오시길 기다리느냐고? 아쉽게도 내 안엔 하늘에 계신 아버지 주(主)님을 모실만한 자리가 넉넉지 않아. 지상의 인간들을 잠시 황홀경으로 이끄는 주(酒)님을 섬길만한 낭만도 없어. 종교적 인간도 디오니소스적인 인간도 아닌 자, 그저 특별히 잘난 것도 못난 것도 없는 자, 어중간하고 무기력한 소시민의 일상을 사는 자, 그런 나는 매일 밤마다 그분을 영접하려 가만히 눈을 감고 기다려. 오실 듯 말 듯 한 그분을 기다리노라면 하루의 불온했던 일들이 엉킨 필름처럼 머릿속을 헤집어 놓곤 해. 그뿐인가. 그분을 기다리는 시간이 길어질수록 내 머릿속은 어찌 그리 명료해지는지. 어제나 그제 또는 까마득하게 잊었던 기억이나 미래의 불안도 불청객처럼 불쑥불쑥 찾아와서 '나 여기 있지.'하고 손을 내밀 때도 있어. 내가 기다리는 그분은 아니

오고 반갑지 않은 불면이란 녀석이 그렇게 침범해올 때마다 지친 나는 대들듯이 눈을 동그랗게 뜨고 맞서보기도 해. 아, 내가 애타게 기다리는 그분, 그 포근한 품에 안겨 진한 사랑에 빠져보고 싶어. 그분, 불면을 잠재우는 수면(睡眠)이라는 분! 그 품에서 달콤한 잠에 푹 빠져 연애 한 번 원 없이 해보면 원이 없겠네.

나, 또 한 분을 기다려. 미몽의 시간 속에서 잠자는 나를 깨우는 분이야. 그분은 번개처럼 찰나에 와서 나를 옴짝달싹 못 하게 강한 사슬로 묶어버려. 그럴 때 내 영혼은 망망대해에서 일엽편주라도 만난 듯 생의 파도를 타고 너울춤을 추지. 내 오감은 갑자기 생기가 돌고 허공 높이 날개를 달아. 가슴은 쿵덕쿵덕, 머릿속은 갑자기 분주해지고 상상력의 붓질하기에 바쁘지. 그런데 그분 역시 수면님처럼 나를 쉽게 찾아와주지는 않아. 그분이 누구냐고? 내게 생의 에너지를 담뿍 선물하는 분, 괴물처럼 불시에 찾아와 나를 달뜨게 하는 분, 나를 에스프리의 세계로 이끌어주는 분, 사유의 지팡이를 짚고 찾아와 긴 그림자를 남기고 가는 분이야. 수염 없는 영감님, 바로 영감(靈感)이라는 분! 나는 아주 자주 그 영감님의 포로가 되고 싶어. 그분의 품에 안겨 귓속말을 주고받으며 글쟁이의 황홀한 희열에 빠져보고 싶어. 육신은 깊이 잠들고 싶다 하고, 정신은 번쩍 깨어나고 싶다 하니, 이 모순의 몸뚱이는 또 뭐람.

수면님과 영감님, 그 두 분이 곁에 있다면 내 생은 감미로움과 활기로 채워질 수 있을 것 같아. 내가 생을 사랑하는 한, 그분들에 대한 짝사랑과 기다림도 끝나지 않을 것 같아. 그냥 기다릴 거야. 오늘 내가 누군가를, 무엇인가를 기다릴 수 있다는 건 행복한 일이겠지.

인생은 기다림이라는 사실을 사뮈엘 베케트처럼 잘 보여준 이도 드물 거야. 「고도를 기다리며」에서 블라디미르와 에스트라공은 척박한 땅에 서 있는 한 그루 나무 아래서 '고도(Godot)'를 기다려. 그러나 "내일은 꼭 온다."라는 고도는 끝내 오지 않아. 그렇게 내일은 오늘이 되고, 미지의 존재를 기다리는 우리의 매일은 기약 없이 흘러가겠지. 사람들의 마음엔 제각기 다른 '고도'가 자리 잡고 있겠지. 그것이 어떤 것이든, 인생이라는 황량한 길에서 그대들이 또 내가 원하는 '고도'를 만날 날이 오기를….

인생이란 별것 아니거나 별것인 것, 그중 어떤 것이야. 이리 갈까, 저리 갈까. 이렇게 살아야 할까, 저렇게 살아야 할까. 망설이면서 기다리면서 그저 걸어가는 게지. 서둘러갈 것도 없고, 안 가겠다고 떼쓸 것도 없이, 쉬엄쉬엄 길 따라 발길 따라가는 거지 뭐.

[『수필과 비평』, 2019. 11월호]

니은과 노닐다

니은, 너를 생각하니까 입안에서 민요 한가락이 흥얼거려져. "닐리리야~ 닐리리야~ 니나노 난실로 내가 돌아간다 닐~닐~ 닐리리야~" 어깨춤이 절로 나네. 오늘은 니은의 나라에서 니은을 초성 삼은 친구들과 노닐면서 한마당 놀아볼까 해.

나, 니은의 나라로 들어가니 '나'가 먼저 반갑다고 손을 내미네. '나는 세계의 중심'이란 말이 문득 생각나. 그런데 나는 진정 '나'라고 하는 집에서 주인으로 살고 있을까. '욕망의 나'는 '본연의 나'를 버리고 도망갈 때가 많거든. 실은 나도 내 안에 얼마나 많은 '나'가 있는지, 나조차도 '나'를 잘 모르겠어. 유행가 가사도 있잖아. "내가 나를 모르는데 넌들 나를 알겠느냐" 아마 나 하나만 주인공으로 삼아 글을 써도 책 몇 권은 족히 넘을 거야. 어쩌면 지금 이 순간에도 나를 알려고, 그 숱한 물음표에 대한 답을 얻으려고, 이렇게 글을 쓰고 있는지도 몰라. 인생 지도에서 마땅히 서야 할 자리를 찾는 것, 나를 제자리에 놓는 게 쉽지 않거든. 대중의 사랑을 받는 방탄소년단(BTS)의 리더 '김남준(RM)'이 유엔 연설에서 한 말이 기억에 남아. "내가 누구인지, 내가 누구였는지, 내가 누구이고 싶은지 모두 포함해서 나를 사랑하세요."라고 하더군. 실수를 한 어제의 나도 여전히 '나'이고 조금 더 현명해진 오늘의 나도 여전히 '나'라고 그들은 노래해. 실수로 생긴 흉터까지도 다 자신의 별자리니까 감추지 말고, 누군가 만들어 놓은 틀이나 다른 사람의 시선으로 자신을 보지 말고, 스스로의 이름과 목소리를 찾으라고 외치네. 현재의 성취는 물론 과거의 실패나 상처까지도 온전히 자기 안에 껴안으려는 긍지와 패기가 대단해. 이들의 '나'는 '작은 것'에 시선을 돌리며 '우리'로 '함께' 나아간다는 데 더 가치가 있어. 신화와 우주를 넘나드는 노랫말로 정신의 진폭을 확장하는 우리의 젊은이들, 엄지척이야.

 너, 나를 돌아보노라면 횟횟하게 따라오는 것이 있어. 바로 '너'야. 너는 너를 잘 아니? 곰곰이 생각해보니까 '너희'나 '너희들'이란 말은 있어도 '나희'나 '나희들'이란 말은 없네. 아, '저희'나 '저희들'이 있지. 그렇지만 나는 언제나 단수야. 너도 단수이긴 하지만 수많은 너와 너희들은 복수인 게야. 반대로 저쪽의 너희들이 볼 때는 이쪽의 나는 바로 너이고 너희들의 무리 중 하나일 뿐이겠지. 나, 너, 두 글자의 형상을 자세히 봐. '나'의 'ㅏ'는 손을 기둥 바깥으로 내밀고 있어. 악수하자고. 그런데 '너'의 'ㅓ'는 손을 기둥 안쪽으로 감추고 있지. 서로 손을 내민다고 하면서도 실은 서로 손을 숨기고 있는 게야. 나도 너도. 서로

가 그리워하면서도 겉으로는 안 그런 척, 속으로 삼키고 마는 게 아닐까. 어쩌면 나와 너는 애초부터 하나가 될 수 없는 운명을 타고난 존재일지도 몰라. 요즘엔 혼즐족이나 혼놀족도 꽤 많아. 혼자 밥 먹는 혼밥족이나 혼자 영화 보는 혼영족쯤은 다반사이고 혼술족은 술도 혼자마셔. 하긴 혼자 즐기고 혼자 노는 시간이 차라리 편할 때도 있긴 해. 상처를 주고받지 않아도 되니까. 그러면서 소확행(작지만 확실한 행복)을 누리기도 하지만 그건 자유인 동시에 또 다른 외로움의 표시일지도 몰라. 그것이 포기보다는 비움이길, 고독한 자아의 합리화보다는 진정한 행복이길 바랄 뿐이야. 이곳저곳에서 과대하게 '행복한 나'와 '자랑스러운 나'가 '포장된 나'로 넘쳐나는 건 그만큼 소통 욕구나 결핍이 많다는 반증이 아닐까 싶어. 나는 있는 그대로의 너와 두 손을 맞잡고싶어. 혹시 이거야말로 '나는 바담풍해도 너는 바람풍해라' 하는 건 아닐지, 네 손이나 먼저 내밀라고 지청구를 듣는 건 아닐지. 아무튼, 나, 너, 가릴 것 없이 우리 함께 '어깨동무 씨동무' 노래하며 노닐면 어떨까. 알고 보면 나든 너든, 모두 나그네들인 걸. 풀도 나무도 '나도, 너도'를 외쳐. 나도 – 밤나무, 나도 – 박달, 나도 – 냉이, 나도 – 댑싸리, 나도 – , 나도 – , 어휴, 많기도 해라. 이쪽에서 나도, 나도, 하고 외치니까 저쪽에서는 너도 – 밤나무, 너도 – 바람꽃, 너도 – 양지꽃이 손을 흔드네. 저들도 '나도, 너도' 왕국에서 하나가 되고픈 겐가.

나비, 나풀나풀, 나불나불 날아다닌다고 나비라 했다지. 나는 어릴때 나비가 되고 싶었어. "나비야, 나비야, 이리 날아오너라. 노랑나비

흰나비 춤을 추며 오너라" 노래하며 내가 나비라도 된 양 어른들 앞에서 사뿐사뿐 춤추고 재롱떨던 시절, 동네 들판이랑 앞동산엔 나비가 무척 많았어. 검은 바탕이나 푸른 바탕에 태극무늬가 그려진 나비가 제일 신기했어. 호랑나비나 노랑나비 뒤꽁무니도 쫓아다녔지. "나비 만지고 눈 비비면 눈 먼다."라며 어머니는 말리셨지. "흰나비는 죽은 사람 영혼이 환생한 거야."라고도 하셨어. 사실인지 알 수 없지만 나는 그 말을 믿었어. 나비가 그리스어로 프시케(psyche)이고 마음이나 영혼에 비유된다는 건 나중에 커서야 알았어. 그리스 신화에서 프시케는 사랑의 신 에로스의 연인이었지. 그런데 지금도 잊히지 않는 장면이 하나 있어. 모처럼 야외를 나간 날이었어. 숲속에 멋진 카페가 있더군. 전면이 통유리로 꾸며진 카페에선 고즈넉한 바깥 풍경이 한눈에 들어왔어. 무심히 망중한을 즐기는데 나비 한 마리가 눈길을 사로잡는 거야. 바로 눈앞 유리창에 날아와 부딪쳐 떨어지더니 다시 기어오르고, 또다시 기어오르기를 거듭하더군. 마치 안으로 들어오려 안간힘을 쓰는 것 같았어. 에로스를 찾아 나선 프시케의 영혼이 저러했을까. 여러 생각이 들었어. 혹여 무리 속으로 진입하려 애쓰는 인간초상이 저 나비 같지 않을까. '나와 너와 우리' 사이에도 저런 유리벽 하나쯤 가로막고 있는 건 아닐까. 가까이 보이는 듯 닿을 듯하면서도, 끝내 닿을 수 없는 완고한 경계 같았어. 장자(莊子)는 '호접몽'에서 물화(物化)를 이야기했지만 유리 벽은 인간의 숙명인지도 몰라. 나비는 길상(吉祥)이나 행복도 상징한다지? 갓난아기가 나비잠 자는 모습은 상상만 해도 행복해. 아, 또 있어. 재생과 부활. 그 곡선과 색채와 무늬는 아름답지만 알로 태어나 애벌레와 번데기를 거치는 나비의 속 삶은 숙연해. 그렇듯 치열하게 완전변태를 거쳐야 인생도 승화되는 게 아닌가 싶어. 우리 선조들은 나비 문양을 여러 곳에 즐겨 썼어. 우리 집 문갑에서도 열쇠고리에서도 나비가 눈인사를 해. 오늘 외출할 땐 옷깃에 나비 브로치나 달아볼까.

날개, 나래라고도 하지. 나비의 힘은 날개에 있지. 그 작은 날갯짓이 나비효과도 일으켜. 나도 너도 서로 하나가 되긴 어렵지만 같은 게 있어. 날개가 없다는 것이지. 두 발로 서서 걷고 생각하는 인간, 호모 에렉투스와 호모 사피엔스로서의 인간은 스스로를 만물의 영장이라 여기지만 가끔 날개를 달고 싶어 해. 날개에는 피폐한 현실에서 탈주하고픈 욕망과 비상의 꿈이 서려 있어. 그 못다 이룬 꿈을 여러 방식으로 펼쳐내지. '박제된 천재' 이상(李箱)이 소설 「날개」를 썼듯이 말이야. 알라딘은 마법의 양탄자를 타고 날아다니고, 슈퍼맨은 초능력으로 우주를 비행하지. 날개 저 너머엔 창공을 향한 그리움이 있어. 비행기, 행글라이딩, 패러글라이딩, 열기구는 그 소망의 부산물이야. 구름과 숨바꼭질하며 지상을 내려다보는 짜릿함을 만끽하는 게지. 날개를 단다는 건 승리를 뜻하기도 해. 승리의 여신 니케는 아름다운 날개를 한껏 뽐내. 신화에는 인간 의지가 담겨 있지. 그러나 그 실현은 어려워. 사람들이 가진 건 이카로스의 날개와도 같거든. 태양을 향해 끝까지 날아오르려다 밀랍으로 만든 날개가 녹아 바다에 추락한 이카로스가 되고 말아. 사람들이 꿈꾸는 이상(理想)이란 늘 멀리 있기에 세상사엔 한계가 있어. '날면 기는 것이 능하지 못하다'라는 속담도 있잖아. 마냥 행복의 날갯짓만 하고 살 수 있다면 좋으련만 나이 들면 차츰 '날개 부러진 매'의 신세가 되기도 해. 그럼 이건 어떨까. '옷이 날개'라는데 나도 잠자리 날개 같은 옷 걸쳐 입고, 인기에 날개를 단 방탄소년단 공연장에라도 가서 함께 놀아보면 잠시나마 청춘의 날개를 달 수 있을까.

놀이, 공연도 놀이의 하나지. 인간이 여타 동물과 구별되는 건 놀이하는 인간, 즉 호모 루덴스적 본성이야. 놀이적 상상력은 예술의 원천이 되기도 해. 놀이는 너와 나를 하나로 이끌어. 아이들은 놀면서 크지. 내가 어릴 때는 공깃돌이나 고무줄을 갖고 놀았어. 친구들과 고무줄놀이를 할 때면 짓궂은 사내 녀석들이 고무줄을 끊고 달아나면서 약을 올리기도 했지. "두껍아, 두껍아, 헌 집 줄게 새집 다오." 흥얼흥얼 노래하며 손등에 흙이나 모래를 얹고 토닥토닥 다지면서 놀거나, 땅따먹기나 사방치기도 하면서 흙 마당에서 놀았지. 그때그때 눈에 띄는 자연물이 모두 장난감이었어. 요즘 아이들은 인형이나 스마트폰과 놀거나, 레고로 집 짓고, 정해진 놀이터에서 많이 놀지. 며칠 전엔 아파트 앞 놀이터 벤치에 한참 동안 앉아 있었어. 아이들 노는 모습이 어찌나 귀엽고 재미있던지 말이야. 왁자지껄한 아이들 틈에서 네댓 살쯤 되어 보이는 여자아이가 "여뿌~옹, 나 여기 있쩌요옹~" 하며 큰소리로 어른 흉내를 내니까, 또래 남자아이가 "우웅, 그래~앵? 알았쩌

엉~" 하고 대답을 주고받으며 서로 잡고 잡히면서 미끄럼틀 주위를 뛰어다니는 거야. 내 어릴 적, 배고팠던 시절에는 뒤꼍에서 조가비 나물 뜯어 반찬 만든다고 돌로 콩콩 찧으면서 모래로 밥 짓고 집 지으며 각시놀이했는데 격세지감이 느껴지더군. 거슬러보면 우리 민족은 예로부터 풍류 정신으로 놀이의 멋을 즐겼지. 설 명절엔 동네 마당에서 남자 어른들이 큰 멍석을 깔고 시끌벅적 떠들고 웃으며 윷판을 벌였어. 여자들은 마당 한쪽에서 널뛰기를 했지. 정월 대보름엔 연날리기나 쥐불놀이로 새해의 안녕을 기원했고 꽃피는 춘삼월엔 여인들이 두견화 따서 전 부치며 화전놀이를 했어. 오월 단오절이면 창포 끓인 물에 머리 감고 그네뛰기도 했지. 팔월 한가위엔 만월을 우러르며 달처럼 둥글게 손잡고 강강술래도 했어. 놀이에는 춤이나 노래가 어울리지. '풍년가'는 사철에 따른 놀이를 노래에 담았어. "지화 좋다 얼씨구나 좀도 좋냐 명년 춘삼월에 화류 놀이를 가자." 더덩실, '하사월에 관등놀이, 오뉴월에 탁족놀이, 구시월에 단풍놀이, 동지섣달에 설경놀이' 가자며 흥을 돋워. 노동의 고단함 같은 건 '방아타령'이나 '베틀가'로 풀어내고, "건드렁 건드렁 건드렁거리고 놀아 보자."고 '건드렁타령' 부르며 삶의 시름을 달래지. 뭐니 뭐니 해도 유희요(遊戲謠) 중에 '국문뒤풀이'는 예지가 빛나. 구전민요라서 지역 따라 곡명도 가사도 조금씩 다르지만 교육 기능을 겸한 말놀이 노래라는 점은 같아. '가나다라'부터 '카타파하'까지 말을 이어가며 우리말 자모도 배울 겸, 인생 애환을 노래에 녹여 즐기는 거야. 앎의 목적에 즐김을 보태는 것이지.

공자님은 '아는 것은 좋아하는 것만 못하고, 좋아하는 것은 즐기는 것만 못하다'고 했던가. '너와 나' 세상사 비록 고달플지라도 더러는 나비처럼 너울너울 날갯짓이라도 하면서 놀이정신과 즐김의 미학 찾아 신명과 조화의 흥취에 취해보면 어떠리. 지화자, '국문뒤풀이' 장단에 맞춰 '니은'과 어우러지는 몇 소절 추리며 놀아 볼까나. 얼~쑤.

가나다라마바사아자차 잊었구나 기역니은디귿리을 기역자로 집을 짓고 지긋지긋이 사쟀더니 가갸거겨 가이 없는 이내몸이 그지없이도 되었구나 고교구규 고생하든 우리 낭군 구간하기가 짝이 없구나 나냐너녀 나귀 등에 솔질을 하여 송금안장을 지어놓고 팔도강산 유람을 할까 노뇨누뉴 노세 노세 젊어 노세 늙어지면은 못 노리로다~.

[『한국산문』, 2019. 12월호]

디귿과 돌고 돌아

디귿, 너를 생각하면 '돌고 돌다'가 먼저 떠올라. '돌고 도는 물레방아 인생'이라 했던가. 그런데 돌고 도는 게 어디 인생뿐이겠니? 지구도 돌고, 굴렁쇠도 돌지. 수레나 자전거나 자동차 바퀴도 돌고 돌아야 제구실을 하지. 가만, 생각해보니 다람쥐 쳇바퀴처럼 돌고 도는 세월 따라 인심도 돌고 돌아. 디귿이 없으면 '돌다'도 없지. 오늘은 디귿, 너와 더불어 디귿의 나라를 돌고 돌아볼까?

#다

'다', 모으고 흩트리며 마치는 힘이 있지. '다'는 '우리, 모두, 함께'와 친해. 이것도 모으고 저것도 다 모아. 아니, 모두 다 버리기도 해. 오늘은 우리, 모두, 다, 함께 모여 마음을 나눠볼까? 노래나 한바탕 불러볼까? 놀이동산에라도 가볼까? 아니야, 모두 다 흩어져서 제 할 일을 하는 것도 나쁘지 않아. 나는 혼자 심심이와 놀 때도 있어. 내가 부르면 언제든 "방가, 방가" 맞이해주지. '다'는 뒤에서 마치는 힘도 있어.

만일 '다'가 없다면? '이렇습니/저렇습니/그랬습니/수고하셨습니/사랑합니/미워합니/…'로 끝내야 한다면? 영원히 미완의 언어로 남게 되겠지. 아휴, 답답해.

더

'더'는 어떨까? 하나 더 더하고 하나 더 빼고, 두 개 더 얹고 두 개 더 덜고, '더'는 보태거나 뺄 때 요긴한 단어야. '더'가 붙으면 더 많거나 더 적어져. 사랑은 더할수록 좋고 미움은 덜할수록 좋겠지. 더없이 다함 없는 부모님의 사랑이 있는가 하면 더없이 애절한 연인의 이별도 있어. '더'는 더불어 가기에도 더없이 요긴한 말의 씨앗이야. 더불어 가는 존재들에겐 아름답고 강한 힘이 있지. 매사가 그저 더도 덜도 말고 한가위만 같으면 정말 행복할까.

도

'도'는 이것도, 저것도, 그것도, 모두 다 껴안아. 품이 넓어. 그러나 이것도, 저것도, 그것도, 모두 버릴 때는 매정해. '도 아니면 모'라는 말도 있지. 윷판은 도에서 출발해. 그래야 '개, 걸, 윷' 거쳐 '모'까지 도착할 수 있어. 나는 '도레미파솔라시도'의 도를 좋아해. 도는 첫 음계를 받쳐주지. 도가 있어야 '레미파솔라시도' 변주가 가능해. 인생은 노래야. '도레미파솔라시도, 도시라솔파미레도' 음의 고저장단(高低長短) 따라 높은 듯 낮은 듯 긴 듯 짧은 듯 강한 듯 여린 듯 흘러 흘러가는 게 인생이지. 그중엔 기쁜 곡조도 슬픈 곡조도 있고 가끔 엇박자가 날 때도 있어. 인생은 변주곡의 연속이야. 그 중에도 도는 기본 중의 기본바탕이니 어쩌면 도(道)와도 통할는지 몰라.

#달

"달, 달, 무슨 달, 쟁반같이 둥근 달, 어디 어디 떴나, 남산 위에 떴지."

초승달은 신생의 달이고 보름달은 풍요의 달이고 그믐달은 소멸의 달이라고도 하던가. 그런데 우리가 눈으로 보는 달은 다만 형상이 그러할 뿐, 해와 달그림자가 빚어내는 마술이야. 달의 몸은 늘 둥글어. 언제 어디서 보느냐에 따라 달은 이리저리 몸을 옮기기도 해. 남산 위에서도 아파트 옥상에서도 얼굴을 내밀지. 아니, 경포 호수에도 몸을 담가. 천 개의 강에 천 개의 달이 뜬다고 했던가. 만인에게 평등한 달, 자비의 빛이야. 시인은 달을 보며 시를 짓고 늙으신 어머니는 정화수 떠놓고 달을 보며 가족의 무사 안녕을 빌지.

달이 사는 집은 허공이야. 그 동네엔 계수나무도 살고 토끼가 방아도 찧어. 달을 사랑한 이태백도 빼놓을 수 없지. 술에 취해 시에 취해 장강(長江) 물에 비친 달그림자를 잡으려다가 익사했다는 설화를 남긴 시선(詩仙) 이태백, 지금쯤 달나라에서 술 한 잔 기울이며 시 한 수 짓고 있지 않을까. 노랫말에도 자주 불려 나와.

어떤 이는 "달아, 달아, 밝은 달아, 이태백이 놀던 달아" 부르면서 달 속에 박힌 계수나무를 "옥도끼로 찍어내어 금도끼로 다듬어서 초가 삼간 집을 짓고 양친 부모 모셔다가 천년만년 살고지고" 싶다며 효심을 다진다네. 또 다른 이는 이태백이 불러내서 '달 타령' 부르며 일 년 열두 달을 기려. 정월엔 새 희망으로 살고, 이월엔 동동주 마시며, 오월 단오, 유월 유두, 칠월 칠석 즐기다가 한 해가 저무는 십이월엔 달님 바라보며 님 그리워한다네.

달, 월(月), 월광(月光)은 한 몸으로 움직여. 베토벤의 '월광 소나타'에선 호수에 비치는 달빛이 보이는 듯, 잘박거리는 물결 소리가 들리는 듯해. 달은 만인의 벗이야. 달 노래도 많고 또 많고 아이들과도 친해. 아이들은 뒷동산에 올라가 "장대로 달을 따서 망태에" 담아다가 "순이 엄마 방에다가 달아 드리자."라고 해. 불을 못 켜서 밤에는 바느질도 못 한다는 순이네 걱정하는 마음이 따뜻해. 동요는 아름다운 상상력으로 꿈을 꾸게 하지. 낮에 나온 "하얀 반달"은 "해님이 쓰다 버린 쪽박"이나 "신짝"이나 "면 빗"이 되기도 해. 이쪽과 저쪽에서 뜨는 반달을 합치면 온달이 될까?

달은 밤의 제국에서 지상을 굽어봐. 어둠이 깊을수록 그 눈은 더욱 빛나. 그런데 달이 혹시 지상으로 내려오고픈 꿈을 꾸는 건 아닐까. 달동네에서부터 도심의 어두운 뒷골목까지 샅샅이 비추는 걸 보면 만상이 잠든 밤에 지상에 몰래 내려앉아 그 꿈을 실현하고 가는지도 몰라.

달, 문(Moon), 어둠을 여는 문(門)이고 글 문을 여는 문(文)이야. 요즘엔 문씨(文氏) 성을 가진 나라님도 달님으로 변신하여 설왕설래. 달도 차면 기우나니…. 인간이 달나라를 가고 인공 달을 띄우는 세상이지만 정취로 치자면 달구경이나 달맞이가 으뜸이지. 정월 대보름날 동산에 올라 둥실 떠오른 둥근 달 바라보며 쥐불놀이하면서 기원하던 일도 까마득한 옛일이 되었어. 대보름이나 한가위에 둥글둥글 손잡고 도는 강강술래는 또 어떻고. 도심의 달은 휘황찬란한 조명에 가려져 눈을 크게 떠야 간신히 보여. 나가서 달 찾아봐야겠네. 달밤에 문워크나 체조라도 해볼까. 아니면 '영암 아리랑'이라도 한 소절 뽑아볼까.

"달이 뜬다 달이 뜬다/둥근 둥근 달이 뜬다/월출산 천왕봉에 보름달이 뜬다/아리랑 동동 쓰리랑 동동/에헤야 데헤야 어사와 데야/달 보는 아리랑 님 보는 아리랑"

돌

돌은 흙과 함께 땅을 지키는 파수꾼이야. 돌이야말로 지상의 군주일지도 몰라. 돌이 없으면 집도 짓지 못해. 하늘로 치솟는 빌딩도 돌이 없으면 서 있지 못해. '돌대가리'라고 함부로 비웃지 마시게.

그런데 말이야, 돌, 혹시 너도 새처럼 달처럼 하늘로 오르고 싶어 하는 건 아니니? 그렇다 한들, 혹여 돌이 달이 되고픈 꿈을 가졌다한들, 함부로 탐하지 마시게. 모든 건 제 자리가 있거든. 돌은 땅에 살면서 굳건한 초석이 되는 게 제격이야.

하긴 돌도 주어진 자리가 각기 다르지. 거대한 암석으로 살면서 큰 산을 지키는가 하면 돌계단이나 댓돌 같은 디딤돌로도 살고 파편처럼 부서져서 이리저리 굴러다니기도 하지. 그래도 헛된 꿈은 삼가야 해. 혹여 제 욕망에 취해 돌이 허공으로 몸을 던진다면, 그 순간 하늘을 나는 새나 가지 끝에 달린 열매나 누군가의 뒤통수를 치는 돌팔매가 될 수도 있어. 제 몸집이 무겁고 클수록 추락은 금물이야. 그 아래 깔린 존재들을 위협해. 그러니까 높은 곳에 있을수록, 허우대가 클수록, 몸을 함부로 굴리면 안 돼.

버려진 노인처럼 깨어지고 마모되어 폐허에 뒹구는 돌덩이에는 영화롭던 한때와 시련의 세월이 새겨져 있어. 바닷가 백사장에서 밟히는 모래알도, 골목길에서 사람들 발길에 이리저리 차이며 굴러다니는 돌멩이도, 세상 만물은 존재 가치가 있어. 인생(人生) 못지않게 석생(石生)도 소중해. 진흙땅에서 지렁이가 살고 수목은 생명의 뿌리를 키우지. 돌의 분신인 흙, 가볍게 부서져 제 몸 바치는 흙이 없다면 우리가 딛고 설 대지는커녕 지구도 존립이 불가하겠지.

처음에 태어날 땐 인간도 원석이야. 차츰 갈고 다듬으면서 제각각 다른 보석이 되어가는 게지. 여하튼 달은 달대로, 돌은 돌대로 제 자리에서 제 할 일 해야 세상의 빛이 되고 반석이 되겠지.

#돈

돌고 도는 것과 제일 친한 것은 뭐니 뭐니 해도 머니(money), 돈이 아닐까. 돈은 서커스단의 단장처럼 돌고 도는 재주를 가진 명수(名手)

중의 명수(命數)야. 돈이 어떻게 도느냐에 따라 인간 운명과 재수가 달라지지. 코도 입도 없는 돈이 냄새도 잘 맡고 꿀꺽 삼키기도 잘해. 손도 발도 없는 돈이 큰 손 노릇을 하면서 제멋대로 휘젓고 다니면 세상이 흔들흔들 뒤뚱뒤뚱해.

돈은 자본주의의 꽃이자 우상이야. 잘 쓰면 아름다운 꽃이 되지만 잘 못 쓰면 괴물이 되거든. 약도 되고 독도 되는 파르마콘처럼 돈은 두 얼굴을 가졌어. 돈이 탄생한 본적지는 물질교환구역이지만, 그 마을에서 노는 사람에 따라 악기도 되고 흉기도 되지. 돈은 너무 세게 쥐면 숨통 끊어진다고 발버둥 치고, 너무 느슨하게 쥐면 손아귀에서 빠져 달아나버려. 적당히, 적당한 힘주기가 필요하지만 그게 말처럼 쉽지 않으니까 탈이지. 인간이 돈을 만들어냈건만 그 돈이 되레 인간을 쥐락펴락한다네. 그래도 돈의 노예가 되어 굴신을 거듭하는 건 슬프잖아. 다다익선이라고? 아니, 다다화근(多多禍根)이 될 수도 있어. 군침 삼키며 담장을 몰래 넘으려는 사람들이 많아지거든.

돈은 긴 인생길에서 운명처럼 만나 백년해로해야 할 당신(當身), 때로는 신당에 모시고 섬겨야 할 당신(堂神)이 되기도 하지. 무당춤을 추듯 돌고 돌면서 신의 자리를 넘보기도 하지. 팜파탈, 옴파탈처럼 치명적인 매력으로 유혹하는 돈은 우리 목숨줄을 쥐고 몸도 마음도 관장해. 돈이 없으면 밥도 없고 정(情)도 비껴가기 일쑤야. 그러니까 다독다독 등 두드리며 손잡고 가야 불화가 없겠지. 멀고도 험한 인생길, 미운 정 고운 정 함께 나누며 백년해로할 수 있다면 더할 나위 없이 좋으련만, 돈은 주인 없이 세상을 떠돌다가 수취인불명으로 되돌아오거나, 아예 답신 없이 무한정 기다리게 하는 편지일 때도 있어.

돈은 성공과 패배의 갈림길에서 왼발 오른발을 내딛게 하지. 마치 나무에 부는 바람과도 같아. 나무는 훈풍에 가지를 키우지만, 광풍엔 가지가 꺾이고 뿌리도 뽑혀. 돈은 가뭄에 단비가 되기도 하고 개도 명첨지로 만드는 재주가 있어.

그런데 분명하고 평등한 게 하나 있네. 황금 보기를 돌같이 하든, 황금 도시 엘도라도를 찾아 헤매든, 평생 애면글면해도 이승 하직할 땐 왕후장상일지라도 노잣돈 단돈 한 푼 가져갈 수 없다네.

지금까지 디귿 나라를 돌면서 디귿을 초성 삼아 둥지 튼 친구들을 만나보았어. 하긴 그런 친구들이 하나둘이겠어. 책 한 권으로도 담을 수 없을 만큼 부지기수야. 나는 달빛 아래 다소곳이 서 있는 달맞이꽃도, 달빛 타고 돌담을 기어오르는 담쟁이덩굴도 사랑해. 디귿의 추억 속엔 동네방네 싸돌아다니며 도깨비 놀이하던 동갑내기 단짝 친구도 있고, 뒤껼 낮은 토담을 사이에 두고 담북장 건네던 어머니와 이웃의 도타운 정도 있어. 긴 담뱃대 입에 물고 대청마루에 앉아 큰기침하시던 할아버지의 당당하신 모습도 보여. '담바귀타령'도 생각나네. '담다디' 노래도, 그리고 더더더…. 그런 중에도 하필 달과 돌과 돈을 불러온 건 그들이 천상과 지상에서 인간 생존과 끈끈한 유대를 맺는 디귿의 기표들이라고 여겼기 때문이야. 그들은 천·지·인의 영역에서 큰

축을 담당하지. '디근과 만나기'는 되돌아갈 수 없는 시간의 좌표 위에서 더듬더듬 물으며 가는 삶의 답 찾기요, 거칠고 어두운 인생 대해에서 돛단배 타고 등대 찾아가는 여정의 하나지. 다른 친구들은 다음에 다시 만날 기회가 있겠지. 디근이 달곰하고 멋진 영감(靈感)님과 더불어 와준다면 더없이 행복하겠지. 두근두근 기다려져.

[『수필과 비평』, 2021. 5월호]

농담과 진담 사이

 # 왜 겁줘요?

김 여사 내외가 설 명절에 아들네 집엘 갔다. 코로나 사태 이전이다. 학교랑 학원 오가느라 바쁜 아이들 데리고 시골로 오라고 하는 것보다는 내외가 서울로 올라가는 편이 더 나을 것 같아 택한 서울행이다. 게다가 얼마 전에 아파트를 꽤 큰 평수로 늘려갔으니 집들이를 겸한 방문이다.

하룻밤을 자고 명절 차례를 잘 지냈다. 세배도 받고 떡국도 든든히 먹은 참이다. 아들이 해외에 나간 길에 사온 거라며 커피머신에 커피를 직접 내려 내외에게 한 잔씩 맛을 보라 권했다. 과연 향도 좋고 맛도 좋았다. 촌에서 마시던 인스턴트커피와는 격이 달랐다. 김 여사, 칭찬도 할 겸 농담이랍시고 한마디 했다.

"애, 이 커피 맛 생각나서 자주 오고 싶어지면 어쩌니?"

그런데 아들 반응이 의외였다.

"엄마는 뭐, 그런 걸로 겁을 줘요?"

겁? 김 여사, 순간 당황했다. '내가 너희 집에 오는 게 겁나는 일이니?' 되묻고 싶었다. 그렇지만 새해 아침부터 좋지 않은 기색을 내보일 수는 없는 일. 분위기를 만회한답시고 아무렇지도 않은 척, 웃으며 며느리에게 물었다.

"얘, 너도 그렇게 생각하니?"

김 여사, 내심으론 '아휴, 어머니, 아니에요. 언제든지 오세요. 애비가 농담한 거예요.'라고 말해주길 기대했다. 그런데 며느리 대답은 의외로 간단명료했다.

"네!"

이를 어쩌나. 김 여사는 속으로 생각했다. '에이, 농담이겠지. 설마, 진담일까? 아니겠지. 진담이라면 너희들이 너무 솔직하구나.' 그런데 커피 맛이 갑자기 왜 이리 쓰디쓰담.

김 여사에게 들은 이야기 한 토막이다. 무엇보다도 어린 손자 손녀 앞이라서 더 민망했단다.

너나 나나 같은데

어느 날 오후, 시내버스를 탔다. 경로석이 비어 있어 냉큼 앉았다. 타고 내리는 손님도 별로 없고 버스 안은 한가했다. 그렇게 몇 정거장을 지났는데 한 곳에서 할머니 몇 분이 힘겹게 올라타며 시선을 끌었다. 머리카락이 하얗고 허리가 굽은 모습으로 보아 모두 팔십 연세는 족히 넘어 보였다. 마침 빈자리가 있어 세 분은 앉았건만 공교롭게도 지팡이를 짚은 분이 내 앞에 섰다. 자리를 양보해야 할 것 같았다.

"여기 앉으세요."

얼른 일어나며 한마디 했다. 그랬더니 그분 하시는 말씀.

"그쪽이나 나나 같은데 뭘 일어나요?"

헉, 같은데? 아예 동년배로 단정하는 말투다. 내가 그렇게 늙어 보이나? 에이, 농담이 지나치시네. 그런데 질책이라도 하듯 웃음기 없는 얼굴에 냉랭한 기색이 역력하다. 나이 든 여자한테 늙은이 대접을 받는 것 같아 언짢으셨나? 서로 마음만 청춘인 두 여자? 그 할머니 그러면서도 내가 앉았던 자리에 잽싸게 당연한 듯 앉더니 모른 체한다. 그저 미안하다는 뜻을 에둘러 말한 것이겠거니 여겼지만 농담이든 진담이든 기분이 개운치는 않았다. 무심코 뱉은 말일수록 심중이 담겨 있다. 농담이 진담 되고, 한마디 말에 속뜻이 저절로 드러난다. 말은 퇴고가 안 된다. 한번 입 밖으로 내보내면 말[馬]처럼 달리는 말[言], 말고삐를 잘 잡아야겠다.

#농담 부부

아내는 단잠 푹 자보는 게 소원일 만큼 한밤중에 자주 뒤척인다. 자신의 불면증이 남편의 숙면을 방해하면 어쩌나 싶어 각방을 쓰기 시작한 지 꽤 오래되었다. 바로 마주 보이는 방, 방문은 살짝만 닫는 게 내외간 불문율이다. 방에서 새어 나오는 불빛과 소리로 남편의 기척을 알아챈다. 남편이 병원에서 퇴원한 이후에는 더욱 그의 방을 향해 귀를 열어둔다. 가끔 가위눌린 소리를 듣고 들어가 깨울 때도 있다.

새벽녘, 밭은기침 소리가 들린다. 깨었구나. 밤새 안녕했다는 증거다. 이제 일어날 시간도 얼추 되었다. 똑똑, 방문을 빼꼼히 연다.

"잘 주무셨어?"

기분에 따라서는 남편 코를 살짝 비틀며 닭살 돋는 애정표현을 하기도 한다. 남편이 휴대폰을 보고 있다.

"에이, 아침부터 휴대폰 보면 눈 나빠져요. 마누라 얼굴부터 봐야지 이~!"

"아, 나, 지금 눈 나빠졌어."

"엥?"

"당신 보니까 눈이 부셔. 너무 예뻐서 빛이 나."

"오! 많이 진화하셨네~~."

그런 농담이라면 백 번을 들어도 좋겠구먼. 젊었을 때는 말 송곳으로 쿡쿡 찔러 상처도 많이 입히더니 나이 들면서 한결 말랑말랑해졌다. 철들자 망령 난다는데 설마 그럴 리야 없겠지. 그런데 늘 그렇게 핑크빛만은 아닌 게 탈이다.

어느 날 아침, 사소한 일로 비위를 긁힌 아내가 꼬부장했다. 그래도 내색은 삼간다. 남편과 산책을 해야 할 시간이다. 매일 정해진 시간에 걷기운동을 하다 보니 마주치는 풍경이 있다. 산책길 중간쯤에 벤치가 있는데 연치가 꽤 높아 보이는 영감님 세 분이 꼭 그 자리에 앉아 계신다. 백설을 머리에 인 것 같은 백발 영감님, 햇볕에 반들반들 윤이 나는 대머리 영감님, 베레모를 눌러 쓴 영감님이다. 세분은 항상 소형 녹음기를 틀어놓고 노래를 들으신다. "청춘~~을 돌려다~~오♪" 벤치에서 자주 들리는 노래다. 그날도 그 앞을 지나는데 백발 영감님이 유심히 쳐다본다. 아내, 꼬장을 부리고 싶던 참에 기회는 이때다 싶었다. 보란 듯이 남편 손을 꼭 잡고 속삭인다.

"저 영감님이 지금 무슨 생각하는지 아셔?"

"무슨 생각하는데?"

남편이 순진한 척 묻는다. 아내가 일갈을 날린다.

"저놈은 복도 많어. 저 나이에 미인 마누라랑 매일 정답게 산책을 하네~."

"그런 생각하는 걸 어떻게 알아?"

"으응, 눈빛 보면 알지."

"어이구, 인제 소설까지 쓰시네. 수필이나 제대로 쓰셔~~."

실은 미인 축에도 못 끼면서 자신은 슬쩍 미인 반열에 올려놓고 남편에겐 간접화법으로 'ㄴ' 자 비속어 한마디를 돌려 얹으며 막힌 속을 터는 아내, 그 속내를 뻔히 알면서도 모르는 척 천연덕스럽게 농담으로 받는 남편, 농담 부부다.

이 이야기는 다름 아닌, 명자 씨와 성현 씨가 살아가는 일상의 한 자락이다. 무거움은 될수록 덜어내고 웃으면서 살자는 게 병고(病苦) 후 둘 사이의 묵계다. 짧은 인생, 부부지간에 아웅다웅 싸우면서 허비하기엔 남은 시간이 너무 아깝다. 풋열매는 나무에서 아등바등 울면서 떨어지고, 농익은 열매는 씨앗 품고 허허실실 농담처럼 떨어진다. 인고의 세월을 견뎌낸 선물이다.

농담과 진담 사이에는 진실과 거짓이 있고 역설과 반어가 있다. 오해와 이해가 있고 상처와 위로도 있다. 격조는 농담의 혈맥, 농담은 다성적(多聲的)이다. 살맛 안 나는 세상, 살맛 나는 농담이라도 푸짐하면 어떨까. 그나저나 소설님은 억울하시겠다. 허구라는 죄명을 쓰고 정치판이건 부부판이건 아무 데나 시도 때도 없이 애꿎게 불려 다니며 고생이 막심하시니 어쩌나.

[『계간수필』, 2021. 여름호]

IV.

카뮈 선생에게

그녀의 토끼

휴일 아침이다. 창문을 여니 건너편 아파트 건물이 보이지 않을 정도로 시야가 온통 잿빛이다. 예고대로 태풍이 올 모양이다. 이런 날은 외출을 삼가고 집에서 쉬는 게 상책이다. 그때 휴대전화 벨이 울린다. 오전 여덟 시 반. 친구 M이다.

"오늘 시간 어떠니?"

만나잔다. 이른 아침이라 무슨 일이 생겼나 걱정했는데 별일 없으니 일단 안도한다.

"일요일인데 괜찮겠어? 비도 많이 오구…."

"일요일이니까 괜찮지. 비가 오니까 더 좋구~~."

아 참, 그렇지. 그녀는 일주일에 두어 번, 자신이 거둔 농산물을 손질하고 먹을거리도 만들어 재래시장 한 귀퉁이에서 노점을 편다. 돈벌이가 목적이 아니라 버려지는 농산물이 아까워서 봉사하는 마음으로 장사하는 거란다. 더 달라면 더 주고 깎아달라면 깎아준다. 그런데 오늘은 비가 오니 자리를 펼칠 수가 없다.

썩 내키지 않는 날씨지만 나는 그녀가 부르면 특별한 일이 없는 한 거절하지 않는다. 아니, 거절을 못 한다. 긴 시간 지하철 갈아타며 나를 만나러 온다는 게 쉬운 일인가. 더구나 자신이 지은 농산물을 배낭에 가득 담아 오는 그녀는 내가 무거운 것 드는 게 마음에 걸린다며 꼭 내가 사는 동네로 온다. 피붙이처럼 챙기니 말려도 소용없다.

그날도 다른 때처럼 가까운 지하철역 쉼터에서 만났다. 밥집이나 찻집도 마다하고 물건만 전해주고 되돌아간다. "뭐 하러 쓸데없이 돈을 쓰냐"며 한사코 거절하니 속수무책이다. 그녀는 여전히 큰 배낭을 짊어지고 왔다. 이번엔 햇과일과 과도까지 챙겨왔다. 나랑 같이 먹을 요량으로 준비해온 거다. 두 여자는 결국 그 자리에서 과일을 깎고, 옆에 앉아 있던 낯선 아주머니에게도 스스럼없이 권하고 나누어 먹으면서 판을 벌였다. 그녀와 함께 있으면 이유를 알 수 없는 자신감이 생기고 주위의 시선으로부터 자유로워진다. 잠시 밀린 이야기를 하다가 그녀가 내게 뜬금없이 말했다.

"내가 퀴즈 하나 낼 게 맞혀볼래? 있잖아~, 산토끼 한 마리가 마을로 내려왔어. 동네 개 한 마리가 그 토끼를 잡으려고 큰 소리로 짖으면서 쫓아가. 그걸 본 동네 개들이 너도나도 덩달아 떼를 지어 우르르 몰려가. 그런데 그중에서 어떤 개가 막판에 토끼를 잡아먹겠니?"

"개가 토끼를 잡아먹어? 글쎄~~. 제일 빨리 달리는 개가 잡지 않을까?"

현문우답을 하는 내게 그녀가 다시 말했다.

"아니야, 내가 저 토끼를 꼭 잡고야 말겠다는 목적을 갖고 달리는 개가 잡아먹는데. 나도 어디서 들은 얘긴데 재미있지 않니? 사람들이 나더러 이젠 그만 편히 쉴 나이도 됐는데 뭘 그렇게 억척같이 사느냐고 해. 그런데 난 목적이 있거든."

그녀 말을 듣다 보니 연상되는 글이 있다. 왕부(王符)가 쓴 『잠부론』이다. 왕부는 속담 '一犬吠形, 百犬吠聲(한 마리 개가 어떤 형상을 보고 짖자, 백 마리 개가 그 소리만 듣고 짖는다.)'을 인용, 진위(眞僞)를 바로 보지 못한 채 그림자 같은 허상에 홀려 소리만 듣고도 실상을 본 것처럼 휩쓸리는 우중(愚衆)의 행태를 비판했다.

그렇다면 그녀가 말한, 개들이 우르르 달려들게 하는 그 토끼란 과연 무엇일까. 꽤 여러 형상의 토끼가 떠오른다. 어릴 적에 즐겨 부르던 동요에 등장하는 토끼는 친구 같은 존재다. 산토끼에게 "깡충깡충 뛰면서 어디를 가느냐"고 물으면 "산 고개 고개를 나 혼자 넘어서 토실토실 알밤을 주워 올 테야"라고 답한다. 혼자 고개를 넘어야 하는 외로운 토끼지만 쫓고 쫓기는 관계가 아니라 동요답게 상호 친화적이다. 결혼해서 출산이라도 하면 그 아이는 곧 '토끼 같은 내 새끼'로 애지중지하는 사랑의 대상이 된다. 달나라 계수나무 아래서 방아를 찧는 토끼도 있긴 하다. 한편 '수궁가'에 나오는 토끼는 제 간을 지키는 '꾀돌이'다. 별주부의 꾐에 빠져 수궁까지 갔지만 제 몸 하나는 지킬 줄 아는 지혜를 갖고 있다. 풍자와 술수가 섞여 서로 속고 속이지만 토끼가 포획의 대상인 것만은 분명하다.

세상사로 빗대자면 권력, 금력, 명예 등 인간들이 맹목적으로 좇는 욕망의 기표들이 산토끼의 자리에 대신 들어설 수 있지 않을까 싶다. 목적을 목표로 바꾸어도 별반 달라질 건 없다. 목적이 과정이라면 목표는 구체적 대상이 될 수도 있겠다.

그렇게 보면 우리가 잡으려는 토끼는 도처에 있다. 크든 작든, 인생은 욕구와 요구를 넘어 욕망과 벌이는 숨바꼭질의 연속이다. 욕망이란 녀석은 잡은 듯싶으면 저만치 달아나고, 찾은 듯싶으면 다시 숨기를 반복하면서 끝내 충족되지 않는 갈증과 허기를 남긴다. 게다가 하나를 얻으면 곧이어 또 다른 '하나 더'가 숨어 있다가 꼬리에 꼬리를 물고 나타나 '채워라, 더 채워라' 채근하면서 인간 행보를 쥐락펴락한다. 요정이나 신선이 되지 않는 한, 속세에 몸담고 살아 숨 쉬는 한, 아무리 재간이 뛰어난 사람일지라도 그 유혹에서 벗어날 방도를 찾기란 쉽지 않다.

각자의 마음 깊은 곳에서 서로 다른 모습으로 요동치는 그것, 값지게 선용하면 삶의 발전을 이끄는 동력이 될 수도 있지만, 그 과정에서 욕망이라는 토끼는 가끔 괴물이 되기도 한다. 불온한 권력일 땐 더욱 그러하리라. '나 잡아봐라' 하고 달리는 토끼를 잡으려 무한 질주하다 보면 자신의 목표를 달성하는 이도 없진 않다. 또한, 그 주구(走狗)의 무리에 부화뇌동하여 함께 달린 몇몇은 전리품으로 얻은 권력의 살점과 뼈를 나누며 승자로서 희희낙락 자축의 잔치판을 벌일 수도 있다. 그 중엔 토끼를 잡은 후 잡아먹힐까 전전긍긍하다가 안도의 숨을 쓸어

내릴 개도 있을 터, 토사구팽이란 말이 괜히 생겨났겠는가. 어떤 주인을 섬기느냐에 따라 개의 운명도 바뀐다. 여하튼 산토끼 잡으려다 집토끼 놓치거나, 뛰는 토끼 잡으려다 잡은 토끼 놓치진 말아야겠지.

하긴 개도 개 나름이다. 우리 옛 풍속화엔 오동나무와 그 높은 가지에 걸린 달님 보며 짖는 개도 있다. 김득신(金得臣)이 「출문간월도(出門看月圖)」에서 『잠부론』을 변용하여 그려낸 개의 형상이다. 한때 우리 가족과 함께 살았던 순종 진도견 '솔이'는 하도 점잖고 순해서 개 같지 않은 개였다. 함부로 입을 열어 짖지도 않았다. 그러면서도 도둑이 들지 않게 지킴이 역할은 충실히 해냈다. 한편 무슨 일인지도 모르고 덩달아 무리에 휩쓸려 뜀박질하는 개가 있는가 하면, 그 광경을 멀리서 구경하며 '그래, 너희들은 가라.' 빙그레 웃음 짓는 개도 있을 것이다.

문득 그녀가 마음에 품은 토끼는 어떤 것일까 궁금해졌다. 내 물음에 그녀가 답했다.

"응, 내 토끼는 농사야. 밭에 가면 제일 먼저 노래 열 곡부터 부르고 일을 시작해. 그러면 곡식들이 박자에 맞춰 흔들흔들 춤을 춰. 내가 밭에서 노래 부른다고 뭐라 할 사람 없고 지렁이랑 노는 것도 재미있어. 일하다가 힘들면 '열아홉 고랑이나 남았네' 하지 않고, '열아홉 고랑밖에 안 남았네.' 하면 힘이 솟아. 그렇게 농사지은 거 시장에 나가 장사하는 것도 내 세상이야. 싸게 달라면 그냥 줘도 되니까."

"그래도 너무 무리하진 마. 살이 빠진 것 같아."라고 염려하는 내게 그녀는 "일부러라도 빼는 데 좋지 뭐."라며 받는다. 그러더니 갑자기 큰소리로 노래를 부르기 시작한다.

"네가 만약 괴로울 때면 내가 위로해줄 게~ 네가 만약 서러울 때면 내가 눈물이 되리~ 어두운 밤 험한 길 걸을 때 내가내가내가 너의 등불이 되리~ 허전하고 쓸쓸할 때 내가 너의 벗 되리라~~ ♩♫♪~~."

나로서는 엄두도 못 낼 일을 그녀는 한다. 화장기 없는 얼굴에 모자를 눌러쓰고 빨간 점퍼를 입은 그녀, 어디서든 걸림 없는 바람처럼 당당하다. 젊었을 땐 가톨릭교회 성가대에서도 활동했고 TV 노래경연 프로그램에도 출연했을 정도로 목청이 좋으니 노래 솜씨는 어디 내놔도 손색이 없다. 혹시 버스킹이라도 하는가 싶어 힐끔힐끔 쳐다보며 지나가는 사람들 시선이 처음엔 조금 쑥스러웠지만, 어느새 나도 모르게 속으로는 노랫말을 따라 부르며 즐기고 있었다. "나는 너의 영원한 형제야~ 나는 너의 친구야~ 나는 너의 영원한 노래야~~."

친구, 그래, 우린 사십여 년 지음(知音)의 인연을 키워온 친구지. 너무 흔하게 쓰여서 무심히 지나쳤던 '친구'라는 말이 뭉클, 크게 와닿는다. 노래를 마친 그녀가 말했다.

"나한텐 니가 큰 선물이야. 우리 만나는 게 천국이야."

부족한 점이 많은 나를 그렇게까지 여겨주다니, 과분하면서도 고맙다. 내게도 그녀는 선물이다. 삭막하고 험한 세상에서 노래이고 기쁨이고 등불이 되는 친구, 눈물 닦아주고 용기 북돋아 주는 친구가 곁에 있다는 건 축복 중의 축복이다. 산토끼 못 잡는다 해도 아쉬워할 것 없다. 더구나 이젠 거센 파도 몰아치는 생의 바다에서 산토끼 잡으려 아등바등 헛심 쓰지 않아도 될 나이, 헛되고 불가능한 '토끼 뿔' 찾으려 헤매지 않아도 될 나이까지 왔으니 이 또한 좋지 않은가. 정녕 소중한 것은 가까이 있건만 깨달음은 늘 뒤늦게 온다.

친구여, 이미 저 멀리 흘러간 동요 시대로 시간을 되돌릴 수는 없다 해도 우리 함께 손잡고 어슬렁 재 넘으며 한 톨 한 톨 알밤 줍듯 다독다독 온기 더하며 남은 생의 페이지를 열어 가보세. 오래오래.

[『에세이포레』 2022. 봄호]

우데기

그녀를 만나기로 한 날이다. 그녀는 남편이 갑자기 세상을 떠난 후 거의 두문불출하다시피 했다. 그러기를 일 년여, 오늘에서야 겨우 얼굴을 볼 수 있게 된 거다.

약속 장소인 백화점 정문 앞에는 누군가를 기다리는 사람들로 붐볐다. 저쪽에서 그녀가 걸어오다가 나를 보더니 반갑게 손을 흔든다. 짙은 감색 트렌치코트를 입은 모습이 한눈에 보아도 많이 여위었다. 나도 모르게 울컥해진다. 아무렇지 않은 척, 표정을 숨기는데 그녀가 묻는다.

"눈이 왜 그래?"

"응, 나이가 들어서 그런가 봐. 자꾸 시큰거리네."

나는 얼른 얼버무리며 그녀의 손을 잡았다. 점심을 먹고 찻집에 앉아 이런저런 얘기를 나누다가 그녀가 말했다.

"난 요즘 어디 가서 하고 싶은 말이 있어도 참아. 지난번에 마트에 갔는데 어떤 여자가 말도 안 되는 일로 시비를 거는 거야. 예전 같았으면 옳고 그른 걸 가리고 바른말을 했을 텐데 그냥 관뒀어. 남편이 죽고 나니까 다툴 일이 생기면 '내 편 들어줄 사람이 없는데…' 그런 생각부터 들고 기가 죽어."

그녀의 말에 나는 그만 눈이 젖어 심정을 들키고 말았다. 체구는 여려도 평소에 야무지고 자기주장이 뚜렷했던 그녀가 자기 편을 들어줄 사람이 없어서 하고 싶은 말도 못 하고 기가 죽다니, 가슴 한가운데로 알싸한 바람이 훑고 지나갔다. 그녀에게 남편은 험한 세상에서 비바람을 막아주는 우데기였던 게다.

예전에 울릉도에 갔을 때 우데기를 본 적이 있다. 우데기는 가옥의 바깥에 둘러친, 일종의 외벽이다. 처마 끝에서부터 땅으로 이어져 담처럼 둘러쳐져 있어 눈보라가 몰아쳐도 활동할 수 있는 공간을 만들어주며 집의 몸체를 보호해주는 구실을 한다. 우데기는 감싸고 막아주는 힘이다.

내게도 남편은 우데기이다. 그가 병원에 입원했을 때 부재 경험을 톡톡히 했다. 평소 우렁우렁하던 목소리가 순한 아이처럼 작아지고 병든 병아리처럼 기운을 잃은 모습을 보기가 딱한 건 물론, 그런 남편을 병실에 두고 혼자 집에 올 일이라도 있는 저녁이면 현관문 열기가 두려웠다. 분신처럼 늘 함께하던 남편의 숨소리를 듣지 못한다는 건 부재증명과도 같았다. 한여름이었지만 남편 없는 거실에 서 있는 마음은 우데기 없는 집처럼 추웠다. 그의 코 고는 소리, 잔기침 소리는 바로 존재 증명이었다.

젊은 시절엔 갈등도 없지 않았다. 황량한 벌판에 서 있는 외딴집처럼, 첩첩산중 두멧골에 있는 오두막집처럼, 내가 지은 내 안의 집에 홀로 거처할 때도 많았다. 그러나 집짓기와 허물기를 반복하는 동안 어느새 그는 내게, 나는 그에게 우데기가 되어갔다. 그렇기에 남편의 갑작스러운 입원은 짧은 기간이었지만 내게 긴 물음표를 남기는 계기가 되었다. 둘 중 누구든 한 사람이 먼저 세상을 떠나야 하는 게 기정사실이라면, 어느 날 내게서 갑자기 우데기가 거둬진다면, 그때 닥쳐올 마음의 추위를 어떻게 견뎌내야 할 것인가. 이 지독한 의존감에서 벗어나 어떻게 홀로서기를 익혀가야 할 것인가, 나는 밤새 뒤척였다.

이제 내 남편은 집으로 돌아왔지만 내 벗의 남편은 집으로 영영 돌아오지 못하는 곳에 육신을 묻고 있다. 그녀의 상실감이 얼마나 클는지 가늠조차 어렵다.

생각해보면 이날까지 우데기의 힘으로 살아왔다. 어려서는 부모님이, 결혼해서는 남편이 우데기였다. 세상이 많이 변했다지만 이제 더 늙어지면 내 아이들이 우데기가 되어줄 것이다. 고리타분해 보이는 삼종지도는 관점을 조금 달리하면 우데기의 원리와도 만난다. 뒤집어 보면 남자들도 마찬가지일 듯하다. 남편 대신 아내가 그 자리를 대신할 뿐이다.

가족을 넘어 좀 더 시야를 넓히면 우데기는 많다. 나에게 좋은 벗이 되어주는 사람들, 주어진 자리에서 묵묵히 자기 몫을 다하며 우리의 의식주를 책임져주는 농상공인들, 보이지 않는 곳에서 남을 위해 봉사하는 사람들, 많고도 많은 그들이 있어 세상은 온기를 유지하고 삶의 틀을 지탱하는 힘을 얻는다. 길거리의 청소부를 볼 때, 연평 해전의 용사들을 영화로 만났을 때, 저 먼 아프리카 수단에서 병든 이와 가난한 이들을 돕던 이태석 신부님이 선종했을 때, 나는 우데기를 생각했다. 고속도로에서 화염에 싸인 관광버스를 그냥 지나치지 않고 승객들을 구한 윤리 선생님, 그는 '마땅히 할 일을 했을 뿐인데 의인으로 포장돼 학교에 누를 끼쳐 죄송하다.'며 인터뷰도 상금도 거절했다 한다. 우리의 진정한 우데기이다.

우데기는 세상을 지키는 힘이다. 사람도 자연도, 만물은 서로 도우며 우데기가 된다. 아침이면 온 누리를 깨우는 햇살, 땅에 뿌리박고 지상의 숨결을 터주는 나무들, 그 뿌리를 품으며 숲과 날짐승과 들짐승을 키우는 대지, 드넓은 산과 들을 휘돌아 감으며 생명의 물길을 트는 강줄기, 어족과 해초를 키우는 바다, 모두가 우리의 우데기들이다. 거대한 우데기, 이 우주가 있어 티끌 같은 존재들이 생명을 얻고 살아가고, 우주는 또한 그 생명들로 충만해진다.

오늘, 그녀에게 전화를 했다. 골절사고를 크게 당해 한 달간이나 입원했다가 퇴원 후 통원치료를 받는 그녀의 안부가 걱정되어서다. 일전에 '남편이 없어서 슬프다'고 했던 말도 마음에 걸렸다. 물리치료를 받으러 가려고 길거리에서 혼자 목발을 짚고 택시를 잡을 때면 남편의 부재가 더욱 크게 느껴진다 했다. 결혼해서 따로 사는 자녀들이 잘하지만 각자 생활이 있으니 곁에서 지켜주는 남편의 손길에 비하면 어느 정도 한계가 있기 마련이다.

오늘은 전에 비해 목소리가 조금 밝아진 것 같아 다소나마 마음이 놓인다. 그녀는 분명 자신이 스스로의 우데기가 되어 세상 풍우와 한파를 꿋꿋이 견뎌갈 것이다. 나는 또한 그녀를 응원할 것이다. 그녀가 내게 그러했듯, 서로 우데기처럼.

[『현대수필』, 2017. 봄호]

화가와 시인의 딸

우린 처음 만났다. 우연이라는 시공간이 가져다준 선물이었다. 그날, 그 시간에, 그녀도 나도 혼자였다. 미술관이라는 공간을 각자 홀로 찾았다는 사실만으로도 서로 통할 수 있는 요인을 어느 정도는 갖고 있었던 게다.

아침에 신문을 읽는데 「스토리가 있는 세계 그림 여행」 개인전 기사가 눈길을 끌었다.

"10여 년 전 발병한 녹내장 탓에 앞이 거의 보이지 않게 된 상황에서도 각국의 찬란한 풍경을 화폭에 담았다."라는 화가, 어찌 그렸을까. "건강 악화에 치매 노모까지 홀로 간병하면서 극심한 우울에 빠져들었다."라는 그는 "정신적·신체적으로 깊은 계곡 밑으로 추락"했지만 뒤늦게 그림을 만나면서 활력을 되찾았다고 했다. 그가 그린 그림을 보고 싶었다. 자전적 생애가 관심을 끈 것도 사실이었다. 요즘 나를 휩싸고 있는 무력감에서 빠져나오고 싶었다. 돋보기를 놓고 그림을 그리느라 "10분만 집중해도 눈물이 쏟아진다. 그래도 그린다."라는 늦깎이

화가로부터 힘을 얻고 싶었다.

미술관을 찾아갔다. 마침 주인공인 소영일 화백이 현장에 있었고 지인인 듯한 분이 나란히 전시회장을 돌면서 해박하게 그림에 대한 식견과 감상을 펼쳤다. 얼핏, 꽤, 들을만했다.

"고흐 그림이 더 가치가 올라간 건 동생 테오에게 보낸 편지 덕도 컸어. 자기 그림에 관한 생각과 작업 과정을 자세히 설명해서 후세 사람들이 이해하기가 훨씬 쉬웠거든. 아, 글쎄, 자두나무에 핀 하얀 꽃이 햇빛에 반짝이는 걸 보고 불꽃 같다 하고 땅의 진동을 느낀다 했으니 얼마나 대단해. 그 편질 읽고 나서 고흐의 '꽃이 핀 자두나무'를 보니까 우주의 숨소리가 들리는 것 같았어."

곁에 서서 고개를 끄덕이는 화백의 그림 밑에는 배경 장소에 얽힌 이야기와 창작과정의 어려움과 주제 등을 소상하게 쓴 글이 붙어 있었다.

자신이 좋아하는 시를 주제로 그림을 그리고 싶어서 500여 편의 시 목록을 작성한 후 데렉 월콧의 「한여름 토바고」 중 한 구절을 주제 삼아 태양이 내리쬐는 해변과 "말라붙은 노란 야자수 나무들"을 그렸다는 「토바고섬」, 알퐁스 도데의 소설에 나오는 풍차를 주인공으로 했다는 「알퐁스 도데의 풍차」도 눈길을 끌었다. 빌헬름 텔이나 에드거 앨런 포 등도 그림에 녹아 있었다. 화백은 이처럼 실재하는 풍경을 그리되 단순한 모사(模寫)에 그치지 않고 문학적 스토리를 입혀 예술적 감흥을 더했다. 특히 소설과 영화로 잘 알려진 쇼도 섬을 그린 「천사의 길」

설명에서는 그림이 완성되기까지의 어려움을 적었다. 첫 번째 그림에서 다양한 시도를 했으나 약 2개월 후 그림이 마음에 들지 않아 처음부터 다시 그렸고 3개월이 지난 후 다시 보니 역시 마음에 들지 않아 세 번째 캔버스에서 다시 새롭게 그렸다 했다. 그밖에도 여러 편의 그림을 보통 수개월 이상 보고 또 보고 또다시 그리면서 심혈을 기울인 창작의 투혼이 큰 산처럼 우뚝했다. 내가 글 한 편을 쓰면서 쏟는 땀의 무게는 얼마나 될까.

"집에 거는 그림은 행복해야 해. 뭉크 그림은 미술관에 더 잘 어울려. 절규하는 그림을 집에다 걸어놓고 매일 보면 기분이 어떻겠어. 여기 있는 그림들은 밝아서 좋아. 그림은 가까이서 보는 것과 한 발짝 떨어져서 볼 때가 또 달라."

지인의 말대로 소영일 화백의 그림은 색채가 밝고 따뜻했다. 그림이 어두울 수도 있겠다던 내 선입견은 편견이었다. 조명으로 빛나는 밤의 폭포를 그린 「나이아가라」는 멀리 떨어져서 보니 내가 실제로 보았던 나이아가라 폭포의 야경 앞에 서 있는 듯 아련했다. 그들 뒤를 조심조심 따르며 귀동냥을 하던 내가 결국엔 염치 불고하고 끼어들었다.

"두 분 말씀을 들으니 공부가 많이 되네요. 그림 그리시면서 어려웠던 과정을 적은 글도 무척 감동적이에요. 그런데 연인인 듯한 남녀 한 쌍 모습이 그림에 자주 등장하는데 특별한 의도가 있으셨나요?"

인터뷰하듯 묻는 내게 화백이 수줍은 듯 답했다.

"결핍…, 제가 그런 쪽으로 결핍이 커요. 그림을 보는 분들이 그들처럼 행복하길 바랐어요."

순수하고 진솔한 화백의 표정과 눈빛, 결핍이란 말이 크게 와닿았다. 그는 새벽에 깨어서 가만히 눈을 감고 있노라면 몇만 장이라도 그릴 만한 풍경들이 휙휙 스쳐 간다고 했다. 그 예술적 정념이 부러웠다.

내가 그들 뒤를 따르는 동안 그녀도 내 곁에 함께 있었다. 간혹 대화에도 관심을 기울이며 고개를 끄덕이거나, 무언의 눈길을 주고받기도 했다. 네 사람은 그림 앞에 서서 좀 더 많은 이야기를 했다. 불안에 대하여, 풍경에 대하여. 그러던 중 그녀가 내게 뜻밖의 제안을 했다.

"나가서 차 한잔하실래요?"

＊

그녀와 나는 찻집을 찾았다. 전면이 통유리로 되어 정원이 훤히 보이는 자리를 골라 앉았다. 주거니 받거니 대화를 나누는 동안 신상에 대해서도 알게 되었다. 예순 살이라는 그녀는 자신이 재미교포이며 일 년 정도 말미를 내서 혼자 한국을 자유롭게 여행하는 중이라 했다. 오피스텔에 머물면서 명절을 혼자 보낸 감회가 남다르다 했다. 이십 대 초반에 결혼 후 남편과 미국에 가서 자녀들이 번듯하게 자리를 잡기까지 고생도 했다니 연어가 모천으로 회귀하는 심정이었을까. 미국에 있을 때는 가난한 사람들은 그들이 게으른 탓이라 여겼는데 한국에 와서 보니 꼭 그렇지만도 않은 것 같다며 소감을 말했다. 이곳저곳 현장을 접하면서 부지런함만으로는 해결되지 않는 구조적 모순을 실감한 듯

했다. 그녀는 어린 시절과 '아버지의 등'에 대해서도 이야기했다.

"옛날로 치면 양반가라 할 수 있는 집안에서 자랐어요. 아버지는 시인이셨는데 늘 사랑채에 계셨어요. 내가 예닐곱 살 무렵까지, 심심할 때마다 그 방 앞에서 왔다 갔다 하면서 '아버지!' 하고 부르면 아버지가 방문을 열고 나와서 업어주셨지요. 그때 업혔던 아버지 등이 무척 따듯했어요. 우주처럼 넓게 느껴졌고 전 세계를 얻은 것 같았어요. 아버지가 엄하셨는데 칠 남매 중에 막내딸인 나만 그 행운을 누렸거든요. 어려운 일이 생길 때 세상을 자신만만하게 살아가는 큰 힘이 되었어요."

내 아버지의 등은 어떠했나. 형언하기 어려운 감정이 울컥 솟구쳤다. 키가 크고 구부정했던 아버지의 뒷모습. 그 등에 업혔던 기억은 없지만 내가 어릴 때 아버지는 따뜻했다. 그러나 사춘기 무렵 야속하게 이 세상을 하직하셨다. 어찌 그리 하루아침에 모든 인연을 끊고 세상을 등지실 수가 있었을까. 자신감이 넘치고 당당해 보이던 그녀, 의기소침하고 소극적일 때가 많은 나, 그것은 아버지의 등이 남긴 기억과도 무관치 않겠다는 생각이 문득 들었다. 그녀는 스마트폰을 열고 사진 한 장을 보여주면서 말했다.

"나는 기독교 신자인데 요즘엔 종교와는 상관없이 절엘 자주 가요. 지난 추석엔 해인사엘 갔어요. 산사를 멀리서 바라보면서 서 있던 바깥 풍경과 산사 안에서 내다보는 바깥 풍경은 같은 자리라도 다르게 느껴졌어요. 추석날 새벽에 산사 안 댓돌에서 찍은 거예요."

사진에는 안개가 낀 듯한 풍경 속에서 잿빛 승복을 입은 스님 한 분이 절문 밖으로 나가는 뒷모습이 찍혀 있었다. 승속(僧俗)의 경계와도 같은 문을 나서는 스님의 등에서 우리는 어쩌면 서로 다른 아버지의 등을 보았는지도 모른다. 그녀에겐 생의 추동력으로서의 아버지로, 내겐 고독하게 생을 마감한 아버지로.

그녀는 새벽이면 오피스텔 근처에 있는 절에도 가서 백팔 배를 한다고 했다.

"우리가 사람을 존경할 때는 올려다보고, 무시할 때는 턱을 치켜들면서 눈을 외로 뜨잖아요. 그런데 절을 할 때는 이마를 땅에 대요. 자기를 가장 낮추는 겸손한 자세지요."

그녀가 툭툭 던지는 말마디에 그동안 무심히 잠자던 생각의 마디들이 새로운 의미를 달고 깨어났다. 내겐 신선한 충격이었다. 배낭에 넣고 다니며 틈틈이 읽는다는 명상서 한 권, 최근에 영화관에서 감명 깊게 보았다는 영화 이야기도 인상적이었다. 그녀는 시인의 딸답게 문학적 감수성이 풍부했고 삶의 철학이 깊었다.

어떤 이와는 십 년을 만나도 처음 만난 것처럼 벽을 느끼지만, 어떤 이와는 처음 만나도 십 년을 만난 것처럼 친밀감을 느낀다. 상호교감의 첫걸음은 진정 어린 눈빛과 말이다. 불신시대라는 사회적 통념은 그날 우리에겐 그다지 걸림돌이 되지 않았다. 목적이나 계산도 없었다. 서로 경계의 벽을 허물고 그저 마음이 이끄는 대로 남루한 속내까지도 스스럼없이 드러내며 웃었다. 자신의 신분증을 자연스럽게 내보이며 재미교포임을 증명해 보이는 그녀에게 나는 명함으로 답했다. 지금까지 숱한 인연이 스쳐 갔지만 그런 만남은 처음이었다.

화가와 그 지인, 시인의 딸과 나, 짧은 만남이었지만 긴 여운을 남긴다. 그 미술관과 찻집의 정경이 아직도 선연하다. 꽃잎에서 우주를 느꼈다던, 아버지의 등에서 우주를 느꼈다던, 그들이 남긴 뒷모습이 내 기억의 캔버스에 긴 상념의 그림자를 남긴다. 이후, 나는 고흐의 편지를 다시 찾아 읽었고 고흐 씨에게 마음의 편지를 썼다. 길에 떨어진 알곡을 줍듯, 그들이 남긴 언어들을 한 알 한 알 주워서 마음 바구니에 담았다.

그날, 우리가 나눈 것은 고독이었다. 그림, 여행, 대화, 글, 각기 다른 방식으로 고독을 풀어내는 인간 군상들. 누군가와 '하나 되기'를 갈망하면서도 서로 손 내밀기를 두려워하며 등을 보이는 모순의 존재들. 그런 중에 우연인 듯 필연인 듯 허락된 만남과 눈빛…. 그것은 보석 같은 고독, 본래의 자기를 찾아가는 '자유'의 다른 이름이었다.

[『수필과 비평』, 2019, 5월호](*제목 수정)

수신 정지

"고객의 전원이 꺼져 있습니다."

통화가 안 된다. 이번엔 집으로 전화를 해본다. 신호는 가는데 응답이 없다. 처음엔 바쁜 일이 있나 보다 했다. 그러나 며칠 후에도 같은 상황이 반복된다. 내 전화를 일부러 거부할 리는 없을 텐데, 무슨 일이 생긴 게 아닐까. 문득 불길한 예감이 든다. 여든이 넘은 연치, 게다가 지병이 있으니 마음을 놓을 처지가 아니다. L 여사의 안부를 누구에게 물어보면 알 수 있을까.

평소 L 여사가 전해준 말이 생각났다. 평생 독신으로 산 여사는 오래 다니던 성당에 자신이 사는 집을 사후기증하겠노라 마음먹고 이미 공적 절차도 마친 터였다. 서울 도심, 평수가 꽤 넓은 단독주택이다. 나는 인터넷으로 그 집 근처에 있을 만한 성당을 검색했다. 마침 전화를 받은 분은 사무장이라 했다. 여사의 이름을 대며 근황을 알 수 있느냐 했더니 관계를 묻는다. "수필 쓰면서 만난 분"이라는 내 말을 신뢰했는지 소식을 알려준다.

"그분…, 돌아가셨어요."

가슴이 막혀 아무 말도 할 수가 없었다. 겨우 마음을 추스른 후, 자초지종을 들었다.

"통화를 하던 중에 갑자기 호흡이 가쁘신 것 같았어요. 심장 판막 수술을 받으신 적이 있잖아요. 힘드시면 나중에 통화하시자고 했는데 전화가 끊어지지 않은 상태에서 아무 소리도 안 들리는 거예요. 심상치가 않아서 바로 집으로 달려갔더니 방안에 쓰러져 계셨어요. 119에 연락해서 서울대병원 응급실로 모셨는데 그만…."

삶과 죽음의 경계가 어찌 이리 허망하단 말인가. 알고 보니 여사가 돌아가셨다는 그날, 바로 전날 여사와 통화를 했더랬다. 그것이 마지막 통화가 되리라고 짐작이나 했겠는가. 진즉에 한 번이라도 더 만날 걸. 코로나 팬데믹에 갇혀 차일피일 미루며 전화만 하던 처지였다.

여사와 내가 처음 만난 건 몇 해 안 되지만 몇십 년 지기처럼 속을 터놓고 지냈다. 인간관계의 심도는 꼭 긴 세월이 결정하는 것만은 아니다. 나는 여사의 의연한 자존과 가식 없는 진솔함이 좋았다. 여사는 내가 말벗이 되어주어 든든하고 위로가 된다고 했다. 진실과 신뢰가 서로를 잇는 든든한 끈이었다.

여사의 집 대문에서 몇 발짝만 나서면 큰 호텔 뒤 정원과 통했다. 우린 그곳 벤치에 앉아서 계절 따라 꽃향기를 즐겼다. 봄의 연두 이파리와 가을 단풍을 감상하며 문학과 인생을 이야기했고, 세상사나 가정사 혹은 허물이 될만한 일마저도 스스럼없이 두루 나누었다. 여사는 이른 아침 뜨락에 서서 나뭇잎에 영롱하게 맺힌 이슬방울을 볼 수 있음이, 높고 청청한 하늘을 볼 수 있음이, 살아 있음이 행복하다고 했다. 나이 들면서 신체가 불편해지고 분홍빛 꿈이 사라지는 게 슬프다고도 했다. 어느 날은 하얀 철쭉이 줄지어 핀 길목에서 내가 가는 뒷모습을 한참 서서 지켜보기도 했다. 나는 여사에게 어서 들어가시라고, 여사는 내게 조심해서가라고, 마치 긴 이별이라도 하듯, 서로 모습이 보이지 않을 때까지 돌아보고 또 돌아보며 손을 흔들었다. 그래서일까. 생시에도 여사의 모습은 내게 늘 흰철쭉의 영상과 함께 왔다. 그런데 이제 그 모습을 다시 볼 수 없다니….

　여사의 지인들에게 작고 소식을 알려야 할 것 같았다. 내가 여사를 위해 할 수 있는 마지막 도리라는 생각이 들었다. 여사가 회원으로 활동했던 수필잡지사에 먼저 전화를 했다. 예상대로 여사의 소식은 전혀 알려진 바가 없었다. 주변에 부음을 알릴만한 부모 형제나 자손이 없고 조카 몇 명과도 왕래가 뜸했으니 당연히 그럴 만하다. 독거노인 고독사가 따로 있겠는가. 그것은 빈부귀천을 가리지 않는다. 여사는 다행히 성당과 긴밀한 관계를 유지했기에 나중에나마 나도 소식을 알 수 있었던 게다. 그렇지 않다면 홀로 숨진 채 빈방에서 언제까지 시간을 보냈을지 모를 일이다. 한 사람의 비중은 그가 떠난 후에야 더욱 실감케 된다. 여사의 빈 자리가 그리 클 줄은 미처 몰랐다. 나는 한동안 우울에서 헤어나기 힘들었다.

　그러던 중, 여사가 아끼던 인연들의 안위에 퍼뜩 생각이 스쳤다. 반려묘 '나비'와 비둘기 '삐삐노'와 반려견 '에스더'이다. 나비는 이웃이 이사할 때 놓고 간 유기묘이고, 삐삐노는 날지 못하는 새다. 어느 날 아침, 대문 앞엘 나갔는데 비둘기 한 마리가 날갯죽지에 피를 흘리며 빈사지경에 있더란다. 얼른 방으로 데리고 들어와 치료를 해주고 보살 피면서 삐삐노라고 이름도 지었다. 제힘으로 날기를 바라며 손바닥 위에 올려놓고 연습을 시키고, 방에서 "비삐노야, 한라산 가~~자." "지리산 가~~자." "백두산 가~~자." 하면서 겅중겅중 보폭을 달리하면 그 박자에 맞춰 뒤뚱뒤뚱 따라 걷는다 했다. 여사는 내게 삐삐노 얘기를 자주 했고 수필로도 썼다. 특히 반려견에 대해선 애정이 남달랐다. 심장질환 때문에 혹시라도 길에서 변고를 당하면 에스더를 어쩌냐며 걱정했다. 유사시엔 에스더를 잘 돌봐달라는 쪽지와 함께 현금을 꼭꼭 싸서 지갑에 넣고 다닌다며 내게 보여주었다. 현금은 에스더를 길러줄 새 주인에게 드리는 감사의 표시라는 내용도 적혀 있었다. 뜨락의 꽃과 나무, 버려진 고양이, 상처 입은 비둘기, 오랜 친구로 지낸 강아지, 그들 생명 있는 존재들과 한 공간에서 함께 살아감을 여사는 "아름다운 동거"라 했다. 주인을 잃은 그들은 어찌 되었을까.

성당 측에 알아보니 여사가 남긴 집은 고인의 뜻에 가장 합당하게 활용할 방안을 논의 중이고, 반려견은 조카가 예방접종을 해서 지인에게 보냈다 한다. 나비와 삐삐노 소식은 알 길이 없었다. 나비는 또다시 길거리를 떠돌더라도 어떻게든 제 목숨은 부지하겠지만, 날지 못하고 제대로 걷지도 못하는 삐삐노는 어디서 어떻게 연명을 할까.

마음이 허전할 때면 가끔 그 집 앞에 선다. 인기척이 없다. 아직 새 주인을 맞지 않은 빈집이다. 녹색 대문에는 우편물 수령 통지문과 수도 검침 안내문이 붙어 있다. 여사가 쓰던 2층 침실 창문엔 낡은 커튼이 그대로 드리워져 있고, 창 앞엔 늙은 소나무 한 그루가 휘어지고 꺾인 채 주인 없는 집을 지키고 서 있다. 대문 사이로 보이는 뜨락엔 잡초가 무성하게 자라 있다. 여사 생전에 들렀을 때 보았던 모란과 라일락은 웃자란 풀에 가려져 있고, 담장 밖으로는 흐드러지게 핀 능소화가 붉은빛을 토해내며 넝쿨을 벋고 있다.

저녁 어스름이 깊어진다. 불빛이 새어 나오지 않는 집은 깊은 어둠에 싸여 있다. 휴대전화의 전원 꺼짐은 관계의 단절이며 빛이 사라진 집과도 같다. 그것은 생명의 소멸과 인연이 스러짐을 알리는 신호였다. 겉으로는 강했지만, 안으로는 따뜻하고 고독했던 한 여인은 '인연에 대하여, 인간 삶의 양태에 대하여, 불투명하게 다가오는 노년의 시간에 대하여' 긴 물음을 남긴 채 조명 꺼진 무대 뒤로 퇴장했다. 여사와 함께 앉았던 벤치에 혼자 앉아 차마 삭제하지 못한 전화번호를 눌러본다. 생경한 안내음성이 들린다.

"지금 거신 전화는 당분간 수신이 정지되어 있습니다."

수신 정지, 내가 누른 숫자들이 허공을 맴돌다 수신인 없는 메아리로 돌아온다. 나의 발신은 이승에선 닿지 않는다. 당분간, '영원히'가 아닌 당분간, 여사의 부재가 정말 그랬으면 좋겠다. 나는 영혼의 등불 하나를 켜 들고 여사에게 안부를 전한다.

'여사님, 천상에선 외롭지 않게, 그토록 그리워하셨던 어머님 곁에서 안식을 누리소서.'

[『그린에세이』, 2020. 9·10월호]

카뮈 선생에게

카뮈 선생!

이승의 저편, 하데스의 세계에서 평안하신지요? 이곳 지상에서 실존에 대한 당신의 통찰은 여전히 고전으로 빛납니다. 당신을 생각하면 '시시포스, 부조리'와 같은 단어들이 먼저 떠오릅니다. 산정에서 굴러내리는 돌을 끊임없이 밀어 올리는 시시포스처럼, 자기 앞에 닥치는 고난과 씨름해야 하는 인간 군상의 모습은 예나 지금이나 변함없답니나. 낭신은 숙음에 대해서도 많은 사유를 남기셨지요.

오늘 도서관에서 당신 영혼과 만나고 나오는 길에 마포대교를 걸었어요. 혼자 걷기엔 꽤 긴 다리지요. 내가 사는 대한민국은 유감스럽게도 OECD국가 중에서 자살률 1위라는 불명예를 안고 있답니다. 대교 난간에는 그런 사람들의 마음을 돌리려는 글귀들이 적혀 있어요. 어떤 말들이 위로가 될는지, 자동차를 타고 가끔 그곳을 지날 때면 차창 밖으로 휙휙 스치는 글귀들이 궁금했어요.

오늘따라 강가에 설치된 특설무대에선 아이돌 노래가 쩌렁쩌렁 울리고 가로수 그늘에선 공공근로 차림의 노인 몇 분이 앉아 휴식을 취하더군요. 할아버지 한 분은 아예 길바닥에 길게 누웠고 그 곁에선 개미 몇 마리가 살아보겠다고 종종걸음을 치고 있었어요. 사람이나 미물이나 산다는 건 만만치 않아 보이네요. 대교 초입, 강가로 내려가는 쪽에 '빛의 카페'가 보였어요. 그 카페에 앉아 강물을 보면 생의 빛이 보일까요.

드디어 대교로 들어섰어요. 띄엄띄엄, 몇 발자국 사이를 두고 한 마디씩, 다 모으면 한 문장이 되는 어절들이 난간에 적혀 있었어요. 걸으면서 생각하기 딱 좋을 만한 간격이에요.

그 첫 말이 뭔지 아세요? 음⋯. "밥은 먹었어?"였어요. 아, 밥! 허기진 세상에서 어머니가 생각나는 말이에요. 그 말은 이렇게 이어져요. "잘 지내지? 바람 참 좋다. 오늘 하루 어땠어? 별일 없었어? 많이 힘들었구나. 말 안 해도 알아. (⋯) 힘든 일들 모두 그냥 지나가는 바람이라 생각해보면 어떨까? 아, 바깥바람 쐬니까 좋지? 우리 이제 산책이나 할까?"

그 끝에는 대구시 조○○, 고양시 강○○ 등 글귀를 전하는 사람들 이름이 적혀 있더군요. 아무렇지 않은 듯 걱정하면서 동행한다는 마음이 담긴 그 어절들을 하나하나 읽으며 천천히 걸었어요.

"오늘은 언젠가 추억이 될 것이고 당신은 아이들의 손을 쓰다듬으며 들려줄 것입니다. 누구보다 용감하고 결코 포기하지 않았던 당신의 인생을. (⋯) 힘들 때도 일주일 굶었을 때도 눈물이 안 났는데 일주일을 굵고 누가 고기를 사줬는데 그때 눈물 나더라. 고깃집이 천국인 줄 알았어. (…) 쟤 깨워라! 엄마가 보고 있다.”

조금 지나니 “이제 자신을 돌아보는 시간”이 시작되더군요. 거울이 가로로 길게 이어졌어요. 거울에 비친 나, 세월의 더께를 감출 수 없는 노년의 여자, ‘나 아닌 듯한, 나’의 모습이 참으로 낯설어 보였어요. 통유리가 전면에 설치된 ‘해넘이 전망대’ 벤치엔 여고생 둘이 강물을 보며 그림처럼 앉아 있더군요. 소녀들은 무슨 생각을 했을까요.

한 생명을 살리려 애타는 손길이 곳곳에 있었어요. 119, SOS가 적힌 생명의 전화 부스엔 “지금 힘드신가요? 당신의 이야기를 들어드리겠습니다.”라는 글귀가 손을 내밀고 한쪽엔 CCTV와 스피커도 있었어요. 다리 위에서 주춤주춤 얼쩡거리는 나를 누군가 주시하다가 자살하려는 줄 알고 순찰차로 달려오면 어쩌나. 빠~앙, 쿠르릉, 다리 위를 쏜살같이 질주하는 자동차가 갑자기 질러대는 경적과 오토바이 굉음에 소스라치게 놀라 가슴이 쿵쾅거렸지만 대교로 한번 접어들면 중간에 다른 데로 빠져나갈 길은 없어요. 되돌아가든 끝까지 가든 그 다리를 건너야 해요. 인생길 걷듯 그렇게, 내친걸음이니 끝까지 갈 수밖에요.

조금 더 가니 앞니가 다 빠진 할아버지와 할머니가 “이그, 나이 들어봐 젊었을 때 고민 같은 거 암 것도 아니여” 하며 그림처럼 새겨진 사진 속에서 웃더군요. 젊은 아빠와 엄마가 아기를 안고 있는 사진, 아기가 활짝 웃는 사진, 식욕을 돋우는 음식 사진들도 보였어요. 가족

애와 책임감, 존재 의미와 생존본능을 일깨우는 글귀와 사진들이 안타깝게 말을 걸면서 회심(回心)을 유도하네요.

"아들의 첫 영웅이고 딸의 첫사랑인 사람, 아내의 믿음이고 집안의 기둥인 사람, 당신은 아빠입니다. (…) 이 다리가 끝나는 곳에 '행운'이라는 녀석이 당신을 기다리고 있을지 모릅니다. 당신을 따뜻하게 껴안아 주면서 그동안 오래 기다렸지? 인사를 건넬지 모릅니다. 조금만 더 걸어보세요. (…) 아직, 빛나는 순간은 아직 오지 않았다. 가장 뜨거운 순간은 아직 오지 않았다. 가장 행복한 순간은 아직 오지 않았다. 아직 오지 않은 것은 너무도 많다. 아직."

아, 참, 노래 가사도 있더군요. "가슴을 쫙 펴라. 내일은 해가 뜬다. 내일은 해가 뜬다."

나는 서쪽의 WP25 지점에서부터 동쪽의 EP1 지점으로 걸었어요. 다리 중간 지점에서는 양쪽 끝 문장과 만나게 돼요. 가령 "필요할 뿐이어요. 쉼표가, 마침표가 아니라, 당신에게는"이란 말은 저 반대쪽에서 오는 사람은 "당신에게는 마침표가 아니라 쉼표가 필요할 뿐이어요."로 읽히는 것이지요.

맨 나중에 보니 동쪽에서 서쪽으로 첫걸음을 내딛는 사람이 맨 처음 읽게 되는 말 역시 "밥은 먹었어?"였어요. 밥은 시작이자 끝이었던 거예요. 밥이 삶과 죽음을 가르는 실존의 기표인 것만은 분명하지요. 또 아주 작은 한 마디가 큰 힘을 줄 수도 있어요. 자살을 시도하는 사람들 곁엔 대개 사람이 없었다고 하니, 누군가 곁에서 말을 걸고 말을 들어주는 것도 큰 위로가 될 거예요. "한 생명을 구하는 것은 온 세상을 구하는 것과 같다."는 말을 생각해봅니다. 그럼에도 극단적 선택을 하는 사람들에게 타인이 할 수 있는 일은 참으로 미약합니다.

*

카뮈 선생!

여러 죽음을 생각해봅니다. 당신은 「이방인」에서 세 가지 시선으로 죽음을 보여주었지요. 엄마와 아랍인과 뫼르소의 죽음이지요.

양로원에서 맞이한 엄마의 죽음은 그 누구도 피해 갈 수 없는 자연의 섭리이니 순응해야겠지요. 그 죽음을 "쓸쓸한 휴식"이나 "해방"으로 받아들인 뫼르소는 울 권리도 없다고 여기지요. 생사일여(生死一如), 자연으로 돌아가는 것이니까요. 뫼르소가 엄마 장례식장에서 울지도 않고 다음 날 기이한 행동을 한 것에서 허무의 극단을 봅니다.

이에 비해 아랍인과 뫼르소의 죽음엔 인간 행위가 개입되지요. 아랍인의 죽음은 상징적이에요. 뫼르소가 아랍인을 죽인 것은 폭력에 대한 응징이자 저항이며 정당방위의 성격을 지니지요. 그러나 뫼르소는 사형이라는, 인간이 내린 정의로 단죄를 받네요.

뫼르소의 사건에서 정당방위는 무시된 채 언론은 부풀리고, 증인들은 노회한 검사에 휘둘리고, 변호사도 제 역할을 다하지 못합니다. 종교마저도 구원이 되진 못하더군요. 사제는 뫼르소에게 형제라고, 당신 편이라고, 기도한다고 말하지요. 그렇지만 뫼르소를 이미 '마음의 눈이 먼 죄인'이라고 단정하고 하느님을 내세우는 그 말은 공허하기 그지없어요. 우린 누구나 죽음을 겪어야 하며 끝내 자연으로 돌아간다는 점에서나 형제가 될 수 있을까요. 뫼르소가 별이 가득한 밤에야 행복을 느끼는 것도 비슷한 심정이겠지요. 사제는 뫼르소의 영혼을 잘 아는 체하지만 인간이 인간의 영혼을 완전히 이해한다는 게 가능할까요. 선입견과 왜곡 앞에서 자기변명을 하지 않고 사형을 받아들임으로써 영혼의 자유를 느끼는 뫼르소의 죽음엔 폭력과 권력적 제도, 부조리한 현실에 대한 무언의 저항이 서려 있어요. 우리도 언젠가는 자신의 뜻과 무관하게 죽음을 선고받아야 할 처지라고 본다면 우린 모두 잠정적 수형자들이 아닐는지요.

그렇다면 자발적으로 선택하는 죽음, 자살은 어떻게 받아들여야 할까요. 당신은 '부조리와 자살' 그리고 '철학적 자살'에 대해서도 많은 얘기를 했지요. 「시시포스 신화」에서 당신이 한 말이 생각나요. 자살은, 살아야 할 것인지 말아야 할 것인지 "삶의 완주에 대한 물음"이며, "정신이 죽음 쪽에 내기를" 거는 일이라고. 자신의 자살을 생각해본다는 건 "건강한" 일이라고도 했지요. 자살이란 그만큼 삶에 대한 치열한 물음을 전제하기 때문이겠지요. 당신은 자살을 "반항과 반대"의 행위, 삶에 굴복하는 행위로 보았지요. 반항은 체념이 아니라 응시이며 대응이며 현존이라고 말입니다. 부조리한 세상에 쉽게 동의하거나 결박당하지 않고 깨어 있으며 생물학적인 혹은 형이상학적인 자살에서 벗어나는 것, 이것이 진정한 반항의 한 방식이겠지요.

카뮈 선생!

나는 왜 대교를 혼자 건너고 싶었던 걸까요. 다만 누군가를 위로하거나 누군가에게 위로받고 싶어서? 아니면 생의 비의(秘意)를 알고 싶어서?

산다는 건 시시포스처럼 끊임없이 돌을 굴려 올리는 과정이지만 당신의 관점으로 본다면 그것이 꼭 비극적인 것만은 아니더군요. 무수한 산정을 향해 굴려 올릴 수 있는 바위를 갖고 있다는 게 그 이유지요. 시시포스의 바위가 그의 것인 것처럼 내가 굴려야 할 바위 또한 나의 것이며 올라가야 할 산정이 있다는 건 죽음으로 봉인되기 전, 현존의 증표지요.

한때 내게 시시포스는 절망과 도로(徒勞)의 기호였어요. 그러나 이제 "시시포스의 저 말 없는 기쁨이 여기 있다."라는 당신의 말에 동의합니다. 오늘도 내가 밀어 올릴 시시포스의 바위와 산정이 있다는 건 살아 있는 자만이 누릴 수 있는 행복의 행군 기호로 바꿔 읽어도 좋을 것 같네요.

카뮈 선생!

내가 건너온 길을 다시 바라보며 대교 끝에서 한참 동안 서 있었어요. 저녁노을에 물든 강물이 물비늘로 반짝이며 잔잔히 흔들리고 있더군요. 붉은 어족들이 살아 숨 쉬는 듯, 찬연한 물결들을 보면서 마음속으로 간절히 빌었어요. 그가 누구든, 저 강물이 저승으로 가는 하데스 강이 되지 않기를.

혹시 누군가 당신이 머무는 집의 문을 두드리거든 안으로 들이지 말고 등을 토닥여 돌려보내 주세요. 그리고 말해주세요. 생 앞에 무릎 꿇지 말고 하늘이 내린 생명 끝까지 다 살고 오라고, 전쟁에선 끝까지 살아남는 자가 승리자라고, 운명의 노예가 되지 말고 운명을 채찍질하는 주인이 되어 운명과 맞서 싸워서 이기고 돌아오라고.

그리고 이 말도 꼭 전해주세요. 자살한 가족을 떠나보내고 세상에 남은 자의 고통과 참담함도 떠난 자의 좌절과 절망 못지않게 크다고, 평생 치유될 수 없는 상처를 안고 살아가야 한다고. 그 슬픔이 저 유계 (幽界)의 강기슭에 닿을 만큼 길고도 깊다고.

길가에 누워 있던 노인을, 발밑을 기어가는 개미를, 생명의 존귀함을 생각해봅니다.

"중요한 것은 영원한 삶이 아니라, 영원한 생동이다."라는 니체의 말에 당신이 동의했듯, 나 또한 그 말에 동의합니다. 그 말이 자살 옹호가 아닌, 생명 옹호를 위한 생동과 저항으로 이어지길 원합니다. 하여, 하루하루 뚜벅뚜벅 인생이라는 대교를 건너렵니다. 단 한 번 주어진 생을 위하여. 살아 있음으로써 저항하기 위하여.

[『에세이문학』, 2017. 겨울호]

울기 좋은 곳

삼사십 대로 보이는 남성 10여 명이 한 카페에 모였다. 그곳은 그들이 울기 좋은 곳이다. 그 시간 카페 입구엔 일반손님은 받지 않는다는 팻말이 걸린다. 그들 앞에는 손수건이나 일회용 휴지가 놓여 있다. 울 준비가 되어 있는 것이다. 그들은 함께 모여 영화를 보면서 거리낌 없이 운다. 슬픈 장면이 나오면 훌쩍거리거나 소리 내서 울기도 한다. 평범한 영화동호회원처럼 보이는 이들은 한국판 '루이카쓰(涙活)' 모임 회원들이라 한다. '루이카쓰'는 일본에서 시작되었으며 '함께 모여 우는 일'을 일컫는다 한다. 일간지에서 읽은 내용이다.

옛 어른들은 '남자는 함부로 눈물을 보이면 안 된다.'고 가르쳐왔다. 눈물은 나약함의 증거이며 남자는 강인해야 한다는 게 정석이었다. 젠더(gender)의 관점으로 보자면 남성들도 그 불평등에서 자유로울 수 없었던 게다. 남자라고 왜 눈물이 없겠는가. 골키퍼가 골문을 지키듯 가정을 지켜야 하는 가난한 가장이라면 더욱 그럴 것이다. 울고 싶을 땐 울 수 있어야 한다. 남녀를 불문하고 자신이나 다른 누군가를 위해 단 한 번도 울어보지 못한 인생이야말로 눈물 날만큼 비정하고 슬픈 일이 아닐까. 사람은 처음 태어날 때 울음의 고고성으로 세상을 연다. 울음은 그만큼 인간 본성과 가깝게 닿아 있어 순수하다. 악어의 눈물이 아닌 한, 마음 깊은 곳에서 터져 나오는 절절한 울음은 카타르시스와 치유의 힘을 준다. 그럼에도 어른이 되면 마음껏 울지 못한다.

M에겐 못다 푼 숙제처럼 여겨지는 일이 있었다. 그녀는 일찍 세상 떠나신 부모님이 생각날 때 찾아갈 묘소가 없어 늘 아쉬웠다. 두 분 모두 화장하여 강물에 골분(骨粉)을 뿌렸기 때문이다. 그런 일이 가능했던 시절이었다. 이젠 얼굴도 기억나지 않고 꿈에도 보이지 않는 부모님이 가끔 보고 싶을 때마다 어릴 적 아버지 손 잡고 성묘를 갔던 일이 문득문득 떠올랐다. 어느 분의 묘소였을까. 할아버지? 할머니? 찾고 싶었다. 망우리 공동묘지였다는 기억 하나만 붙들고 뿌리를 찾기 시작했다.

그녀는 망우리 묘원 관리 사무소에 전화를 했다. 자신의 신상을 밝히고 알아낸 건 조부의 묘가 용미리 제1 묘지에 이장되었다는 사실이다. 곧바로 용미리로 갔다. 그곳 관리 사무소엘 들러 조부가 묻히셨다는 300구역을 찾아 올라갔다. 혹시 비석에서 존함 석 자라도 확인할 수 있을까. 그러나 기대와 달리 조부는 봉분 한 기(基)에 무려 12,811분의 골분이 합장된 무연고 묘에 안치되어 계셨다. 망우리 공동묘지 이장사업이 진행될 때 당신 외아들인 그녀의 아버지는 이미 이승을 떠났고, 외동 손자인 그녀의 오빠는 떠돌이 생활을 했으니 연락이 닿지 않았던 게다. 끝까지 친절하게 안내를 해 주던 사무소 직원은 그녀에게 말했다.

"오늘 밤엔 편히 주무셔요."

묘소 참배도 결국은 산 자들의 위로를 위한 게 아니겠는가. 마치 죽은 자들의 도시처럼 무덤이 즐비한 그곳 묘역 한구석에 이름도 없이 묻히신 조부님. 무연고라니. 자손들이 어찌 그리 박복하고 변변치 못했단 말인가. 자손을 잘 두어야 조상님 유택도 자리를 보전한다. 무명의 영혼들과 함께 지하에 누워 계신 할아버지는 60여 년 만에 찾아온 손녀를 알아보셨을까. 그녀, 그냥 주저앉아 펑펑 울고 싶었다.

연암 박지원 선생은 하늘과 땅이 아득하게 펼쳐진 옛 요동벌판을 '호곡장(好哭場)'이라 명했다. '참 좋은 울음 터'라며 '통곡하기 좋은 곳'이라고 했다. 드넓은 천지에 혼자 던져진 듯 막막한 인간이 느끼는 절체절명의 존재론적 고독과 더불어 '칠정(七情)의 극한'에서 타인을 의식하지 않고 자유롭게 토해낼 수 있는 울음이다. 그러나 이 좁은 도심 한복판에서 어찌 그런 곳을 찾을 수 있겠는가.

M은 울기 좋은 곳으로 대중목욕탕을 꼽는다. 거기선 눈물을 흘려도 땀인 듯 물인 듯 섞이고, 흐느낌도 여러 사람의 샤워 소리나 탕으로 쏟아지는 물소리와 잡다한 소음에 묻히고, 얼굴이 붉어져도 열탕의 온기 때문으로 보여 눈치 채이지 않는다. 무엇보다도 아내가 우는 모습에 마음 쓸 남편을 의식하지 않아도 되니 좋다. 용미리에서 망연하게 귀가하던 날도 그녀는 목욕 가방을 챙겨 들고 집을 나섰다.

*

살아가면서 울고 싶을 때가 많았을 한 남자가 있었다. 그는 네 살 때 어머니를 여의었다. 그가 열 살 즈음에 아버지는 20대의 꽃다운 처녀와 재혼을 했다. 그 후, 이복 여동생 둘이 태어났다. 새엄마와 그의 나이 차이는 겨우 열한 살, 큰누나 같은 새엄마는 착했고 잘해주려 애썼지만 그는 할머니 치마폭 뒤에 숨기 일쑤였다. 할머니는 새 며느리가 혹시라도 손자를 구박할까 싶어 매사에 눈을 밝히며 싸고돌았다. 그럴수록 그는 집 밖으로 겉돌았다. 학교도 출석하는 날보다 결석하는 날이 더 많았고 부모가 주는 등록금을 허투루 써버리곤 했다. 바쁜 아버지 대신 새엄마가 학교엘 수시로 불려 다녔다. 사춘기가 지나고, 조부모가 차례로 돌아가시고도 그의 방황은 끝나질 않았다. 그는 그렇게 부모님의 애를 태웠다. 결국 아버지가 세상을 버렸고 그 충격으로 이태 뒤엔 새엄마마저 병사(病死)했다. 그는 늘 아웃사이더였다.

그 남자, M의 오빠다. 그의 첫 이복 여동생인 M의 또 하나 숙제는 오빠를 찾는 일이었다. 실은 예전엔 원망이 컸다. 아버지의 죽음이 오빠의 일탈과 무관치 않아서였다. 그러나 차츰 나이가 들다 보니 오빠도 운명의 피해자일 수 있다는 생각이 들었다. 오빠는 천성이 여렸다. 그런 만큼 상처도 방황도 깊었을 것이다. M과는 열두 살 터울이었지만 잔정이 깊었고 쌓인 추억도 많았다.

아버지에 이어 어머니까지 돌아가시자 어린 여동생과 M은 외가로 들어가고 오빠는 빈집에 홀로 남았다. 무탈한 듯 몇 년이 흘렀다. 그런데 어느 날, 부모님이 남겨주신 집에서 오빠가 거의 무일푼으로 쫓겨나는 일이 생겼다. 자기 탓도 아닌데 항변 한마디 할 수 없었다. 오빠는 부모님이 쓰시던 세간살이를 간수할 데가 없어 이삿짐 트럭에 싣고 나와서 모두 고물상에 팔아넘겼다. 직장도 변변치 않은 처지에 하루아침에 오갈 데가 없어졌으니 그 심정이 오죽했을까. 그럼에도 그때는 오빠의 처지보다는 부모님의 유품을 함부로 없앤 것에 대한 서러움이 더 컸다. 어찌 그리 철이 없었을까.

그녀에겐 마음에 걸리는 일이 또 있었다. 떠돌이 생활을 하던 오빠가 초등학교에 입학할 나이가 된 아들을 맡아달라고 찾아온 적이 있었다. 결혼식도 못 올리고 살던 아내 사이에서 낳은 아이였다. 그때 그녀는 이미 결혼을 하면서 여동생을 데리고 와 시집살이를 하던 처지라 조카까지 도맡을 여력이 없었다. 그 청을 들어주지 못한 채 오빠랑 또 헤어졌다. 그녀가 처음으로 집을 샀을 때는 오빠가 찾아와서 두 손 걷어붙이고 집수리를 해주었다. 허름한 한옥이었다. 그런데도 어렵게 집을 장만한 뒤끝이라 러닝셔츠 한 장도 제대로 사주지 못했다. 그리고는 숨바꼭질하듯 오빠와 다시 헤어졌다. 그 후 소식이 완전히 끊긴 채 30여 년이 흘렀다.

찾아야 한다. 더 늦기 전에 오빠를 찾아야 한다. 그러나 서로 전화번호가 바뀌고 이사를 자주 다닌 탓에 찾을 길이 없었다. 몇 년 전, 그녀는 자신이 사는 지역의 경찰서 민원실엘 찾아갔었다. 그러나 개인정보보호법이 강화되어 생사 여부 외엔 아무것도 알려 줄 수 없다 했다.

"사망신고는 안 되어 있네요."

오빠가 살아 있다는 사실 하나로 위안을 삼았다. 그런데 시간이 지날수록 마음이 점점 급해졌다. 오빠 나이가 팔십을 넘어서니 더 이상 지체하면 안 될 것 같았다. 이번엔 주민 센터를 찾았다. 그녀의 사정을 들은 여직원이 잠시 기다리라 했다. 한참 동안 컴퓨터로 조회를 하더니 말했다.

"돌아가셨네요."

어쩌나. 실낱같은 기대마저도 사라지고 말았다. 억장이 무너진다는 느낌이 이런 걸까. 언제, 어디서, 어떻게? 부질없는 일인 줄 알면서도 인정에 호소해보았으나 자기들은 개인정보 보호법이라는 입법에 따라 움직여야 한다고 했다. 단 한 번만이라도 만날 수 있었다면⋯. 오빠를 만나면 꼭 하고 싶은 말이 있었다.

'오빠, 그동안 고생 많았지? 나 이젠 오빠 마음 이해해.'

위로해주고 싶었다. 손을 잡아주고 싶었다. 아니, 오히려 그녀가 더 기대고 싶기도 했다. 그러나 이젠 늦었다. 하나뿐인 오빠는 이 세상에 없다. 허허벌판에 홀로 서 있는 듯, 사방을 둘러봐도 막막하고 고적하기 이를 데 없다. 선대(先代)가 이북에서 월남해서 독자로 이어져 왔으니 그녀의 윗대로는 피붙이나 친정 식구가 단 한 명도 없다.

직원들 앞에서 눈물을 보일까 봐 황망하게 주민 센터 문을 열고 나온 그녀는 울면서 걸었다. 길에서 겨우 마음을 추스르고 집에 와선 남편을 보며 아무 일 없었던 것처럼 대했다.

그날 저녁에도 그녀는 목욕탕엘 갔다. 한여름에도 냉수와는 상극인 그녀였지만 그날은 냉탕 천장에서 폭포처럼 내리꽂는 찬물에 몸을 맡기고 등줄기를 흠씬 두들겨 맞았다. 그렇게라도 해야만 할 것 같았다. 그러고는 감기를 된통 앓았다. 세신(洗身)과 함께 세심(洗心)도 할 수 있었으면 좋으련만.

*

오빠 사망 소식 이후, M은 한동안 깊은 우울과 허무의 수렁에서 허우적댔다. 민들레가 슬쩍 스치는 미풍에도 제 몸을 흔들어 갓털을 털어내듯 누가 툭 건드리기만 해도 온몸에 고여 있는 눈물이 쏟아질 것만 같았다. 일어나야 한다.

이번엔 그녀의 여동생이 자신이 사는 주소지 주민 센터엘 갔다. '언제, 어디서, 어떻게'에 대한 답을 찾을 수 있을까 해서다. 그러나 그곳에서도 역시 속 시원한 답을 들을 순 없었다. 다만 여직원이 "돌아가셨네요."라면서 무심코 흘린 입속말 한 마디가 지푸라기가 되었다.

"전북에 계셨나 보네요. 요양병원에…."

딱 거기까지다. 동생이 놓치지 않고 전해준 그 말을 듣고 그녀는 '전북'과 '요양병원'을 키워드로 인터넷 검색을 하면서 차례차례 한군데씩 전화를 했다. 그러기를 수차례, 거의 막바지에 오빠의 기록이 있다는 곳을 찾아냈다. 진작 알았더라면…. 그곳에서도 전화상으로는 구체적인 상황을 알려 줄 수 없다고 했다.

요양병원으로 가는 길은 멀었다. 다행히 남편이 선뜻 나서주었다. 폭염 속에서 고속도로를 달리기를 서너 시간, 드디어 그녀의 눈앞에 하얀 요양병원 건물 한 동이 몸체를 드러냈다. 아, 오빠가 여기서 마지막 길을 떠났구나. 막상 도착하니 선뜻 발걸음이 떨어지질 않았다. 왠지 두려웠다. 잠시 숨을 고르고 병원 안으로 들어갔다. 가족관계를 증명할 서류와 자신의 신분증을 내밀며 서울에서 찾아온 자초지종을 말했다. 그런 그녀의 모습이 딱해 보였는지 담당자는 온정으로 대했다. 그는 다행히 오빠를 잘 기억하고 있었고 비교적 소상하게 당시의 상황을 전해주었다. 오빠는 암과 투병했으며 의대병원에 시신을 기증했다 한다. 마지막 보호자가 누구였는가 물으니 올케언니의 전화번호를 적어주었다.

두근거리는 마음을 누르며 전화를 했다. 한 번, 두 번, 불통…. 담당자가 했던 말이 머릿속을 맴돌았다.

"간병하실 때 몸이 안 좋아 보였는데 그동안 혹시 돌아가셨는지도 몰라요."

통화 신호는 계속 울렸다. 그렇다면 전화를 받지 못할 상황인가? 낯선 번호라 안 받나? 아, 제발…. 저녁나절에 다시 전화를 했다.

"여보세요? 누구세요?"

"언니!"

수십 년 만에 나도 모르게 목젖을 타고 울컥 터져 나온 '언니'라는 말, 그 호칭의 온도가 뜨겁고 뭉클했다. '내게도 언니라고 부를 가족이 있구나.' 그들은 그렇게 다시 만나게 되었다.

M은 여동생과 함께 언니를 만났다. 길에서 무심히 보면 알아볼 수 없을 만큼 그들은 변해 있었다. 그래도 약속 장소인 지하철역 입구에서 눈빛으로 서로를 알아보았다. 고생을 많이 했으련만 곱고 정갈하게 나이 든 언니의 모습을 보니 안도와 고마움이 교차했다. 오빠와 한자리에서 만났다면 얼마나 좋았을까. 밥을 먹고 차를 마시며 그동안 막혔던 이야기들을 풀어놓았다. 언니는 말했다. 오빠가 두 동생을 무척 보고 싶어 했다고, 임종 전까지 애타게 찾으며 기다렸다고. 더욱 안타까운 건 M이 오빠를 찾기 시작하던 몇 년 전 그때가 바로 오빠의 병이 위중했던 시기와 맞물린다는 점이다. 피붙이의 신묘한 끌림이었을까. 게다가 별세 후 의대생들의 교육현장에 있던 시신이 수년 만에 가족 품으로 돌아와 화장 후 납골당에 봉안되던 날짜가 M이 요양병원을 찾던 바로 며칠 전이었다. 요양병원엘 며칠만 일찍 찾아갔다면 추도식에서라도 오빠를 만나 마지막 길을 배웅할 수 있었을 텐데 간발의 차이로 어긋난 것이다.

올케언니는 역시 한 집안의 며느리였다. 조부의 묘지에 관한 이야기를 듣고는 용미리 묘역에 참배를 가자고 했다. 언니의 무녀독남이자 M의 조카이자 집안의 4대 독자인, 그 식구들을 데리고 가잔다. 조카는 그동안 결혼해서 1남 1녀를 낳았단다. 조카가 낳은 아들은 M의 집안의 5대 독자다.

남편이 가정을 들락날락하는 동안에도 언니는 한 아이의 어머니로서 거의 혼자 힘으로 외동아들을 대학까지 가르쳤고 결혼도 시켰다. 그리고 늘그막엔 "미웠지만 불쌍해서" 병든 남편을 간병했다며 당시 심정을 토로했다. 그 생에 머리가 숙어졌다. 어느 한 곳에도 발붙이지 못하고 길 잃은 미아처럼 평생을 정처 없이 떠돈 남자, 한 아내의 지아비로서 한 아들의 아비로서 책무를 다하지 못한 남자, 오빠의 생에 박수를 보낼 수는 없다. 자신의 외아들은 아내에게 맡기고 남의 부모 없는 자녀나 타국에 와서 고생하는 검은 얼굴의 외국인 노동자들에게 옷과 신발을 사주며 돌보았다는 남자, 그 모순된 삶과 연민의 정서를 어떻게 이해해야 좋을까. 마지막 요양병원에선 아내가 곁에 있길 애소하며 임종 직전엔 혼수상태 중에도 아내의 손을 꼭 잡고 놓지 않았다는 남자, 나약한 인간으로서 오빠가 보여준 한계와 고독한 영혼의 무게가 통증으로 남아 M의 명치끝을 누른다. M의 언니는 남편이 움켜잡았던 손힘과 느낌이 내내 떨쳐지지 않는다고 했다.

늘 울고 싶었을 한 남자는 그렇게 한 생애를 마쳤다. 그리고 M은 그렇게 오빠를 잃었고 언니를 다시 찾았다. 무릇 세상 인연의 만남과 이별은 인간의 힘이 닿지 않는 곳에 있으니 그 또한 하늘의 뜻이라 여겨야 하려나.

나는 지금 왜 이 글을 쓰는가. 어린 시절부터 상실감을 혼자 속으로 달랬을 그 남자, 바로 나의 오빠다. 이 글은 나, M이 오빠에게 바치는 고백록이자 진혼곡이다. 수필 공간은 남루한 정신을 씻어낼 수 있는 곳이기에, 허식의 너울을 벗고 울울하게 갇혀 있는 언어들을 풀어 다비식을 할 수 있는 곳이기에, 풍진 세상에 몰아치는 눈비에 몸 적시며 속울음 삼키는 영혼들과 교감하며 승화의 씻김굿을 할 수 있는 '문학의 호곡장'이기에.

혹시 오빠의 유혼이라도 이 글에 담긴 나의 마음과 끈이 닿는다면 지상에서 맺힌 매듭 모두 풀고 천상의 꽃밭에서 안식을 누릴 수 있길, 엎디어 빈다.

[『수필과 비평』, 2018. 9월호]

맏며느리 사직서

서점엘 갔다. 신간 도서 코너에서 책을 살피는데 제목 하나가 눈길을 끈다. '며느리 사표'다. 순간, 오래전에 내가 썼던 '맏며느리 사직서'가 번개처럼 스치며 묵은 상처를 건드린다. 이 책(영주, 『며느리 사표』, 사이행성, 2018)의 저자는 어떤 삶을 살았을까.

대가족 장손과 결혼한 저자는 어느 추석 이틀 전, 시부모에게 '며느리 사표'를 내민다. 결혼 23년째 되던 해였다. 여러모로 가부장적이며 외도까지 한 남편에겐 이미 이혼 선언을 한 뒤였다. 비난할 일도 칭찬할 일도 아니다. 누구든 타인의 삶을 대신 살 수 없는 한 함부로 재단할 권리는 없으니까.

저자는 신발을 잃어버리거나 목소리가 나오지 않는 꿈을 자주 꾸었다. 꿈은 잠재적 무의식의 발현이다. 말하자면 자신이 가야 할 길을 잃고 제 목소리를 내지 못하던 저자가 택한 건 칼과 등불이었다. 칼은 '죽임'이 아닌 냉철한 이성과 판단이 포함된 '살림make live'의 기호였고 등불은 어둠을 밝히는 기호였다. 그 바탕엔 '나는 누구인가, 나는 왜 사는가.'라는 물음이 있다.

15년 전, 나는 가족 카페에 '맏며느리 사직서'라는 글을 올린 적이 있다. 결혼 33년째 되던 해였다. 그때 상황을 지금 다시 겪는다 해도 같은 선택을 할 수밖에 없을 것 같다. 시동생 셋과 시누이 셋, 내가 결혼할 때 막내 시누이는 초등학교 1학년 학생이었다. 긴 세월 지나는 동안 모두 다섯 남매가 결혼해서 가정을 꾸렸지만 그들은 늘 입으로만 효자 효녀였고 막상 책임질 일에선 방관자가 되어 뒤로 물러섰다. 남편은 유산이라곤 물려받을 것 하나 없는 가난한 집안의 맏이였다. 동생들은 도움을 받으면서도 어찌 그리 당연한 듯 당당했는지, 우리부부는 도움을 주면서도 왜 그리 빚진 죄인처럼 전전긍긍하며 살았는지. 고마움은 없고 요구와 불평불만만 가득한 동생들, 권리는 없고 의무만 있는 맏이였다. 온 힘을 다해 살았지만 결국엔 도저히 용납할 수 없는 일이 터지고 말았다. 극단의 한계에 도달한 나는 맏며느리라는 굴레를 벗고 싶었다.

'며느리 사표'를 내밀 때 저자에겐 내심 두려움도 컸다. 그러나 저자의 시부모님은 너그럽게 용납했다. 이혼을 불사했지만 그것 역시 남편의 각서와 부부 상담으로 불평등을 극복했다. 여러 노력 끝에 자녀들이나 자신도 모두 정신적·경제적 자립에 성공했다.

시아버님이 살아계셨다면 분명히 나를 지지해주셨을 것이다. 맏며느리에 대한 시아버님의 신임은 두터운 편이었다. 어느 새벽, 그날 일을 생각하면 아직도 눈시울이 뜨거워진다.

우린 그때 시댁과 큰길 하나를 사이에 두고 살았다. 국이 식지 않을 거리였다. 큰아이 이름을 부르는 소리가 들려 대문을 열었다. 시아버님이셨다. 내게 할 말이 있어 왔노라고 하셨다.

"니 시에미가 너한테 모질게 한 거 내가 대신 사과하마. 용서해라."

사과라니, 용서라니, 감히 가당키나 한 일인가. 몸 둘 바를 모르며 집으로 들어가시자고 했지만 한사코 마다하셨다. 그 말씀만 하시곤 천천히 등을 보이셨다. 골목을 다 돌아나가실 때까지 나는 속절없이 그 모습을 바라보며 서 있을 수밖에 없었다.

그 일은 나만의 소중한 비밀로 간직되었고 이후 시아버님과 나는 눈빛으로 말했다. 여명이 희붐한 골목, 가늘고 힘없던 목소리와 물기 어린 눈빛, 허름한 점퍼 차림에 지팡이를 짚고 지척지척 가시던 뒷모습은 아프게 각인되었지만 한편 그 영상은 내가 어려울 때마다 힘을 얻는 버팀목이 되었다. 그렇게 정신적 지주로 계시던 시아버님이 오랜 병고 끝에 작고하시자 나는 점점 소진되어갔다. 시아버님 떠나신 지 십여 년이 지난 후, 나는 결국 '맏며느리 사직서'를 쓰고 만 것이다.

시집 식구들이 사직서에 보인 반응은 예상했던 것보다 훨씬 수위가 높았다. 평생 큰소리 한번 내지 못하던 맏며느리가 사직서라는 걸 썼으니 내심 당황했겠지만 그 답은 폭언과 거친 행동으로 돌아왔다. 물론, 나의 '맏며느리 사직서'는 어느 누구도 받아들이지 않았다. 행인지 불행인지 남편은 내 입장을 충분히 이해했다. 어쩌면 그이가 나보다 더 먼저 '맏아들 사직서'를 쓰고 싶었는지도 모른다.

덕이 있는 맏며느리 역할을 끝까지 잘 해내서 말년에 대가족이 모여 앉아 하하 호호 덕담을 나누며 살아가는 것, 그것은 한때 나의 꿈이었다. 맏며느리라서 무조건 잘해야 하고 모든 사람으로부터 칭찬받고 싶고 인정받고 싶었던 마음 한구석엔 '맏며느리 콤플렉스'나 '원더우먼 콤플렉스'가 자리 잡고 있었던 게 아닐까 싶다. 그러나 그땐 고생 끝에 낙이 있을 것이라 믿었으며 그 길을 위해 어려움을 감내해야 한다고 생각했다. 그런데 나 혼자만의 노력으로 되는 일이 아니었다. 그 꿈이 와르르 무너지는 소리가 들렸다. 내게도 부족한 점이 있었겠지만 그동안 맏며느리로 고되게 살았던 수십 년의 시간이 송두리째 사라지고 제로로 환원된 것 같은 허무감에 한동안 우울이 깊었다.

순종, 희생, 아름다운 말이다. 그러나 그것은 가끔 폭력의 언어가 되고 만다. 나는 페미니스트도 인권 운동가도 아니다. 다만 '나, 주체적인 인간으로서의 나, 실종된 나'를 찾고 싶었을 뿐이다. '맏며느리 사직서'는 바로 '나'를 찾아가는 여행길을 여는 첫차의 탑승권이었던 셈이다.

인생은 주관식과 객관식이 뒤섞여 있는 시험지다. 정답은 안갯속이다. 그러나 한 가지 분명한 게 있다. 그 답안을 다른 사람이 대신 써줄 수 없다는 사실이다. 자신이 시험지의 주인이 되어야 하는 거다.

아직 다 못 쓴 인생 답안지에 '성철스님 임제록 평석'에서 읽은 글귀 하나를 적어본다.

"그대들이 어디를 가나 주인이 되면 자기가 있는 그곳이 모두 참된 곳이라."

"스스로 주인이 되면 아무리 더러운 똥구덩이나 거친 가시밭에 있다
해도 그곳이 연화대요, 극락세계요, 참된 곳"이라는 말도 마음 밭에
양식이 될 씨앗으로 심어둔다.

[『좋은수필』, 2018. 5월호]

고독한 사이프러스

바닷가 절벽 위에 한 사나이가 서 있다. 몇 발짝만 더 내디뎌도 곤두박질칠 것 같은 벼랑 끄트머리, 저 멀리 보이는 수평선엔 해무 자욱하여 하늘과 바다의 경계 흐릿하고 파도는 구름처럼 하얗게 밀려서 오가며 물보라를 일으킨다. 해안에선 바다사자 몇 마리가 바닷물에 몸을 적시고, 크거나 작은 바위 위에 앉았던 바닷새들은 바람 사이를 가르며 가볍게 창공으로 몸을 날린다.

그 사나이가 사는 곳은 미국 몬테레이 비릿가, 한때 이 지구상에서 사라질 뻔했지만 사랑하는 사람들의 도움으로 겨우 위기를 넘겼다. 사람들은 그가 잘살 수 있도록 울타리를 만들며 보호해주었다. 덕분에 폭풍과 비바람을 꿋꿋이 견뎌냈다. 그 이름, '고독한 사이프러스(The Lone Cypress)'이다.

미국의 캘리포니아 해안도로 17마일 드라이브 코스, 아들네와 우리 내외를 합해 여섯 식구가 긴 여행길을 나선 참이다. 왼쪽으로 산을 끼고 오른쪽으로 망망한 태평양의 바다가 펼쳐지는 해안도로를 따라가

다 보면 절벽 끝에 홀로 서 있는 나무 한 그루를 만나게 된다. 그가 바로 '고독한 사이프러스'이다. 주차장에 차를 세우고 조망대로 갔다. 그의 나이 250여 살. 참으로 장하다. 옥토였다면 살아내기가 쉬웠으련만, 하필이면 돌무더기 틈에서 뿌리내리며 생명을 지켜내기가 얼마나 힘들었을까. 하늘과 바다와 바람을 벗하며, 뜨거운 한낮엔 태양을 머리에 이고, 깜깜한 밤에는 별을 세면서, 오랜 시간 고독을 견디며 의연하게 서 있는 나무. 고독한 사나이의 모습이다. 인생 역정을 헤쳐 나온 사나이, 벼랑 끝을 밟는 것 같은 세상살이에서도 꺾이지 않고 고된 풍파를 겪어낸 사나이의 형상을 사이프러스에서 본다.

한 사나이가 생각난다. 그는 이민 3세대이다. 낯선 땅에서 뿌리를 지키려 애쓰는 디아스포라의 삶, 저 사이프러스를 닮았다. 그의 조부는 하와이 사탕수수 플렌테이션 1세대 이민자였다. 이국땅에 홀씨처럼 흘러든 조부는 농막에서 거주하면서 노예처럼 혹독한 노동에 시달려야 했다. 그나마 숨통이 트인 건 '사진 신부'로 아내를 맞이하면서부터다. 단 한 번도 만난 적이 없고 사진으로만 본, 여덟 살 연하의 한국 처녀였다. 두 사람은 다행히 뜻이 맞아 희망을 갖게 되었다. 나중에는 하와이를 떠나 온갖 궂은일 해가며 떠돌다가 겨우 터를 잡았다. 내가 아는 사나이는 그렇게 조부모와 부모가 모진 풍상 다 견뎌낸 세월을 뿌리 삼아 이곳 몬테레이에서 인생의 황혼기를 맞이하고 있다. 그는 삶이 고달플 때면 저 사이프러스를 찾아와 위로를 받고 간다고 했다.

또 한 사나이가 있다. 그는 지체 장애를 갖고 태어났다. 애초부터

돌 틈에 뿌려진 씨앗이었던 게다. 거친 세상에서 잘 자랄 수 있도록 돌 더미를 가려줄 부모님마저 일찍 돌아가셨다. 천애 고아가 된 그는 스스로 자라야 하는 야생의 사이프러스였다. 그래도 용케 잘 견뎌냈다. 간신히 중학교를 마치고 혼자 살아야 하는 동안 안 해본 일이 없다. 그런 중에도 다행히 좋은 여자를 만났지만, 안타깝게도 그녀마저 두 아이를 남겨놓고 세상을 떠나고 말았다. 두 아이는 그의 가지에 깃을 친 두 마리의 새였다. 삶을 포기하고 싶을 때도 많았지만 차마 그럴 수는 없었다. 아이들은 살아가는 힘이며 즐거움이었다. 많이 배우지 못하고 몸도 성치 못한 그는 하루하루 어렵게 생계를 이어가지만 늘 웃으며 산다. 아이들은 장애인 아버지를 부끄러워하지 않고 자랑스러워한다. 시장 입구에서 간이포장마차를 하다가 그것마저 철거를 당한 후엔 농촌으로 가서 자리를 잡았다. 그는 흙을 만지며 사는 사람들을 울타리 삼아 살아간다. 너그럽지 못한 도시의 품과는 달리 농촌 인심은 아직 따뜻하다. 농촌의 이웃들은 큰일이든 작은 일이는 일부러 그에게 맡기며 생계를 돕는다. 그를 큰 사이프러스 나무로 살 수 있게 하는 건 흙의 힘이다. 흙의 마음을 가진 사람들의 힘이다.

내 곁에 한 사나이가 서 있다. 내가 쉬어갈 수 있는 그늘을 만들어주는 나무, 내 남편이다. 그의 삶도 만만치는 않았다. 고단한 세월의 무늬로 나이테를 그리며 일흔 살의 사이프러스로 내 옆에 서 있다. 그 곁에 또 한 사나이가 있다. 나의 아들, 마흔다섯 살의 사이프러스이다. 바람 부는 세상에서 굳건히 살아내 줘서 무척 고맙다. 아들 세대는 머지않아 이른 퇴직과 백세 노후라는 불확실한 야생의 미래와 맞서야 할 것이다. 이 시대 가장들이 딛고 서 있는 땅은 메마르고 안개 또한 자욱하다.

사나이 못지않은 치열함으로 가솔을 책임지는 여인네도, 우리의 N포 시대 현실 앞에서 속수무책인 젊은이도, 그 누구라도, '지금, 여기'에서 가파른 벼랑에 선 것 같은 삶을 이어가는 이 시대의 사이프러스들이 세파에 무릎 꿇지 않고 망망대해 같은 세상 당차게 굽어보며 창창하게 가지 뻗을 수 있으면 좋으련만…. 저 하늘과 구름은 인간사 초연한 듯 유유자적하고, 파도는 철썩철썩 짓궂게 벼랑 언저리를 때리다가 허정한 포말만 남기고 달아난다.

척박한 땅에 뿌리 내리고 긴 세월 살아온 남편의 손을 가만히 잡아본다. 중년의 가장으로 서 있는 아들을 마음속으로 힘껏 안아본다. 저기서 '고독한 사이프러스'가 바람에 잎을 흔들며 빙긋이 웃는다.

[『한국산문』, 2017. 5월호]

노인과 우산

　모처럼 모임이 있는 날이다. 일기예보에선 사흘간 장마가 계속된다고 했는데 아침하늘은 잠시나마 맑은 얼굴을 보인다. 그래도 장마철 날씨는 믿을 수가 없다. 시간 맞춰 외출준비를 하면서 우산도 챙긴다.

　모임 장소에 거의 도착할 무렵이었다. 빗방울이 후드득 떨어지기 시작하더니 갑자기 빗줄기로 바뀐다. 길 가던 사람들이 서둘러 우산을 펴든다. 그런데 저만치 앞에 가는 노인 한 분, 우산이 없다. 아니, 우산이 있다 해도 펴들 수가 없을 것 같다. 보행 보조기를 양손으로 밀며 마치 아기가 걸음마를 하듯 뒤뚱뒤뚱 걷는다. 이 비를 다 맞으면 온몸이 흠뻑 젖을 텐데 어쩌나. 단정한 옷차림을 보니 그냥 동네 산책을 나온 것 같지는 않다. 푸른 체크무늬 남방셔츠에 정갈한 흰색 바지를 입고 머리엔 베이지색 여름 중절모를 썼다. 오락가락 궂은 날씨에 피치 못할 외출 길인가.

　순식간에 여러 생각이 스쳤다. 그러나 깊이 생각할 겨를이 없다. 빗줄기가 거세진다. 우산을 쓴 나는 빠른 걸음으로 노인 옆으로 가서 슬며시 비를 가렸다. 노인이 뭔가 이상하다는 듯 고개를 돌리더니 나와 눈이 마주쳤다.

"어이구, 고맙습니다."

노인의 걸음에 천천히 호흡을 맞추며 물었다.

"어디까지 가셔요?"

노인은 근처에 있는 아파트 이름을 대며 집에 가는 길이라고 했다. 멀지 않다. 그렇게 얼마 지나지 않았는데 노인이 오랜 지기라도 만난 양 속엣이야기를 풀어 놓기 시작한다.

"믿을만해서 내 얘기를 하는 건데…, 내가 자수성가를 했어요."

"네?"

의외다. 걸음이 워낙 느리다 보니 걸어간 거리에 비해 꽤 많은 이야기를 들을 수 있었다.

"아버지는 일제 때 왜놈들한테 징용으로 끌려가 돌아가셨고, 어머니는 육이오 전쟁통에 돌아가셨어요. 내 나이 열세 살에 천애 고아가 된 거예요. 사방천지를 둘러봐도 도움받을 데가 없어서 너무 막막했어요. 한창 자랄 나이에 하도 배를 곯아서 제대로 크지도 못했어요. 살면서 고생을 무척 했는데 다행히 마누라를 잘 만났어요. 나는 지금 여든 다섯 살이에요, 마누라는 나보다 일곱 살 아래고…."

그러고 보니 노인의 키는 보통 키인 내 어깨에 겨우 닿을 만했다. 내 가족이라면 안아드리고 싶을 만큼, 굽은 등을 한쪽 팔로 감싸면 한 품에 들 만큼, 작고 마른 체구다.

파킨슨병을 앓고 있다고도 했다. 초면의 누군가에게라도 이야기를 털어놓고 싶을 만큼 목이 말랐던 것일까. 노인에게 각인된 기억에는 개인과 나라에 얽힌 역사의 큰 물줄기가 흐르고 있었다. 작고 주름진 몸은 그 물줄기가 훑고 간 흔적이었다. 어린 나이에 갑자기 들이닥친 역사의 폭우, 피할 길도 없었고 우산 역할을 해 줄 사람도 없었던 게다. 그 긴 고난의 세월을 어찌 견디셨을까. 콧등이 시큰해졌다. 그래도 자수성가를 했다니 얼마나 다행인가. 몸은 불편해 보여도 말씨는 또박또박하고 정중했다. 몸은 왜소하지만 작은 거인처럼 느껴졌다.

"마누라가 있으면 같이 식사라도 대접하면 좋을 텐데…, 지금 집에 없을 거예요. 젊을 때 하도 고생을 시켜서 늙어선 자기 마음대로 하라고 했더니 맨 날 나가요."

"건강하셔서 매일 나가실 수 있으니 좋네요."

내게 대한 공연한 마음 씀을 안심시킬 겸, 점심 모임이 있어 가는 길이라고 했더니 노인이 내 전화번호를 거듭 물었다. 나중에라도 꼭 한번 만나서 정식으로 대접을 하고 싶단다. 그렇다고 전화번호를 알려 줄 수는 없다. 다른 누구라도 혼자 비 맞고 가는 노인을 보면 그냥 지나치지 않았을 것이다. 다만 내가 그 자리에 있었고 내 눈에 먼저 띄었을 뿐이다. 아파트 단지로 들어서면서 내 친구도 이 아파트에 산다고 하니, 그 친구가 사는 동호수라도 알려 달란다. 그 친구를 찾아가서 내 연락처를 물어보겠단다. 나는 친구 아파트 동호수도 모른다고 했다.

"저기가 내가 사는 데예요."

노인이 가리키는 곳을 보니 106동 로고가 선명하다. 아파트 단지 제일 안쪽 끝에 있다. 모임에 조금 늦더라도 충분히 이해해줄 만한 친구들이니 마음이 조급하진 않았다.

"비 오는 데 어디 다녀오셔요?"

경비실에서 나오던 직원이 노인을 잘 아는 듯 인사를 한다.

"이분이 우산을 씌워줘서 비 안 맞고 왔어요."

노인은 그에게까지 내 작은 마음을 큰 소리로 전한다.

"아, 그러세요? 고맙습니다."

이번엔 그가 내게 인사를 건넨다. 전혀 예상치 못했던 일들이다. 마치 이웃에게 변변치 않은 선물 하나 내밀고 그보다 몇 곱절이나 더 큰 덤을 턱없이 받은 것처럼 민망하다. 106동 출입구에서 노인이 동호수 번호를 누르고 안으로 들어가는 것을 보며 헤어졌다.

아파트를 돌아 나오면서 보니 주변의 나무들이 비에 푹 젖어 후줄근하게 몸을 늘어트린 채 서 있다. 봄비는 나무에 생명수가 되지만, 여름 폭우는 가지를 부러뜨리거나 뿌리를 뽑기도 한다. 그럴 때 만일 나무가 말을 할 수 있다면 '우산 좀 씌워주세요.'라고 하지 않을까.

인간도 자연도, 모든 존재에겐 우산이 필요하다. 생각해보면 나도 수많은 우산 덕분에 '지금, 여기'까지 왔다. 우산이란 말의 범주는 넓고도 깊다. 가족을 포함하여 눈에 보이는 혹은 보이지 않는, 존재와 비존재가 때때로 우산이 될 수 있다.

모임에 가니 여러 회원이 이미 와서 기다리고 있다가 반긴다. 그동안 코로나 팬데믹으로 한동안 못 만났지만 35년 넘게 인연을 이어온 지기(知己)들이다. 그들도 내겐 우산과 같은 존재들이다. 점심 식사 후, 식당을 나서니 길이 온통 흙탕물이다. 도로가 침수되고 거리엔 우산의 물결이 출렁인다. 길 저편으로 가려면 6차선 도로를 건너야 한다. 우르릉 쾅, 하늘을 쪼갤 듯 내리치는 천둥 번개가 요란하다. 놀란 우리 일행은 몸을 움츠린 채 발목까지 차오르는 물길에 발을 철벅 철벅 담그며 횡단보도를 건넜다. 100여 년 만의 폭우란다. 지금도 어딘가에서는 우산 같은 손길을 애타게 기다리는 이가 있지 않을까.

노인은 지금쯤 집에서 안온하게 휴식을 취하고 계시겠지. 이 시대 노인들에겐 우리 질곡의 현대사가 어떤 무늬로든 새겨져 있다. 내가 우연히 만났던 노인, 유난히 작고 마른 노인이 내 마음에 오랫동안 큰 자리를 차지할 것 같다.

[『수필과 비평』, 2022. 9월호]

아름다운 삶을 위한 송가(頌歌)

우리는 태어나면서부터 수많은 존재와 인연을 맺으며 살아갑니다. 부모 형제는 물론 뭇 사람과 대자연과 사소한 사물에 이르기까지 우주의 모든 존재와 관계의 그물망 안에서 살면서 매일매일 새로운 역사를 써나갑니다.

우연인 듯 필연인 듯 맺어진 아전(雅田) 윤희남 여사와의 인연은 내게 분명 축복입니다. 십 오륙 년 전 문화센터 수필반에서 아전 여사를 처음 만났을 때, 실은 거리감도 없지 않았습니다. 세련된 옷차림과 우아한 분위기가 왠지 나와는 어울릴 것 같지 않아서였지요. 그러나 차츰 대화가 오가면서 그 내면의 소탈함에 놀라게 되었고, 당시 남가좌동에 있는 자택을 방문하게까지 되었을 때 처음의 선입견은 나의 오산임을 알게 되었습니다.

오랫동안 다도(茶道)를 익혀온 여사는 다실(茶室) 하나를 연탄아궁이로 남겨 두었는데, 추운 겨울 한밤중에 연탄을 갈고 마당에 서서 찬바람을 크게 들이쉬노라면 자유를 느낀다고 했습니다. 다향(茶香)이 피어오르는 따끈따끈한 온돌방의 창호지 문에는 대나무의 그림자가 흔들리고 있었고 감나무에 걸린 풍경소리가 뎅그렁뎅그렁 운치를 더해 주고 있었습니다. 그때 집에 들어서자마자 여사가 처음 들려준 곡은 조수미의 노래 'I dreamt I dwelt in Marble Halls'였습니다. 꿈을 꾸는 듯한 선율과 고아한 적막이 어우러진 풍경을 잊을 수가 없습니다. 그 날 우리의 대화는 아주 편안하고 진솔하며 깊이가 있었습니다.

이후 옮긴 일산 자택의 분위기도 여전히 품격과 소탈함을 두루 갖춘 여사의 성품을 그대로 보여줍니다. 고독을 즐기며 산다는 여사는 지금도 가끔 전혀 어울릴 것 같지 않은 톤으로 "민명자, 나야" 하고 전화를 하면서 사람들의 얘기를 들려줍니다. 주로 봉사하고 사는 사람들, 아름답게 사는 사람들의 얘기입니다. 여사의 향기 있는 삶과 가식 없는 소박함은 나를 행복하게 합니다. 여사는 단상과 유화로 엮은 『그리움을 그리다』(목인 갤러리, 2012)를 상재함으로써 글과 그림을 두루 갖춘 예인(藝人)으로서의 어인상도 보여주었습니다.

그러한 여사의 곁에 묵묵히 버팀목이 되어준 한 그루 거목이 우뚝 서 있음을 뒤늦게 알게 되었습니다. 부군이신 남파(南坡) 홍일영 선생이십니다. 나는 '존경'이라는 말을 함부로 하지 않지만 남파 선생을 진심으로 존경합니다. 선생의 자전적 저서 『남파지우(南坡之友)』(파랑새 미디어, 2008)를 읽으며 그분의 생애가 온몸으로 느껴졌기 때문입니다. '남파지우'란 선생의 분신과 같은 벗, 일기장의 다른 이름이기도 합니다. "내 일생의 오른팔로 쓴 마지막 일기가 1950년 7월 7일 자금요일 일기"라는 구절에서 보듯, 6·25사변은 선생에게 회복할 수 없는 상처를 남겼습니다. 10대 후반에서부터 고희 중반에 이르는 일기는 왼손의 기록인 것입니다. 그동안 고통스러운 순간이 없었겠습니까만 선생의 일기에서 포기나 좌절과 연관된 어휘들은 찾아보기 힘듭니다. 하이데거식으로 말하자면 '던져진 존재'로 남기보다는 '의지적 존재'로서 살아온 도전의 생인 것이지요. 자신의 선택과는 무관하게 태어나고 살아가야 하는 존재를 하이데거는 '던져진 존재' 혹은 '피투성(被投性, Geworfenheit)'으로 설명했지요. 그러나 던져진 상태로만 머물지 않고 '피투적 존재'로서의 불안에서 벗어나 자신의 삶을 재구성하고 새로운 가치를 창조하려는 지향을 '기도(企圖)하는 존재' 혹은 '기투(企投, Entwurf)'로 설명했습니다. 말하자면 남파 선생은 자신의 의지의 주재자(主宰者)는 결국 자기 자신임을 몸소 실천하신 것입니다. '나는 누구이며 무엇이 될 것인가'로부터 "무엇을 위하여, 무엇을 하면서, 무엇 때문에, 무엇을, 살 것인가?"(『남파지우』, p.611)에 이르는 실존적 자아로서의 고뇌, "인생이란 자타의 구성의 총화의 한 과정"이라든지 "이상은 나의 정신 호흡의 산소이다. 이상을 호흡하자."(『남파지우』, p.209)라는 인생관과 결의는 이러한 여정을 방증하는 것이지요. 또한 선생이 일기에서 피력하신 정치, 경제, 사회, 문화 전반을 아우르는 해박한 식견은 개인의 역사를 넘어 50년대 이후 우리 공적 역사의 통찰이라 해도 과언이 아닐 것입니다. 보통 사람들이 이루기 어려운 부와 명예를 이루는 한편 괴테를 사랑하며 가족과 단시(短詩)를 주고받으며 한시(漢詩)를 짓는 남파 선생의 여유 있는 삶이 향기롭습니다.

남파 선생과 아전 여사, 서로 뿌리가 다른 나무의 줄기가 합해져 한 나무가 된 연리목처럼 긴 세월 손잡고 살아온 두 분의 시간이 어언 50년에 이르렀다고 합니다. 이와 더불어 가족 문집을 발간하신다니 그보다 더 큰 축복이 어디 있겠습니까. 반백 년 성상을 견뎌온 연리목을 둥지 삼은 후손들의 화음이 새들의 노랫소리처럼 들리는 듯합니다.

두 분의 삶, 참으로 아름답습니다. 아름다움은 조화며 균형이며 극복입니다. 그 숭고한 하모니가 앞으로도 오래오래 넓고 깊게 울려 퍼지기를 바라며, 두 분과 가족 모두에게 '아름다운 삶을 위한 송가'를 바칩니다.

[『작은 길』, 남파 부부 금혼기념문집, 2016. 6]

V.

내 머릿속엔
모자가 산다

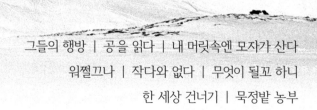

그들의 행방

아그배나무 가지 매미가 우니

포플러나무 그늘 매미도 운다

저마다 덥다 덥다 외롭다 운다

감나무 가지 매미가 악쓰면

벚나무 그늘 매미도 악쓴다

그 무슨 열 받을 일이 많은지

낮에도 울고 밤에도 운다

조용히들 내 소리나 들어라

매음매음…… 씨이이……십팔십팔……

저 데뷔작 한 편이 대표작일까

경으로 읽자니 날라리로 읽히고

노래로 음역하면 상스럽게 들린다

선생(蟬生), 단에서 그만 내려오시죠

듣거나 말거나 믿거나 말거나

저 혼자서 심각해서 우는 곡비들

찜통 속 부아만 쩔쩔 끓인다

저토록 제 가슴 다 끓이고 나야

물엿처럼 졸아드는 말복 끝머리

멋쩍어 허물 벗고 잠적하는 것일까

오늘도 시집을 세 권이나 받았다

나도 짐짓 열 받은 매미가 되어

이 열 치 열…… 한여름 난다.

　　　　－ 임영조, 「매미소리」(『시인의 모자』, 창작과비평사, 2003) 전문

　시인은 매미다. 적어도 이 시에서 시인이 읽어내는 시인은 매미다. 그들은 먹지도 못할 아그배처럼 시고 떫은 현실에 몸을 얹고 시로 울거나, 뙤약볕 내리쬐는 삶의 한복판에서 잠시 쉬어가자고 은자처럼 푸른 그늘 찾으며 시로 운다. 그늘은 쏙염에 제 안으로 붉게 열매 익히는 감나무처럼, 벚꽃 다 떨구고 검게 버찌 익히는 벚나무처럼, 악쓴다. 때론 울음처럼 때론 절규처럼 고된 세상을 노래하는 가객들이다.

　맴맴맴맴 매~~앰. 내 귀엔 '아, 어지러워, 이 세상'으로 들리는데, "고추 먹고 맴맴 달래 먹고 맴맴" 외치며 맴이라도 한바탕 돌고 싶은데, 시인의 귀는 또 다른 소리로 크게 열린다.

　이소(耳笑), '귀로 웃는다'는 뜻의 호를 가진 임영조(1943~2003) 시인의 귀엔 매미 소리가 "매음매음…… 씨이이……"로 들린다.

매음(賣淫)? '부르주아 사회의 욕망 앞에서 고독과 냉담을 느끼며 소외된 예술가'를 창녀에 비유했던 아널드 하우저. "창녀는 예술가의 쌍둥이"라던 그의 말은 일리가 있다. 시는 시인이 온몸으로 쓰는 정신의 결정체다. 자본주의 사회에서 알량한 돈 몇 푼과 교환되는 시인의 영혼, 매음(賣淫) 아니던가.

아니면 매음(賣音)? 시인은 세상의 소리를 자기 목소리로 전한다. 육자배기 뽑아내듯 온몸의 울림통을 흔들어 득음한 소리를 시음(詩音)으로 판다. 매음(賣音) 아니던가.

"매음매음" 음~고독한 저항의 언어다. 그러고 보니 "십팔십팔……" 언어유희를 가장한 성담(性談)인 듯, 날라리 욕설인 듯, 자조(自嘲)인 듯, 항변인 듯, 절망인 듯, 기의가 다분히 다의적이다.

시인이 떠들거나 말거나 세상 사람들은 제 갈 길 가고, 세상 사람들이 듣거나 말거나 시인은 곡비처럼 타자의 슬픔을 대신해서 울어준다. 시는, 문학은, 무엇을 할 수 있는가. 이소 시인은 시인들에게 선어(禪語)를 하듯 간곡히 청한다. "단에서 그만 내려오시죠"라고. 그러나 스스로도 제어하지 못하는 "선생(蟬生)"기질. 매미 선(蟬), 날 생(生), 시인은 전생에 매미였을까. 시집은 여전히 배달되어 오고 자신도 시를 버리지 못한다. 시집은 시인이 울어댄 몸통의 흔적이자 탈피의 증표다. 시인은 오늘도 세상사 이런 일 저런 일에 이런 열 저런 열 받으며 열 내며, 이열치열의 시로써 "이 열 치 열" 운다.

*

시집을 뒤적이며 「매미소리」를 들여다보는데 거짓말처럼 매미 한 마리가 내 서재 방충망에 찰싹 붙어 염탐이라도 하듯 방안을 들여다본다. 나는 슬그머니 일어나 그 눈을 가만히 응시해본다. 녀석은 내 눈을 피할 마음이 없는 듯하다. 그러더니 갑자기 빽 소리를 지른다. 맴! 맴 맴맴! 매애앰! 뭐라고? 매음? 너도? 도전적이다. 마치 내게 '너 그럴 줄 알았어. 방안에 틀어박혀 시집만 읽지 말고 내 소릴 들어보는 건 어떠니?'라고 말하는 것만 같다. '아휴, 깜짝이야. 여기는 너 있을 자리가 아니니라.' 웅얼거리며 손끝으로 톡 치니 잽싸게 날아간다. 설마 어제 본 그 매미는 아니겠지.

어제 귀갓길에 아파트 뒷길로 들어설 때였다. 발걸음을 떼면서 문득 발치께를 보니 서너 발짝 앞 길바닥에 무언가 미세하게 움직이는 물체가 눈에 띄었다. 매미다. 발라당 뒤집혀 땅에 등을 대고 허공으로 배를 드러낸 채 누워서 꼬무락기린다. 하마터면 밟을 뻔했다. 얼른 집어 들었다. 살겠다는 듯 더듬이를 버둥댄다. 옆 화단 나뭇가지 위에 올려놓았다. 툭 떨어진다. 이번엔 나무 밑, 맥문동 포기가 늘어선 풀숲 사이에 얹어주고 들어왔다.

문득 그 행방이 궁금해진다. 나는 슬리퍼를 끌고 매미를 놓아준 자리로 나갔다. 그 매미 간곳없다. 혹시 알 낳고 죽어야 했던 암매미가 아니었을까. 그 몸뚱이를 개미들이 물어간 건 아닐까. 내가 이리저리 풀포기 사이를 뒤적이니 지나던 사람들이 수상쩍은 눈초리로 흘끔흘끔 보며 간다.

그런데 이게 웬일인가. 그 녀석은 간데없고 풀포기 사이에서 눈에
띈 건 갈색이 투명한 매미 허물이다. 몸통이 빠져나간 흔적이 텅 빈
채 고스란히 남았다. 저쪽 나무에선 매미 한 녀석이 목청이 터져라,
소리 지른다. 제 짝을 찾는 소리라기엔 처연하리만큼 공명통을 울려댄
다. 우화한 제 벗을 축복하는 것일까, 죽어간 제 벗을 애도라도 하는
것일까.

작은 화단에 매미의 생사윤회가 다 있다. 어두운 땅속에서 수년간
변신에 변신을 거듭하다가 겨우 지상으로 올라와 천적을 피해 죽을힘
을 다해 나무둥치를 타고 기어오른 녀석들. 그리고는 우화하고, 수컷
은 뜨거운 여름에 제짝 부르며 목청 높이고, 암컷은 알 낳고 죽어간다.
태어난 알은 제 조상이 그러했듯 땅속 깊은 곳으로 곤두박질쳐 긴 시
간 어둠 속에서 생존을 위해 침묵하며 꿈틀꿈틀 살아가면서 성충이
되기 위한 시련을 겪어야 한다. 지상으로 올라와 단 며칠간 보여주는
매미의 파노라마는 그들 생사의 사건이다.

울고 악쓰는 게 매미뿐이던가. 시인뿐이던가. 매미의 생 몇 년간은
인간사 한평생과 맞먹으리라. 매미에겐 한 생이지만 이들에게서 인간
군상이 겪는 삶의 다양한 양태가 보인다. 누군가는 땅속 어두운 곳에
서 지상을 향한 열망을 키우고, 누군가는 다행히 우화등선하여 일생일
대의 절창을 하고, 또 누군가는 몸뚱이 다 내준 허물로 남고, 누군가는
후손만 남긴 채 인생길 어느 한 모퉁이에서 버둥대며 홀로 죽어갈지도

모른다. 한여름 매미처럼 뜨겁게 살다가 서른아홉 생애 벗고 이승 떠난 어머니의 삶도 거기 있다. 행방이 묘연한 매미처럼 소식을 알 길 없는 오라비도 보인다. 이 세상 어느 한구석을 떠돌다가 외롭게 한 생을 마감하며 울고 있진 않을까.

　매미가 탈피를 하고 성충이 되듯 완성을 향한 출렁거림과 울음과 노래가 우리 생을 엮어간다. 시인은 그러한 삶의 갈피들을 자신의 언어로 완성한다. 그 표상물이 시집이다.

　　늦가을 탱자나무 가지에

　　해탈하듯 허물을 벗어 걸고

　　어디론가 잠적한 은자

　　그가 남긴 구각을 들여다보면

　　비로소 햇빛 본 유고집 같다

　　지난 여름 내내

　　한 소절의 시를 위하여

　　쓰디쓴 동음어만 반복하다 간

　　음유시인의 애절한 영가

　　아직도 맴맴 귓바퀴를 돌린다

　　– 임영조, 「매미 껍질 – 곤충 채집 3」(『귀로 웃는 집』, 창작과비평사,

　　　1997) 부분

'매미/시인'의 소리에 귀를 열던 이소 시인은 '매미 껍질/시인의 유고집'에 눈길을 돌리며 동일한 의미망 안에 포섭한다. "필생의 마지막 절창을 뽑기 위해/온몸을 쥐어짜며 시를" 읊다가 해탈하듯 유고시집 남기고 홀연히 길 떠난 동료 시인은 내내 "치뤌 파뤌 치뤌 파뤌" 같은, '칠월 팔월 칠월 팔월' 같은 생을 보냈다.

초복 중복 지나 "말복 끝머리" 선들바람 불고 가을 오면 여름의 전령사 매미들 자취 없이 사라진다. 그런들 시인들까지 사라질쏘냐. 여기저기서 무덥고 뜨거운 생을 노래한다. 백로 추분 지나 한로 상강……대설 동지……, 서리 내리고 흰 눈 오는 겨울 와도 우리 삶에 찜통 같은 폭염이 걷히지 않는 한, 시인들은 여전히 절창 한 소절 뽑아내며 곡비로 울리라. 이승의 시계 따라 24절기 돌고 돌며 살아가는 한, 뭇 장삼이사들도 속울음 삼키며 노래하듯 길을 가리라. 그렇게 그들도 나도 한 생애 살다가, 매미가 가뭇없이 떠나듯 인생 무대에서 소리 없이 퇴장하리라.

생의 뙤약볕을 노래하다가 열반에 든 이소 시인, 지금쯤 저 하늘나라 어느 한 귀퉁이에서 세상 소리 들으며 귀로 웃고 있진 않을까.

[『선수필』, 2018. 가을호] (민명자가 읽은 시 이야기)

공을 읽다

공, 오늘은 너와 이야기하려 해. 나는 지금 너를 보고 있어. 탱글탱글 통통하게 부푼 네 몸을. 비어 있는 듯 꽉 차 있으면서 모든 생명의 근원이 되는 공기, 그게 바로 너를 움직이게 하는 밥이며 살이며 내장인 게야. 너는 그 공(空)의 힘으로 구르지. 하여, 나는 '공은 공(空)이다' 라고 생각해.

아, 또 있지. 너의 둥근 몸. 에로틱한 여인의 둔부처럼 곡선이 아름다운 너. 공의 제1본분은 모름지기 잘 굴러주는 것. 너는 구(球)의 힘으로도 구르지. 각진 몸으로는 그 일을 제대로 해낼 수가 없겠지. 해도 달도, 둥글게 제 살을 익혀가는 열매도, 또르르 구르는 이슬방울도, 둥근 것은 아름다워.

공(空)과 구(球)의 힘으로 이루어내는 만(滿)과 동(動), 그것이 바로 너의 존재의미 아니겠니? 네 생각은 어때? 네 친구들 얘기부터 들어볼까? 저쪽에서 '저요, 저요.'하고 손을 드네.

나, 축구공이에요. 여러분은 붉은 악마의 함성을 기억하시나요? 월드컵 4강에 들었던 그때를 생각하면 지금도 온몸이 짜릿짜릿해져요. 내가 발길에 이리 채이고 저리 채일수록 코리아의 함성은 하늘을 찔렀지요. 적진의 골대. 숏 골~인! 골문을 지나 그물 안에 몸이 꽉 박히는 순간, 정신이 아찔했어요. 경기장을 누비는 선수들, 양쪽 볼에 태극기를 그리고 '오~ 필승 코리아'를 외치는 붉은 악마들. 내가 발길질과 헤딩에 온몸을 내던질수록 그들의 환호는 커졌지요. 내 생명은 골이에요. 내가 없다면 4강 신화가 가능했겠어요? 하긴 선수 없는 공도 존재할 수 없겠지요. 하지만 선수의 의지와 나의 무의지가 합해져야 멋진 걸작이 탄생하는 거 아니겠어요?

나, 배구공. 내가 가장 짜릿한 순간은 서브와 리시브 사이에서 몸을 날릴 때예요. 아, 지금도 잊히지 않아요. 김연경 누나의 손바닥에서 서브를 기다리던 그때, 온몸이 오그라드는 것처럼 긴장이 되었어요. 그렇지만 나는 누나의 닥공(닥치고 공격) 능력을 믿어요. 닥공과 막공(막는 게 공격), 스파이크와 블로킹에 몸을 맡기고 네트를 넘나들며 현란한 동작으로 튀어 오를 때 나는 '살아 있음'의 환희를 느껴요. 그런데 게임에서 승리하려면 상대방의 패턴 플레이도 잘 읽어야 해요. 그게 바로 신의 한 수, 승리의 지름길이 될 수 있거든요. 힘과 스피드와 기술, 세 박자가 잘 맞아야 승리도 있고 기쁨도 있어요. 나는 땅바닥에 꽉 박힐 때가 제일 슬퍼요.

나, 농구공도 말해볼까요? 농구에선 키 크고 근력 좋은 선수가 금수저랍니다. 선수가 공중으로 껑충 솟구쳐 덩크 슛으로 나를 바스켓에 팍 꽂는 순간, 상상만 해도 통쾌해요. 덩크 슛은 농구의 꽃이라잖아요. 3점 슛도 멋지지 않나요? 패스와 드리블과 슛, 그게 농구의 세 박자겠죠? 뭐니 뭐니 해도 땅에서 통통 뛰다가 골대를 향해 새처럼 날아오르는 것, 그게 나의 최고 기쁨이지요.

*

그래, 너희들 말이 맞아. 다른 공들도 할 말이 많겠지? 그런데 잠깐, 너희들 얘기를 듣다 보니 시 한 편이 떠오르네. 읽어줄까?

그래 살아봐야지
너도 나도 공이 되어
떨어져도 **튀는** 공이 되어

살아봐야지
쓰러지는 법이 없는 둥근
공처럼, 탄력의 나라의
왕자처럼
가볍게 떠올라야지
곧 움직일 준비 되어 있는 꼴

둥근 공이 되어

옳지 최선의 꼴
지금의 네 모습처럼
떨어져도 튀어오르는 공
쓰러지는 법이 없는 공이 되어.
　　　－ 정현종, 「떨어져도 튀는 공처럼」(『섬』, 문학판, 2015) 전문

　사람들 손길과 발길에서 이리 뒹굴고 저리 차이고 사각의 경기장 안에서 땅과 공중을 누비며 온몸을 헌신하는 너희들의 눈물겨운 사투는 가히 예술의 경지에 가깝지.

　사람도 너희처럼 공기를 먹고 살아. 하긴 삼라만상이 우주에 가득 찬 그 기운으로 살아간다는 건 다 아는 사실이지. 그런데 그걸 자주 잊어. 그래도 공기는 묵언 수행하듯 제 할 일을 해. 사람들은 비움도 둥긂도 큰 덕목으로 여기지. 그렇지만 이상을 따라 사는 건 쉽지 않아. 다만 꿈꿀 수 있을 뿐이야. 사람은 애초에 청정무구한 영혼으로 태어나지만 살아가면서 점점 누더기가 되어가.

　인생 경기장에선 페어플레이만 하는 게 아니거든. 반칙을 저지를 때도 많아. 그래도 그것 때문에 경기장 밖으로 퇴장당하는 사람은 거의 없어. 그런들 어쩌겠니. 인생은 멈출 수 없는 놀이인걸.

　사람들은 인생의 골대 앞에서 슛을 날리며 골인을, 3점 슛을, 덩크

숏을 시도해. 그들이 가진 공에는 각자가 목표하는 염원이 들어 있어. 그렇지만 성공할 확률이 그다지 높진 않아. 그래도, 그러니까, 일생 내내 슈팅을 해야 해. 겁쟁이처럼 백패스만 하다가 게임을 끝내는 건 허무하잖아.

그런데 시인은 눈이 밝아. 아예 공이 되라 하네. "떨어져도 튀는 공처럼" 살라 하네. 죽은 자는 튀어 오르지 못해. 아무렴, 그렇고말고, 살아보는 거야.

산다는 건 의지와 무의지가 펼쳐내는 충돌과 화합의 파노라마야. 마음속으로 '공, 공(空), 공[球]'을 하루에 삼세번이라도 외치면서 호흡을 가다듬으면 될까? 땅바닥에 곤두박질쳐서 일어나지 못하는 건 슬프잖아. 다시 튀어 오르는 거야. 떨어져도 쓰러지지 않는 탄력의 왕자처럼, 가볍게 떠오를 준비를 하며 움직이는 공처럼. 그것이 최선의 공, 최선의 숏, 최선의 모양새(꼴), 내가 나에게 보여줄 수 있는 "최선의 꼴"이겠지?

[『선수필』, 2017. 겨울호] (민명자가 읽은 시 이야기)

내 머릿속엔 모자가 산다

　내 좁은 두개골 속엔 언제부터인가 얼굴을 모르는 모자母子가 세 들어 살고 있다 나는 그들이 누구인지도 모르고 굳이 그들이 누구인가를 알려고 하지도 않는다 언제부터 그들이 내 뇌 속에 허락도 없이 세를 들었는지도 모른다 내가 월세를 받았는지 혹은 그들이 월세를 꼬박꼬박 내고 있는지도 모르겠다 그들은 틈만 나면 근친상간近親相姦을 벌인다. 채 열 달도 되지 않아 어떤 때는 그 짓을 벌이면서 금방 알 수 없는 조합들을 쏟아내곤 한다 탯줄도 없이 태어난 자식처럼 알 수 없는 낱말들, 혹은 알 수 없는 기호들은 금禁줄 칠 겨를도 없이 나의 뇌를 쥐어짜 내게 견딜 수 없는 두통을 준다 타이레놀로도 가시게 할 수 없는 고통 그러다가 그 정도가 심하여지면 잠들었다가도 불쑥불쑥 나를 발기勃起시켜 방언方言과 같은 말들을 쏟아내게 한다 나는 아무래도 병이 든 모양이다 그 모자母子만 쫓아낸다면 홀가분해질 것 같은 머릿속 그러나 어느 때는 내가 그 뇌의 주인인지 혹은 월세도 내지 않는 그 모자母子가 주인인지, 어쩌면 내가 그 모자母子에게 세 들어 사는, 월세가 잔뜩 밀린 세입자인지도 모른다는 생각이 든다.

　　　　　　－ 박현, 「모자母子 이야기」(『굴비』, 종려나무. 2009) 전문

　모자? 시의 한자로 보아하니 모자(帽子)는 아닐 테고, 그렇다면 시적 화자의 두개골에 들어찬 어머니와 아들은? 사모곡(思母曲)을 쓰려는 건가? 아니, 그런데 그 둘이 근친상간을 벌인다고? 게다가 '탯줄도 없이, 금줄을 칠 겨를도 없이' 아이가 태어난다니, 이 무슨 괴이한 일인고. 여기서 잠깐, 쉬었다 가야 할까 보다. 요렇게 상식 논리로 읽으면 이 시는 난독의 텍스트가 되고 말지 모르니까.

　「모자母子 이야기」는 얼핏 흔한 가족 서사를 떠올리게 한다. 그러나 시인은 바로 그 어머니와 아들로 독자의 허(虛)를 찌른다. 등단(『애지』, 2007. 봄호) 작품 중 한 편인 이 시에는 언어와 삶에 대한 치열함이 묻어 있다. 제2시집 『승냥이, 울다』(천년의 시작, 2015)에서도 '언어 천칙 - 시적 싱싱럭 - 삶'이 결속하여 개성적 세계로 태어난다.

　나는 모자에서 모음과 자음을 읽는다. 내면에서 솟구치는 언어와의 길항이 보여서다. 여기서 언어란 좁게 보면 모음과 자음이 결합된 어휘의 집합이지만 좀 더 넓게 보면 자기의 삶 안에서 부딪치는 모든 기호들이다. 박현이 다른 시 「금을 밟다」에서 표현했듯이 '옥상과 하늘 사이, 절문과 산 그림자 사이, 자비와 탐욕 사이, 절망과 희망 사이'처럼 삶의 갈피마다 켜켜이 쌓인 경계를 오가며 상충하는 기호들인 것이다. 그렇게 보면 생이란 곧 언어들의 결합과 해체의 여정이다.

만일 인간에게 언어가 없었다면? '먹고, 자고, 배설하고…' 등등, 시간과 공간 속에서 행하는 인간사 모두가 언어적 수행이다. 언어가 언제부터 우리 인간에게 세를 들어 살아왔는지 알 수 없다. 아니, 어쩌면 우리가 언어에 깃을 치고 세를 들어 사는지도 모를 일이다. 그렇게 언어는 태초부터 인간에게 와서 뇌 속에 자리를 잡은 채 인간을 부리고, 시인을 교란시키고 두통에 시달리게 한다. 언어는 인간 정신을 완벽히 담아낼 수 있는가. 아니다. 화자가 앓는 병이 쉽게 치유될 수 없는 이유다. 그만큼 시 혹은 삶에 적합한 언어를 고르는 일은 지난하다.

그 열정은 다분히 에로스적이다. 모음과 자음은 친족 지간이다. 하여, 박현은 모음과 자음이 결합하여 난해한 언어들의 조합을 쏟아내는 것을 "근친상간"으로 집어내면서 시적 상상력을 발휘한다. 열 달도 채우지 못한 미숙아 같은 미완성의 언어, 어디서 왔는지 근원을 알 길 없는 모태불명의 언어들은 시인을 괴롭힌다. 예전에 우리 조상들은 집안에 아이가 탄생하면 대문에 금줄을 달았다. 아들이면 고추를 매달고 딸이면 솔가지를 매달아 부정한 것을 막고 탄생을 신성시했다. 금줄은 금기와 신성의 기호였던 것이다. 그러나 시인은 미처 금줄을 칠 겨를도 없다. 오지 마라, 오지 마라, 손을 내젓고 싶지만 무시로 무경계로 찾아와 정신과 삶을 지배하는 언어들과의 싸움, 그것은 일시적으로 통증을 멎게 하는 의약품 타이레놀로는 치유될 수 없는 불치병, 생래적으로 앓는 형이상학적 병이다. 그러나 그것은 또한 자청한 병이기도 하다. 왜냐고? 시를 쓰니까. 시어는 시인의 생명이니까. 그 병이 치유

된다는 건 결국 시 혹은 시의 생명을 포기한다는 말과 다르지 않으므로.

　그래서 일구월심, 잠 속에서조차 깨어 언어를 불러들이고, 불쑥불쑥 자신의 욕망을 발기시키는 그들 언어와의 상간으로 자식들을 쏟아낸다. 시는 시인의 분신, 자식이다. 그들은 시인이 살아 있는 한 영원히 함께 갈 수밖에 없는 에로스적 산물이며, 생성과 소멸을 수반하는 시어이자 삶의 기호들이다.

　에로스는 타나토스를 수반한다. 그런데 그게 어디 시인만의 희열과 고통이던가. 꽤 오래전에 만난 이 시가 여전히 나를 붙드는 이유는 시인에게뿐 아니라 언어는 인생에서 떼어낼 수 없는 떼쟁이이기 때문이다.

　내 머릿속에도 늘 모자가 함께 산다. 그런데 그게 또한 내게만 해당하는 고통이던가. 신앙처럼 언어와 줄다리기를 하면서 온 힘을 쏟는 모든 문인, 더 나아가 문학의 둔덕을 훨씬 뛰어넘어 비림직한 삶의 언이를 찾아 헤매는 모든 사람, 우리는 모두 '모母'와 '자子'라는 언어의 집에 세 들어 살면서 월세도 내지 않는 빚쟁이들이다.

　삶이란, 좌절이나 절망의 언어를 버리고 희망이나 행복의 언어를 찾아가는 여정이다. 기쁨, 욕망, 슬픔 등, 탄생에서 죽음에 이르기까지 끼어드는 언어들. 인생이란, 실존의 시간 속에서 하늘의 별보다 더 많은 언어의 실천행위로 무늬를 이어가는 대장정이다.

[『선수필』, 2017. 가을호] (민명자가 읽은 시 이야기)

워쩔끄나

친구야, 잘 있지? 너, 혹시 소문 들었니? 아, 글쎄, 아카시아꽃이
정분이 났다네. 누구랑? 땡벌이란 녀석이라네. 달콤 물씬한 향내 풍기
며 바람결에 엉덩이 살랑살랑 흔들어대는 꽃 송아리 유혹에 땡벌이
배겨낼 재간이 없었던 게야. 그래서 저 앞산 뒷산이 온통 사랑의 신열
에 들끓고 있다네. 우리 같이 구경 가볼까?

오메 작것들!
저것이 뭐하는 수작들이라냐
바람만 불어도
살살 녹아드는 웃음
산나물 바구니에 가득 흘려 두고
허연 속치마
살짝 치켜든 채
엉덩이 흔드는 오솔길 좀 보랑게

입 안에 군침 고이는 땡벌들

모다 산에 나무하러 가겠네

치마허리 질끈 동여매도

불룩 튀어나오는 가시내 젖가슴

밤꽃은 아직꺼정 피지도 않았는디

시방 온 산이 뒤집혀져

신열이 끓고 있나벼

워쩔끄나

봉긋

자꾸만 솟아오르는 오월의 젖무덤을

　　　－ 정선, 「아카시아」(『랭보는 오줌발이 짧았다』, 천년의 시작, 2010) 전문

　친구야, 생각나니? 꽃향기 진동하는 아카시아 숲 그늘에서 시 읽으
며 문학의 꿈 키우던 그 시절. 봉긋이 솟아오르던 젖가슴처럼 우리 꿈
도 부풀어 올랐었지. 땡벌 같은 동네 녀석들은 뱀 대가리를 작대기로
후려쳐서 나뭇가지 위에 걸쳐 놓거나 우리 등 뒤로 살금살금 다가와서
"옜다, 뱀이다." 하면서 죽은 뱀을 우리 치마폭에 냅다 집어 던지곤
했지. 까무러치지 않은 게 천만다행이야. 그땐 바구니 들고 산나물도
많이 캐러 다녔지. 긴 인생 시계로 본다면 우린 그때 꽃향기 솔솔 피어
나는 사오월의 중간쯤에 있었던 것 같아. 이 시를 읽다 보니 그 시절의
한가운데 서 있는 것 같아.

이제부터 정선(본명: 정경희) 시인이 펼쳐놓은 시의 오솔길을 따라 산책하려 해. 그 길에서 아카시아 하얀 꽃 송아리는 "허연 속치마/살짝 치켜든 채" 엉덩이 흔드는 가시내가 되고, 가시내는 바로 그런 꽃이 돼. 땡벌은 꽃 따라 산으로 가서 밀월 즐기고, 사내 녀석들은 산나물 캐는 가시내들 뒤꽁무니 따라 산으로 가서 나무하는 척하며 힐끔거리지. '아카시아 - 가시내, 땡벌 - 녀석들'이 이형 동체로, '아카시아 - 땡벌, 가시내 - 녀석들'이 음양 조화로 한데 어우러져. 오월의 오솔길에서 아카시아와 가시내와 땡벌과 배경처럼 숨어 있는 사내 녀석들이 그려내는 풍경이지. 그렇게 자연과 사람이 하나이면서 둘이고, 둘이면서 하나인 불일불이의 세계로 얼크러지는 거야. 시각도 청각도 미각도 약동적이야. '가시내 젖가슴, 살살 녹아드는 웃음, 입안에 군침 고이는' 정경이 눈으로 보고 귀로 듣고 혀로 맛보는 것처럼 오감을 자극해.

그런데 시인은 왜 하필 밤꽃을 떠올렸을까. "밤꽃은 아직꺼정 피지도 않았는디" 수작을 부린다고 했을까. 백석 시인은 "아카시아들이 언제 흰 두레방석을 깔었나/어데서 물큰 개비린내가 온다"(「비」 전문)라고 했어. 그런데 나는 밤꽃 향이 풍길 때마다 그런 생각을 해. 그 물큰한, 비릿한, 정액 같은 밤꽃 향은 에로틱해. 정선 시인은 꽃처럼 향긋한 존재들과 이를 탐하는 존재들을 한데 엮어 에로티시즘과 걸쭉한 입담으로 잘 버무린 시의 성찬을 마련한 거야. 에로티시즘은 생명력의 원천과 환희잖니. 스토리텔링은 공감력을 높이지.

무엇보다도 이 시를 제일 맛깔지게 하는 건 향토성이야. 그 주역은 단연 전라도 사투리 아니겠어? 정선 시인은 다음 시에서도 개성적 음조를 유감없이 발휘해.

그럽다 차말로, 어느 시인의 말맨치로, 함박눈이 오믄 우새시럽게도 이웃집 남자가 그립습디다. 아 금메, 그 남자 첫사랑을 탁해가꼬.
궁게 거시기, 그 삼월도 요러크름 눈이 내렸는디, 밤하늘은 아조아조 꺼매서 눈송이는 메밀꽃맹키 빛나등만. 다방 갈 돈도 없는 우리는 뿌담시 동네를 멫 바쿠나 돌았당께요. 그 머시메가 손목 끌고 간 어느 골목길, 배람박에 뽀짝 붙어가꼬 대뜸 이럽디다, 키쓰해 주까. 오메, 낯바닥이 뜨겁고 심장이 통개통개, 난 그만 쫌더 크먼이라고 내빼부렀제. 뽀뽀도 아니고 숭허게. 그라고 키쓰가 무신 동냥이간디, (…) 워째야쓰까, 솔찬히 커부렀는디, 입때꺼정 지대로 된 키쓰맛을 몰르는 나는, 오늘맹키로 눈이 오는 날이믄 맬겁시 스무살이 그리워 눈물납디다 수저히 그놈이 눈 뗌시 에간징 녹습디나.
키쓰는 폭설맹키 와야 하는 벱이지라우, 아먼.
시방 못다 헌 키쓰맨치로 눈은 나리고.
무장무장 눈치 없이 나리고.
　　　　　　　　　　　　　　－「키쓰는 무장무장 나리고」 부분

시인은 어느새 우리를 첫사랑 그 시절로 데려가. 가시내는 속으로 은근히 생각해. "그놈은, 바보겉은 그 놈은, 사랑도 짜잔허게 허락받아 허는가벼어."라고. 그런데 머시메는 눈치 없이 가시내 속마음도 모르고 "땡땡 언" 가시내 손을 잡고 "애문 눈길만 푹푹" 파제꼈다나. "워째야쓰까"

은근슬쩍 가슴이 콩닥콩닥 뛰고 첫사랑이 생각나지 않니? 수줍고 은밀한, 그러면서도 내심 엉큼하고 앙큼한, 그러면서도 세상 속기(俗氣)를 떨쳐버린 스무 살 첫사랑, 가난하고 순박한 머시메와 가시내의 첫사랑. 우리 언니 오빠들, 우리들, 그땐 그렇게 사랑했었지.

새까만 밤에 "무장무장" 내리는 하얀 함박눈, 가로등도 없었을 골목길 담벼락에 붙어 서 있는 청춘 남녀의 머리와 어깨를 적시며 메밀꽃처럼 퍼붓는 함박눈, 흑백의 풍경과 정취가 아스라이 그려져. 고요한 밤, 잠들거나 잠들지 못한 만상에 입맞춤하는 백설이 '아모르, 아모르' 무언으로 외치는 소리가 들리는 것 같아.

마치 옛이야기를 들려주듯 과거와 현재를 넘나들며 구술과 서사로 독자를 그리움으로 불러들이는 시야. 정선 시인은 "빌어먹을 그리움//나는 그리움의 수인"(「그대에게 가는 배 한 척을 세우기 위해」 부분)이라고 고백해. 정선 시의 심연엔 그리움과 수인 의식이 똬리를 틀고 있어.

정선 시가 늘 에로틱한 것만은 아니야. 시적 발화가 자유분방해. 때로 저항적 키치 어법이나 그로테스크한 이미지를 차용해서 존재의 불안과 소외를 강렬하게 표현하지. "코끼리귀를 펄럭거리는 녀석의 입가 째진 흉터, 웃음은 비틀려 있다"(「놈에 관한」 부분)에서처럼, "남자는 소 몸에 찍힌 푸른 번호가 사형수의 번호 같다고 생각했다"(「붉은 시간」

부분)에서처럼. 사형수, 여기서도 수인 의식이 작동하네. 남자를 빌린 시적 화자는 또 말해. "남자는 자신의 몸을 소처럼 나누어 본다 때때로 토막 난 살덩어리에서는 비린내가 난다"라고. "이왕 정육점 진열장에 걸릴 거면 뒷다리살로 걸렸으면 싶다"라고. 살덩어리에 불과한 물질로서의 몸. 그 변형과 해체엔 냉소 섞인 반어적 비판과 풍자가 숨어 있어. 진열장에 부위별로 진열되는 고깃덩이처럼 인간이 상품화되는 시대에 시인이 대응하는 방식의 하나지. 뒤처지지 않고 우수한 인간 등급으로 인정받으려면 최소한 뒷다릿살 정도는 돼야 하려나? 그러려면 소처럼 "우렁우렁" 울며 걸으며 붉은 시간을 통과해야 하려나? 아, 그건 슬픈 일이야.

정선 시에 몸의 언어가 많이 등장하는 것도 포스트모던의 한 경향과 닿아 있어. '통뼈, 늑골, 모가지, 어금니, 내장, 남근, 둔부, 발톱' 등 셀 수 없이 많은 신체가 표상으로 쓰여. 몸은 사회와 접속하는 제1의 매개체이고 삶의 본길과 현장을 생생하게 구현하시든. 형이상학 우위의 사고에서 벗어나 그동안 소외되었던 몸의 진실을 보자는 게지. 숭고한 이성과 고아한 교양으로 포장된 허위의식과 허사(虛辭)를 벗겨내고 그 안에 은폐된 실상을 응시하자는 것이지. 정선 시에서 보여주는 몸의 언어는 "냄새"로 말해. 삶의 전면을 흐르는 색조는 검푸르거나 혈흔처럼 붉어. 시퍼렇게 멍들거나 시뻘겋게 핏물 밴 시간들을 살아내는 거야. "붉게, 나는 몸을 떨고 있다."(「이스탄불 이스탄불」 부분)라고도 토로해. 그 혈맥에는 「병으로서의 디아스포라」에서처럼 디아스포라의 피가 흘러. 하긴 넓은 의미로 보면 우린 모두 본향을 잃은 이방(異邦)의 디아스포라들일지 몰라.

정선 시인은 "내 내력의 무게는 48.9킬로그램/연민 29킬로그램과 눈물 11킬로그램, 희생 5.2킬로그램과 인내 3킬로그램/그리고 증오 0.7킬로그램으로 만들어진 거푸집이다"(「증오를 위한 변명」 부분)라고 인식해. 그리고는 "나를 먹여주고 길렀던 이 환장할 증오/번식하라 나의 착한 씨앗들!"이라고 외쳐. 자신이 갇힌 영토로부터 변신 혹은 탈주를 꿈꾸는 거야. 피에로, 디아스포라로서 시인은 집시나 보헤미안이 되기도 해. 영혼의 유목민이지. 들뢰즈 식으로 말하자면 일종의 '되기'인 게야. 정선 시인은 동물의 몸도 자주 빌려, "진정한 코요테"가 되어 "클럽을 결성"해. "목표는 향기제국의 건설"(「소셜 코요테 클럽」 부분)이야. 또는 "혁명"의 배 "한 척을 세우기 위해 해맞이 언덕에 돛단배를 밀어올리"는 뱃사공이 되기도 하지. 그러나 혁명은 끝내 미완의 기표로 남아. 인생 바다를 항해하는 동안, 어두운 세파 한가운데 몸을 담그고 있는 한, 해 돋는 땅에 오르려는 혁명의 시도는 반복될 테니까. 시시포스처럼. 다만 과정이 중요할 뿐. 그렇기에 시인은 내내 "혁명의 수인"으로서 말해. "미완은 아름답다네 그대, 슬픈 혁명의 완성을 위해 내게 총부리를……"(「그대에게 가는 배 한 척을 세우기 위해」 부분) 겨눠달라고.

정선 시는 보편적 인식을 뛰어넘어. 고독과 연민, 저항과 갈망, 살아 펄떡이는 활유와 상상력의 날개가 주요 레시피야. 그 독특한 쾌미의 단서를 나는 「변기는 변기가 아니다」에서 찾아. 시인은 말하지. "변기를 똥오줌 받는 그릇이라고만 생각한다면 무슨 재미있겠어요?"라고. "색안경을 쓰세요"라고. "박힌 생각들을 배배 꼬세요"라고. 다르게 보기, 새롭게 보기, '낯설게 하기'인 게야. 마르셀 뒤샹이 남성용 소변기에 '샘'이라는 제목을 붙여 전시했던 일 기억하지? 정선 시인은 "노랑 빨강 초록 변기에 돼지국밥을 말겠"다고 하네. 상상력 안에서 변기는 이리저리 몸을 바꿔. 하긴 변기뿐이겠어? 세상 만물은 같은 대상이라도 보는 눈에 따라 달리 읽힐 테니까. '색안경을 쓰고 본다.'는 말을 부정적인 뜻으로만 받아들이는 것도 어찌 보면 편견일 것 같네.

지금까지 정선 시의 숲에서 아카시아 향내 맡으며 가시내와 머시메도 만나고 시의 향기에도 취해 보았어. 이제 하산해야겠지? 그런데 친구야, 너는 지금 어디 있니? 앞산 뒷산의 아카시아 꽃, 탱탱하게 부푼 "오월의 젖무덤" 주체하지 못하고 야반도주히면 워쩔끄나. 밤새 부는 바람에 꽃 송아리 다 떨어지면 워쩔끄나. 친구야, 꽃 다 지기 전에 소식 좀 전해다오.

[『선수필』, 2018. 봄호] (민명자가 읽은 시 이야기)

작다와 없다

겨자씨가
얼마나 큰 줄도 모르고
작기가 겨자씨만 하다니.

차라리 작고 작아
없다고 말하지.

없다니.

없는 것이
얼마나 큰 줄도 모르고.

눈물 한 방울 흩어져 적시고 있는

시간과 거리의

그 넓이를 보라고 하지

– 김종성, 「空簡에 관한 주관적 視覺의 素描」(『발걸음 사이에 새긴 銘』, 글마당. 2008) 전문

겨자씨는 서럽겠다. 하찮고 보잘것없는 것에 빗댈 때면 어김없이 등장하니까. 겨자씨만 한 믿음이라고? 겨자씨만 한 소갈머리라고? 겨자씨는 말하고 싶겠다. 그런 주인공 역할은 사양하고 싶다고, 세상 만물을 겉으로만 보지 마시라고, 눈으로만 보지 말고 마음으로 보시라고, 내 몸엔 우주가 담겨 있다고. 어쩌면 시인도 이런 말 한 대목쯤 말하고 싶었던 건 아닐까.

위의 시는 평소에 무심히 지나쳤던 '작다'와 '없다'를 아포리즘으로 이끈다. 시는 짧지만 품은 뜻은 넓고 깊다. '작다'의 크기부터 볼까. 겨자씨, 외연은 자아 보일지 모르나 내포는 크다. 그것은 육안과 심안, 가시적인 것과 비가시적인 것, 현상과 본질의 차이이기도 하다. 겨자씨 한 알도 아무렇게나 태어나는 게 아니다. 땅과 하늘, 온 우주가 힘을 합쳐야 한다. 그 한 알에 담긴 해와 달과 별과 바람과 비가 보내준 정기(精氣)의 총량을 인간이 감히 측정이나 할 수 있겠는가. 그렇게 세상으로 온 씨앗 하나가 땅에 묻혀 눈을 틔우고, 나무의 모태가 되어 무성한 가지와 잎 달고 꽃 피워, 다시 숱한 씨앗을 빚어내는 눈물의 시간을 인간이 감히 측정할 수 있겠는가. 한 알의 씨앗에는 과거로부

터 현재까지 대대로 이어져 온, 그리고 미래로 이어져갈, 영겁의 시간이 응축되어 있다. 한 알의 힘은 그토록 위대하다.

한 알의 모래알이 모여 바닷가 백사장을 이루고 반석 하나하나가 모여 거대한 궁전을 떠받치는 힘이 된다. 잔디 한 포기가 모여 잔디밭을 이루고 민초가 모여 나라를 이룬다. 인간이 지구의 일부이듯 사소해 보이는 씨앗 하나도 세계의 일부다. 군림이 아닌 동반의식, 그런 걸 영적 휴머니즘이라고 하던가.

시적 화자는 말한다. 사람들은 '작다'를 아예 '없다'로 여기기도 하지만 그러지 마시라고. 아무리 미미해 보일지라도, 설령 보잘것없어 보일지라도, 홀대당해도 좋을 존재는 없다고, '작다'를 '없다'와 동일선상에 놓고 아예 존재 가치를 부정하진 말라고.

그렇다면 '없다'는 어떤가. 무(無), 공(空), 영(零)만 보더라도 '없다'가 거느리는 영역은 무한대이며, '없다'에는 이미 '있다'가 전제되어 있다.

무언(無言), 말 없음에는 침묵이 있다. 침묵에는 겉으로 드러나지 않는 내면의 웅변이 있다. 다변보다 달변보다 더 무서운 게 무언이다. 무궁(無窮), 공간이나 시간 등이 끝이 없음을 일컫는다. 다만, 여기엔 측량할 수 없는 궁극의 끝이 있다. 이는 결국 유한성에 대한 인식에서 출발하며 여기에는 만물이 부유하는 시공간이 있다. 무위(無爲), 작위 없는 행위가 있다. 자연의 이치에 따라 만물과 하나가 되어 살고자 하는 유위(有爲)가 있음이다. 이외에도 무심, 무사, 무극, 무색, 무감각,

…… 등등. '없다'에 내재한 '있다'가 무량하다. 과연 절대 무란 가능한 것일까.

'없다'와 동궤에 있는 공(空)과 영(零)을 보더라도 그렇다. 사전적 의미로 보면 실체 없음을 공(空)이라 하고, 값이 없는 수를 영(零)이라 한다. 그러나 공기(空氣)는 그 실체가 비가시적이지만 모든 생명의 원천으로 우주에 가득 차 있다. 또한, 저 공활한 창공은 광대무변하고 비어 있는 것 같지만 그곳엔 새가 날아다니는 길이 있고, 구름이 흐르는 길이 있고, 비행기가 쾌속 질주하는 길이 있다. 빈 공간이야말로 많은 걸 채울 수 있는 품을 갖고 있다. 숫자 제로(zero)는 값이 없다지만 엄연히 숫자의 대열에 있으며 모든 수의 근원이 된다.

진리처럼, 영혼처럼, 이 세상엔 안경을 써도 볼 수 없는 것들이 허다하다. 높디높은 하늘에서 보면 만물의 영장이라는 인간도 겨자씨만 하거나 아예 보이지도 않는다. 그럼에도 인간은 분명 지상에 실존한다. 즉, 시는 말한다. 자의적인 속견에 긴혀 존재를 함부로 '작다, 없다'고 규정하지 말라고, 현존과 부재의 실상을 귀를 열고 들여다보라고.

*

시인 김종성은 1975년 『현대시학』으로 등단했다. 그가 존경하는 은사이신 김구용 선생이 추천했다. 구용 선생이 일기(1977.1.15)에서 "지금까지 내 이름으로 추천한 단 하나의 시인"(김구용, 『일기』, 솔출판, 2000. p.759)이라고 할 정도로 아끼는 제자였던 그는 등단 이후 근 17

년 만에야 첫 시집(『돌아와 다시 떠나감』, 글타래, 1992)을 상재했다. 제자의 첫 시집 서문에서 구용 선생은 밝힌다. "김종성이 대학을 졸업하고, 그는 긴 십 년 동안 자기 시를 나에게 보여주었다. 그러나 그는 자기 시를 발표하기 좋아하지 않고, 또다시 긴 십여 년이 넘는 동안 자기 시를 나에게 보여주고 있다."라고. 그리고 덧붙인다. 김종성에게 시집을 펴내어 보라고 "여러 번 권했으나, 그는 시를 써서 모으고 있더니, 이제야 그는 이십오 년이 지나 첫 시집을 펴내었다."라고. 대학 입학(서라벌예술대학 문예창작학과) 시절부터 첫 시집 상재까지 25년, 이쯤 되면 스승과의 길고 깊은 인연은 물론이거니와 시 창작에 대한 근기(根氣)와 숙성의 시간 또한 결코 가볍지 않았음을 알 수 있다. 김종성은 산문집에서 "丘庸 선생님 한 분을 빼고는" "어느 선생님이든 졸업한 후에 다시 뵙는 일이 없었"(『反省만 끝없이』, 글마당, 2014, p.19) 다고 술회한다. 앞에서 인용한 시는 두 번째 시집에 수록된 시이다.

그의 시에서 두드러지는 것은 동일제목의 시[同名異詩]이다. 동명이시는 연작과는 다르다. 연작이 일련의 작품을 순서대로 연결하는 반면 동명이시는 제목은 동일하되 각 작품은 독립되어 있다. 최근 이수명의 『물류창고』를 비롯하여 유사한 경향의 시들을 볼 수 있지만 당시만 해도 낯선 시도였다. 대표적인 예로 제1 시집에는 「自由人의 詩」(18편), 「無題」(11편), 「思美人曲」(9편), 「아내」(6편), 「옛 애인을 생각함」(6편), 「앤디미언」(5편)이, 제2시집에는 「사랑 後」(11편), 「木蓮」(10편) 등이 실려 있다. 이외에도 2편씩 같은 제목을 쓴 시가 다수 있다.

이들 작품 중 몇 편은 제목에서 상호텍스트적인 면모를 보이지만 발화방식에는 차이가 있다. 예컨대 정철의 「사미인곡」은 연군지사이며 여성 화자인데 비해 김종성의 「사미인곡」은 남성 화자가 발화하며 시적 대상을 달리한다. 한편 「엔디미언」에선 신화 및 존 키츠의 시 「엔디미온」(Endymion: A Poetic Romance)을 연상케 한다. 그리스 신화에서 양치기 소년 엔디미온은 달의 여신 아르테미스의 사랑을 받는다. 키츠는 이를 변형하여 4부로 이어지는 장시를 썼다. 키츠의 시에서는 엔디미온이 지상, 지하, 해저, 천상을 여행하면서 능동적으로 달의 여신을 찾아 나선다. 여러 역경을 거치던 엔디미온은 마지막에 인디언 처녀와 만나고 그녀는 달의 여신의 다른 이름인 킨시아(Cynthia, 역자에 따라 신시아로도 부른다)로 변모한다. 이상과 실재, 신성과 인성이 현실을 토대로 결합하는 것이다. 김종성이 시의 제목으로 삼은 '엔디미언'이 신화나 키츠의 시 혹은 다른 텍스트와 얼마나 더 영향 관계에 있는지, 또한 엔디미언이 시인 자신의 조상인지 시인이 이상으로 그리는 초상인지, 그 실체를 밝히는 건 무의미해 보인다. 오히려 시의 지평을 축소할 수 있어서다. 아니, 그 다양한 시세계를 모두 섭렵하는 것도, 한정된 지면에 다 펼쳐놓는 것도 한계가 있다. 그보다 더 주목되는 것은 김종성 시에서 보이는 신화적 상상력이다. 그의 시 「엔디미언」에는 오이디푸스와 오디세우스가 등장한다.

① 내가 雪寒의 광야를 헤매는 까닭은/오이디푸스처럼 두 눈을 멀

게 해도/어디선가 보이는 것이/사라지지 않기 때문이다.// 잠시 그리
워하다/곧 떠나 보낸 일이다.// 그리워하던 일이/안 잊힐 뿐이다.
—「엔디미언」부분

② 물마루 위에 떠오르는 저 마스트의 깃발은/귀환하는 오디세우스
의 船團이 아닌가.// 첫닭 울음소리에 뭇 혼령이 사라지고/꿈 꾸던 영
혼들은/잠든 제 몸으로 돌아간다.// 地下도 구천도 아닌 허허벌판.//
끌려가는 포로의 발목에 채워진 쇠사슬이/쇠사슬이// 아, 그 빛나는
結束/육신이 함께 가고 있지 않은가.// 내일은 잠든 내 몸 찾아가/머
리카락이나 만져보고 돌아가리라. 돌아보면 돌이 되는 곳으로 가// 한
없이 돌아보리라.
—「엔디미언」부분

동일제목이지만 각각 다른 시이다. 위의 두 시에서 시적 화자가 처
하는 공간은 "광야" 혹은 "허허벌판"이다. 고독한 자아, 실존적 자아의
표상이다. 무엇을 찾아 헤매는가.

①의 시를 지배하는 심상은 그리움이다. 그리움이란 이미 부재하는
대상에서 비롯되며 그것은 상실감 혹은 절망과 겹친다. 오이디푸스는
친부살해와 친모혼인의 운명을 갖고 태어났다. 그러나 후에 자신이 저
지른 과오와 진실을 알게 된 후 절망 끝에 제 눈을 찌르고 방랑길에
오른다. 진실의 발견은 때로 불편하고 고통스럽다. 이 시의 시적 화자

가 눈보라 치는 광야에서 헤매는 것도 "이 사람은 나를 사랑하지 않았어요."라는 진실 때문이다. 이로 인해 화자는 남루한 외피와 속살을 드러내며 "뇌성과 번개"의 소용돌이에 노출된다. 하여, "나는 마음 속에 감사함을 잃었다."라고 고백한다. 스스로 눈을 찔러도 끈질기게 보이는 것, 사라지지 않는 것은 무엇일까. 그 실체가 어떤 것이든, 그것은 화자에 가까이 있었으나 지금은 손에 잡힐 듯 잡히지 않는 대상이다. 그것은 빛과 어둠, 실재와 부재, 기억과 망각의 경계에서 수시로 침투한다. 망각의 강 레테를 건너지 않는 한 망령처럼 끊임없이 되살아나는 기호다. 라캉의 언어로 말하자면 '안 잊히는 그리움'은 상징계의 질서 안에 편입된 기호다.

②의 시에서는 오디세우스와 만난다. 여기엔 세이렌과 롯의 아내 모습도 얼비친다. 오디세우스는 세이렌의 유혹에 빠지지 않기 위해 선원들의 귀를 밀랍으로 막게 하여 배의 난파를 막았고, 자신의 몸은 돛대에 묶고 귀환했다. 세이렌은 고혹적인 노래로 뱃사람들을 유혹하여 파멸로 이끄는 반인반조(半人半鳥)의 님프다. 세이렌의 노래는 시인에겐 시로 환치된다. 그러므로 시에게라면 "끌려가는 포로의 발목에 채워진 쇠사슬"이 "빛나는 結束"이 될 수 있는 것이다. 육신과 영혼이 함께 포로가 되더라도 결코 버릴 수 없는 세계다. 한편 시 「오디세우스의 노래」에서는 "결박을 풀어다오./가야겠다./오로지 피 먹기 위해 부르는 노래인 줄은/나도 다 안다."라고 함으로써 시의 영토가 설령 해일의 소용돌이에 휘말리는 험난한 뱃길이라 할지라도 자청하여 풍덩 뛰

어들 수밖에 없는 그리움의 세계임을 표출한다. 수금의식과 자유의지에서 상반되는 듯하지만 어법의 차이일 뿐, 절체절명의 지향은 하나로 통한다.

창세기 19장 26절에는 롯의 아내 이야기가 나온다. 그녀는 소돔과 고모라를 떠날 때 뒤를 돌아보지 말라는 계시를 어겨 소금기둥이 된다. 이 시의 화자는 "돌아보면 돌이 되는 곳으로 가// 한없이 돌아보리라."는 결의를 내비친다. 설령 소금기둥이 되더라도, 망부석이 되더라도, 그곳이 불의 땅이라 하더라도, 본향처럼 돌아볼 수밖에 없는 세계다. 정신 혹은 번뇌의 표상물인 "머리카락" 한 올이라도 만질 수 있는 시의 세계라면 더욱 그러하리라.

또 다른 「엔디미언」에서는 "만지는 돌이 모두 금이 되어도/가지고 갈 길이 없어라."라는 언술로 미다스 왕의 신화와 접속함으로써 공허감을 내비친다. 미다스 왕이 만지는 것은 음식까지도 모두 금이 되지 않았던가. 이외에도 김종성의 시에는 신화와 설화 및 역사적 인물이나 이야기들이 곳곳에 포진해 있다. 신화도 설화도 결국은 신이나 다른 인물을 빌린 인간들의 이야기다. 신이 만든 이야기가 아니라 인간의 욕망과 희망이 투여된, 인간이 만들어낸 이야기인 것이다. 그러므로 그 주인공들과 얽힌 이야기는 늘 현재진행형으로 남아 인간 삶을 지속적으로 재생산해낸다.

김종성 시의 배면엔 '인간'과 '자유'와 '그리움'의 키워드가 깊숙이 자리 잡고 있다. 그는 "나는 노예라 해도 좋을 자유의 百姓"임을 선언한다. 우리 사회에는 아버지의 법으로 표상되는 억압 기제들이 도처에 널려 있다. 본래적 자아를 훼손하는 기제들이다. 그러므로 자유를 위해, 시를 위해, 숭고한 가치회복을 위해서는 기꺼이 피를 바치며 자발적인 노예가 되어도 좋다. 유한한 인간으로서 무한성을 열망하는 한, 현실원칙에 순응하며 비본래적 자아로 살아가야 하는 한, 억압 저항과 자유 선망은 길항할 수밖에 없다. 그러므로 이러한 가치충돌 앞에서 진정한 자아 찾기 프로젝트는 이어질 것이다. 존재의 용기가 필요하다.

이제 다시 첫 시로 돌아가 보자. 눈물 한 방울과 백 방울은 같은가, 다른가, 분량엔 차이가 있을지 몰라도 그 질량은 변함없다. 시인은 그 눈물 한 방울에 담긴 슬픔과 고통의 "시간과 거리의/그 넓이를 보라고" 한다. 그리고 동일제목으로 또 다른 시를 쓴다.

그 雪原에 무엇을 가져와
채우려 하지 마라.
餘白도 글씨여든

사랑한다는 無限의 容積에
장미 한 송이

어디서도 눈에 띈다.

-「空間에 관한 주관적 視覺의 素描」 전문

"여백도 글씨"라는 말이 성큼 다가온다. 여백에서 글씨를 읽는 눈, 그것이 시인의 눈이다. 모든 존재는 무언으로 말을 한다. 그러나 그 말을 경청하기 전에 내 말을 먼저 얹으려 한다. 편견과 선입견이 앞선다. 인간의 인식은 얼마나 신뢰할 만한 것인가. 일찍이 장자(莊子)는 '모장과 여희는 모든 사람이 미녀라고 해도, 그들을 보면 물고기는 두려워서 물속으로 깊이 숨고, 새는 하늘로 날아오르며, 사슴은 필사적으로 달아난다.'(박일봉 역저, 『장자』 내편, 육문사, 2000. p.113)고 했다. 즉 미추 구별은 인간의 잣대에 의한 것일 뿐이며 세속의 가치관에 구애되지 말아야 절대적인 자유를 얻을 수 있다는 것이다. 물고기는 새의 세계를 모르고 새는 물고기의 세계를 모른다. 인간이 어찌 우주내 존재들의 본뜻을 모두 알 수 있겠는가. 굳이 채우려 애쓰지 않아도 존재는 존재 그 자체로 빛난다. 설원은 설원대로 여백을 자랑하고, 설원과 같은 순수정신이나 사랑도 그 자체로 꽃이 된다. 시인은 넌지시 귀띔한다. 존재 그 자체를 사랑해달라고, '작다, 없다' 그러지 마시라고, 존재들이 하는 말을 귀담아들어달라고. 바늘은 작은 듯 없는 듯 '바늘 - 귀'라는 구멍을 가졌기에 실을 꿸 수 있고 이것과 저것을 한 땀 한 땀 잇대어 온전한 하나를 완성할 수 있거늘.

[『선수필』, 2018. 겨울호] (민명자가 읽은 시 이야기)

무엇이 될꼬 하니

어느 산골/조그만 강에/메기 한 마리/살고 있었네.// 넓적한 대가리/왁살스럽고/뚝 뻗친 수염/위엄이 있어,/모래지, 비들치,/잔고기들이/그 앞에선 슬슬/구멍만 찾았네.// 산골에 흐르는/조그만 강이/메기에게는/을씨년스럽고,/산골 강에 사는/잔고기들이/메기에게는/심차지 않았네.// 이런 메기는/그 언제나/용이 돼서 하늘로/오르고만 싶었네.// 하루는 이 메기/꿈을 꾸었네─ // 조그만 강을/자꾸만 내려가/큰 강 되고,/크나큰 강을/자꾸만 내려가/넓은 바다 되더니,/넓은 바다/설레는 물속에서/푸른 실, 붉은 실/입에 물고/하늘로 둥둥/높이 올랐네.// 그러자 꿈을 깬/ 메기의 생각엔─ /이것은 분명/용이 될 꿈.// 메기는 너무도/기쁘고 기뻐/그 길로 강물을 내려갔네.// 옆도 뒤도/돌볼 짬 없이/급히도 급히도/헤엄쳐 갔네.// 옆에서 참게가/어디 가나 물으면/메기는 눈 거들떠/보지도 않고/(용이 되려 가네)/대답하였네.// 뒤에서 뱀장어가/어디 가나 물으면/메기는 눈 돌이켜/보지도 않고/(용이 되려 가네)/ 대답하였네.// 작은 강을 자꾸만 내려가/큰 강

되고,/큰 강을 자꾸만 내려가/넓은 바다 나설 때/늙은 숭어 한 마리/메기 앞을 막으며/어디로 가느냐/말 물었네.// 메기는 장한 듯/대답하는 말- /(용이 되려 가네)// 늙은 숭어 웃으며/다시 하는 말- /(이렇듯 늙은 나도/못 되는 용,/젊은 메기 네가/어떻게 된담!)// 이 말 듣자 메기는 꿈이야기 하였네- /그 좋은 꿈이야기/늘어놓았네.// 그러자 늙은 숭어/껄껄 웃어 하는 말- /(그것은 다름 아닌/ 낚시에 걸릴 꿈.)//

　- 백석, 「어리석은 메기」(『백석 전집』, 김재용 편, 실천문학, 1997) 부분

백석(본명; 백기행. 1912~1996) 시인이 쓴 동화시다. 할머니가 손자 손녀를 무릎에 앉혀 놓고 들려주는 옛이야기 한 대목 같기도 하면서 어른들에게 더 교훈이 될 만한 알레고리로 말하는 시다.

이후에 메기는 어찌 되었을까. 제 해몽처럼 하늘에 올라 용이 되었을까, 아니면 늙은 숭어가 말한 것처럼 낚시에 걸렸을까. 궁금하다. 시를 더 이어서 읽어볼까.

이 말에 메기는/가슴이 철렁,/그러자 얼른/눈 둘러보니/실 같이 가느단/빨간 지렁이/웬일인가 제 옆으로/흘러가누나.// 작은 강, 큰 강/헤엄쳐 내리며/배도 출출히/고픈 김이라/용도 꿈고 낚시도/다 잊은 메기/지렁이도 낚싯줄도/덥석 물었네.// 꿈에 물은 붉은 실/붉은 지렁이,/꿈에 물은 푸른 실/푸른 낚싯줄,/꿈에 둥둥 하늘로/오른 그대로/낚싯줄에 둥둥 달려/메기 올랐네.// 어리석고 헛된/꿈을 믿어/용이 되

려 바다로/내려왔다가/낚시에 걸려/죽게 된 메기/눈에 암암/자꾸만 보이는 것은/산골에 흐르는/조그만 강,/그 강에 사는/작은 고기들─ / 산골에 흐르는/조그만 강,/그 강에 사는/작은 고기들─ /이것들이 차마/잊히지 않아/메기는 자꾸만/몸부림쳤네/낚시를 벗어나려/푸덕거렸네.

시는 이렇게 끝이 난다. 아, 이를 어쩌나. 몸부림친들, 푸덕거린들, 소용없다. 때는 이미 늦었다. 모든 건 자업자득이다. 메기가 낚싯줄에 걸릴 수밖에 없었던 이유 여럿이렷다. 찬찬히 살펴볼까.

모든 화근은 허황된 꿈으로부터 출발한다. 메기가 용이 되겠다고? 하긴 잉어가 용이 된다는 전설은 있다. 이른바 등용문(登龍門)의 유래다. 그러나 그건 어디까지나 전설이고 비유다. 급류로 유명한 황허강[黃河江] 상류의 용문을 잉어가 거슬러 올라 용이 된다는 게 어디 쉬운 일인가. 그렇기에 어렵고도 어려운 입신출세의 관문을 통과한다는 비유로 쓰이는 게 아닌가. 모름지기 꿈은 크게 가지라는 말도 있긴 하다. 그러나 현실에선 "이룰 수 없는 꿈은 슬퍼요"라고 노래할 수밖에 없다. 예나 지금이나 '개천에서 용 난다'는 말은 '하늘의 별 따기'만큼이나 요원한 일이거늘 메기가 용이 되겠다고 나섰으니 딱한 일이다.

그런데도 제 분수 모르는 메기는 헛된 이상을 버리지 못했다. 그러니 현실이 만족스럽지 않을 수밖에 없다. 같은 강물에 몸담고 사는 동족들을 보아도 심드렁하고 성에 차지 않을 건 당연지사. 잔 물고기들 앞에선 수염을 휘날리며 '에헴, 나 이런 사람이야' 위엄을 한껏 뽐내고, 옆에서 뒤에서 참게나 뱀장어가 어딜 가느냐고 물어도 거들떠보지 않고 거드름 피우며 단 한마디 하는 말은 "용이 되려 가네"다.

꿈은 무의식의 지배를 받는다. 평소에 용이 되고 싶은 마음이 가득했으니 무의식 속에 잠재했던 갈망이 "푸른 실, 붉은 실/입에 물고/하늘로 둥둥" 높이 오르는 꿈으로 발현된 게다. 그렇다 보니 해몽도 아전인수 격으로 했다. 흉몽을 길몽이라 해석하고는 환호작약했으니.

그러나 늙은 숭어, 아니 현어(賢魚) 숭어의 충고를 귀담아듣고 조심해야 했다. 나이는 그냥 아무렇게나 먹는 게 아니다. 긴 세월 제대로 살았다면 지혜도 그만큼 느는 법이다. 메기가 꾼 꿈을 "낚시에 걸릴 꿈"이라고 해몽한 걸 보면 숭어가 아무렇게나 숫자로만 나이를 늘리며 살아온 것 같진 않다. 말하자면 지혜로운 물고기다. 사람으로 치면 현자(賢者)에 비길 수 있겠다.

어찌 되었건 메기는 산골 좁은 강에서 작은 강으로, 다시 큰 강으로 헤엄치고 또 헤엄쳐 갔지만 결국 넓은 바다에 이르려는 찰나에 지렁이가 매달린 낚싯줄을 "덥석" 물고 말았다. 오로지 용이 되려는 욕망에 가려 앞뒤 살필 겨를이 없기도 했지만 배고픔 때문에 자신이 무엇을 원했는지조차 다 잊었다. "용도 꿈도" 숭어가 일러준 "낚시"의 위험마저도 다 잊었다. 식욕에 지고 만 것이다. 되고프고 먹고픈 결핍이 부른 참화다. 아무리 고귀한 이상을 지녔다 해도 배고픔은 그 누군들 당해낼 재간이 없으니 식욕은 생존 욕구 중 절대 강자다.

이젠 아무리 "산골에 흐르는/조그만 강"과 "그 강에 사는/작은 고기들"을 되뇌며 옛 시절을 그리워한들 도리가 없다. 바다로 나갔다가 모천으로 회귀하는 연어도 아닐진대 한번 등지고 떠난 본향엔 어찌 다시 돌아갈 수 있으랴.

*

이 시가 처음 발표된 것은 북한에서 출간된 동화시집 『집게네 네 형제』(조선작가동맹출판사, 1957)에서다. 백석은 8·15해방 후 만주 생활을 접고 고향인 평북 정주로 귀향했으나 1959년 평양 문단에서 추방당한다. 아동문학 논쟁이 기폭제가 된 것이다. 이른바 삼수갑산이라 불리는 오지인 함경남도(양강도) 삼수군 관평리 국영협동조합에 '현지 파견'이란 명목으로 간 것이지만 축산반에서 양을 치는 일을 했다. 동화시집을 펴낼 당시만 해도 백석은 아동 문학론에서 "시정(詩情)"과 "철학(哲學)"을 주징힐 수 있었으나 추방 이후의 작품들에선 체제의 이데올로기로부터 자유로울 수 없었다. 남한에 전해지는 백석의 문학작품 중 1962년 이후의 자료는 찾아보기 어렵다. 백석은 결국 삼수갑산을 벗어나지 못한 채 여든 중반의 지난한 생을 마감하고 만다. 남한에서 재북 시인으로 분류된 백석 시에 대한 연구는 1988년 납북·월북 작가에 대한 해금 조치가 시행된 이후부터 활발하게 진행되었으며 동화시는 김재용이 엮은 상계서 『백석 전집』의 출간으로 빛을 보게 되었다.
우연의 일치인가, 자신의 미래를 예견이라도 한 것일까. 메기에게서 백석의 자전적 모습이 비친다. 정주에 머물 당시 친분이 두터웠던 지인들이 북한체제를 벗어나 남한으로 가자고 권유했으나 백석은 받아들이지 않았다 한다. 메기가 숭어의 조언을 들었다면 허무하게 낚시에 물리는 일을 피할 수 있었을까. 백석이 지인들의 말을 듣고 남하했다면 어땠을까.

백석은 동화시에서 의인법과 "살고 있었네" 혹은 "살았네"라는 표현을 자주 쓴다. "집게 네 형제가/살고 있었네"(「집게네 네 형제」 부분), "어느 산속에/귀머거리 너구리가/살고 있었네."(「귀머거리 너구리」 부분), "가난하나 마음 착한/개구리 하나 살았네."(「개구리와 검복」 부분) 등이 그 예인데 이외에도 꽤 여러 시편이 그러하다. 「어리석은 메기」에서도 같은 방식으로 동화적 구도를 따른다. 서사를 이어가기 위한 서두법이기도 하지만 '살다'는 '거(居)'의 의미를 포함한다. 일본 유학과 만주 생활 등 타향에서 보낸 유랑의 시간이 영향을 끼친 것일까. 그만큼 실존적 존재로서 삶의 거취에 대한 고민이 깊었던 것으로 보이며 고향의식에서 그 일단이 발견된다. 백석 시에서 유달리 고향의 공간과 장소로서의 집에 대한 표현이 많은 것도 이와 상통한다. 메기를 빌린 시적 화자의 시선에선 고향에서의 안주(安住) 의지와 꿈의 실현을 위한 이향(離鄕) 의지가 길항한다. 그러나 고향 안착도 이상 실현도 좌절로 끝난다.

이 시가 동화시집에 실린 점으로 미루어 주된 독자층을 어린이로 겨냥했다면 시인은 어떤 교훈을 전하고 싶었을까. '네게 주어진 자리에서 최선을 다하라.'일까. 결말에서 이상의 성취에 대한 희망보다는 운명공동체를 벗어난 메기의 운명을 응징적으로 보여주기 때문이다.

이 시를 자세히 보면 의성어와 의태어, 희화적 반복과 운율 등으로 시적 장치를 마련한다. 여기에 동화적 상상력과 대화체를 가미해 이야기 구조로 나아가면서 존재의 어리석음을 풍자한다. 언어는 소박하고 투명하다. 또한 '작은 강→큰 강→바다'로 이동하면서 어류들도 어린 물고기에서 늙은 숭어로 몸피를 늘리며 연륜을 더해간다. 시간의 진행과 더불어 공간과 존재가 함께 확장되는 것이다. 그 경계에서 큰 획을 긋는 건 '꿈'이다. 용꿈은 '산골 조그만 강'에 살던 메기가 고향을 떠나는 동인(動因)이 된다. 이에 따라 소(小)에서 대(大)로, 수평에서 수직 구도로 상승 욕구를 보이지만 그 꿈은 생성적 완성에 이르지 못하고 결핍으로 남는다. 라캉의 관점으로 보자면 메기가 되고자 했던 '용'은 아무리 잡으려 애써도 결코 충족되지 못하고 미끄러지는 실재계의 이상이었던 셈이다. 백석은 「프로이드 주의 – 쉬파리의 행장」(문학신문, 1962. 5.11)에서 프로이드의 정신분석적 접근을 비판하지만 이 견해가 국영협동조합 시절 반자본주의 · 반미주의 입장에서 피력된 것이며, 모든 텍스트는 글쓴이의 손을 떠나면 독자에 의해 재탄생한다는 점을 감안하면 욕망과 무의식의 구조로 읽힐 여지가 충분하다.

혹자는 이 시에서 오만과 권위에 빠진 채 점점 더 높은 곳을 향해 질주하는 자에 대한 비판의식을 읽을 수도 있을 것이다. 메기는 결국 현실의 벽을 넘지 못했다. 애초에 연목구어(緣木求魚)를 꿈꾼 탓. 나무에 올라가 물고기를 구하려는 일이나 메기가 용이 되려는 꿈이나 다를 바 없다. 백석은 제목에서부터 메기를 아예 어리석은 존재로 규정하고 서사를 풀어간다. 그렇게 보면 물고기든 사람이든 제 놀 물은 따로 있다. '송충이는 솔잎을 먹어야 한다.'거나 '송충이가 갈잎을 먹으면 죽는다.'는 속담이 괜히 있겠는가. 불가능한 꿈은 나락으로 빠지는 지름길이다. 순리의 물결 따라 살면서 안분지족을 택할 수 있는 것도 용기다. 그러나 그것 역시 쉬운 일은 아니다.

욕망은 대해로 나아가기까지는 생의 추동력이 된다. 그러나 그것은 미끼를 물기 전까지만 허용된다. 사려 분별없이 미끼를 삼키는 순간 파멸이 따르기 때문이다. 욕망하는 존재의 비애가 여기에 있다. 낚싯줄은 그 덫이다. 자신의 욕망을 위해 옆도 뒤도 살피지 않고 그저 앞을 향해 달려가는 인간군상의 모습을 메기에서 본다. 메기는 운명공동체인 고향에도 자신이 갈망하는 용에도, 그 어느 곳에도 속하지 못한 채 죽음을 맞이했다. 인간 역시 살아 있는 한 끊임없이 미로를 헤맨다. 용의 함의가 어떤 것이든, 그것은 끝내 도달하기 어려운 상징기호다. 흙수저로 태어난 메기가 금수저가 되어보겠다고 용쓴 거나 진배없으니 이 시를 오늘날에 비추어 타고난 신분의 한계를 극복하지 못한 흙수저들의 노래라고 한다면 너무 슬픈가.

내게 묻는다. '네 앞에 놓인, 너를 현혹하는, 네가 앞뒤 안 가리고 넝큼 물어버릴 미끼는 무엇인가. 너는 무엇이 되고 싶었는가. 그런 꿈을 꾼 적이나 있던가. 혹은 아직도 꿈꾸고 있는가.'

내가 태어난 본향에서 길 떠나 온갖 지류 따라 흐르고 흘러 최종 귀착지인 침묵의 바다에 가까이 이르며 생각하니, 메기가 메기답게 메기로 살아가기가 어려웠듯, 사람이 사람답게 사람으로 살아가기가 제일 어렵더라. 무엇이 될꼬 하니 그저 모름지기 사람이 될지어다.

[『선수필』, 2018. 여름호] (민명자가 읽은 시 이야기)

한 세상 건너기

짧은 시 한 편을 만났다. 그런데 이 시가 나를 붙든다. 우주의 이치가 담겼다.

연못속 개구리 와르르 울고
연못가 창포꽃 화르르 지고
　－ 이채형, 「한 세상」 (『나비문신을 한 사람』, 문학나무, 2015) 전문

소설가 이채형이 선보인 처녀시집에 실린, 단 두 행의 시이다. '우주의 이치라고?' 반문하실 분이 계실지도 모르겠다. 애당초 시인의 의도를 읽는 건 '의도의 오류'에서 벗어날 수 없는 오류일 수도 있겠다. 그렇다면 창조적 오독을 해 보는 건 어떨까. 적어도 독자로서의 내가 읽는 이 시에 대하여.

어릴 적 내가 살던 동네에는 둘레가 꽤 넓은 연못이 있었다. 연못가에는 나이가 백 년은 더된 느티나무가 여러 그루 있었다. 둥치가 어찌

나 굵은지, 나뭇가지에 크고 든든한 그네가 매었어도 끄떡없었다. 연꽃 핀 연못을 들여다보거나 연못가를 거니는 사람들, 느티나무 그늘에서 쉬거나 그네를 타는 사람들을 불러 모으는 연못은 동네 사람들의 쉼터이자 놀이터였다. 맑은 물과 흐린 물이 함께 어우러져 물고기와 수초를 키우는 연못은 어머니 가슴과도 같았다. 좀 더 철이 들어 그곳을 떠날 때쯤엔 우리 사는 세상이 연못 같다는 생각도 가끔 했다.

그때도 연못에서 개구리는 울고 창포꽃은 졌다. 그런데 그때는 미처 느끼지 못했던 '우주의 이치'가 읽히는 건 나이 탓일까? 시행이 보여주는 그대로 자연풍경을 음미하며, 소요(騷擾)와 정적이 있는 연못의 정경을 그려보는 것도 맛이 있겠지만, 이 시의 두 행과 각각의 시어들이 절묘하게 대(對)를 이루며 상념을 일으킨다.

우선, '연못 속, 연못 가'가 마음을 잡는다. 연못에서 심연(深淵)과 심연(心淵)의 심상이 읽혀서다. 물은 만물을 키운다. '깊은 연못[深淵]'은 그 모성적 품으로 뭇 생명을 품는다. 우리의 '마음 연못[心淵]'도 그러하다. 생명의 본체인 인간의 몸, 그 소우주에는 사단칠정의 마음이 산다. 어느 날은 와글와글 끓고 어느 날은 고요하다. 이러한 심적 존재들이 모여 사는 우주 또한 다양한 양태의 삶을 품는 '거대한 연못'이다. 우리가 사는 세상엔 진흙 속에서 고고하게 피어나는 연꽃 같은 삶도 있고 잡초 같은 삶도 있다. 부평초처럼 물에 떠서 바람결에 흔들리며 살거나, 물속에 깊이 뿌리를 내리거나, 혼탁한 물에서 유유자적 유영하는 어족처럼 생의 물결을 헤쳐 나가는 인생도 있다. 우리는 또

한 무리들의 둥근 테두리 어딘가에 속해 있거나 밀려나 있는 자로서, 인사이더나 아웃사이더로서, 혹은 중심이나 주변의 경계에서 서성이며 생을 이어간다. '속' 혹은 '가'의 은유와 함께 읽히는 우리의 생이다.

이번엔 '개구리, 창포꽃'이 눈길을 끈다. 개구리가 남성적이라면 창포꽃은 여성적 이미지를 지닌다. 이들에게서 동물성과 식물성, 동(動)과 정(靜), 양과 음, 생명의 힘찬 도약과 내적 관조, 들끓는 욕망의 분출과 침잠의 적요가 읽힌다. 그 양가적 힘은 어느 한쪽이 배제되는 것이 아니라 샴쌍둥이처럼 공존하고 때로 상충하면서 우리 삶을 이끈다.

시인은 '개구리'에는 '와르르'를, 창포꽃에는 '화르르'를 접목한다. 와르르, 살아 움직이며 솟구치는 생명의 형상이다. 화르르, 소리 없이 지는 소멸의 형상이다. 의성어와 의태어의 대비가 생의 이치를 전한다. 살아 있는 것들은 소리의 세계에 머물고, 사라지는 것들은 침묵의 세계에 머문다. 차안(此岸)과 피안(彼岸), 생과 사의 경계에 소리가 있다. 하여, '와르르'는 '울고'와 만나고, '화르르'는 '지고'와 만난다. 우는 것은 살아 있음이요, 지는 것은 소리 잃음이다. 이쪽, 우리 사는 세상은 늘 와글와글 시끄럽다. 저쪽, 유계(幽界)엔 소리 없이 지는 영혼들이 있다.

일면 하이쿠 같기도 하고 미니멀리즘 시 같기도 하다. 전자든 후자든, 짧은 시행에 깊은 철학을 담는다는 점에선 닮았다. 『나비문신을 한 사람』에는 고희기념시집답게 70편의 시가 수록되어 있다. 그중의 한 편인 이 시에서 시인의 인생철학과 존재들의 생멸 이치를 읽는다.

시 「수련」에서 보여주는 사유도 이와 상통한다.

연못에 물이 잦아드니
그대 목이 긴 걸 알겠네
  ― 이채형, 「수련」 전문

물이 잦아들어야 비로소 그 연못의 깊이를 알 수 있듯 어떤 세계든 그 안에 침잠해 있을 때는 전체를 보기가 어렵다. 우리 인생도 마찬가지다. 긴 시간 지나보아야 비로소 생이란 무엇인지 알만하다.

한 세상 건너는 것, 별 것 아니다. 와르르 울다가 화르르 지는 것, 희로애락의 유동(流動) 속에서 와글와글 소리 지르다가 피안의 저편으로 꽃잎 지듯 소리 없이 사라지는 것, 연못 물 잦아들 듯이 한목숨 잦아들 때에야 비로소 길고도 길었던 한 세상 살아온 길 겨우 보이는 것, 그런 것임을.

[『인간과 문학』, 2017. 여름호] (에세이로 시를 만나다)

묵정밭 농부

밭 앞에 우두커니 섰다. 한동안 무심히 팽개쳐두었더니 잡풀들이 이리저리 얼크러져 제멋대로 키를 키웠다. 저 풀들을 어쩌나. 호미질이나 삽질로는 어림도 없다. 낫으로 모조리 베어내든가 우둔한 소 한 마리라도 앞세워 쟁기질일랑 해야 할까. 이런저런 궁리를 하며 풀 섶을 헤치는데 키 작은 들꽃 두어 송이가 숨어 있다가 빼꼼히 얼굴을 내민다. 저 여린 꽃들만이라도 가려서 살려내야 하려나. 그 풀들을 솎아낸 자리엔 어떤 씨앗을 뿌려야 하나. 갈피가 잡히질 않는다. 천재지변이야 피할 도리가 없겠지만 농작물을 심고 거두는 일은 온전히 농부의 몫이다. 농부의 정성과 손길에 따라 결실도 달라질 게 자명하다.

다름 아닌 내 글 밭의 근래 형국이 이러하다. 이 밭 한구석에 등단이란 명패를 걸고 발을 들여놓은 지도 어언 이십여 년에 이른다. 하긴 거슬러 올라가면 중고등학생 시절 이전부터 이 밭에서 놀았으니 인연으로 치자면 꽤 오래전부터 친했던 셈이다. 씨앗 뿌리고 봄 여름 가을 지나며 소소하나마 꽃 보고 열매 거두며 쏠쏠한 기쁨을 맛본 적도 없진 않다. 그러나 요즘엔 황폐하기가 이를 데 없으니 이 노릇을 어찌하랴. 마음 밭에 잡풀 같은 상념이 성성하니 글 밭인들 온전할 리 있겠는가.

그렇게 만든 일등공신으로는 무엇보다도 '코로나19'를 빼놓을 수 없겠다. 불한당 같은 녀석이 무단침입하여 온 세상을 휘젓고 다니는 바람에 일상이 형편없이 망가졌다. 속절없이 집 안에 갇히고, 사람들과 직접 대면하며 눈빛 나누는 일이 줄어드니 이번엔 '코로나 블루'가 슬슬 눈치를 보며 다가온다. 반갑지 않다. 그런데 이게 어디 나만의 일인가. 다른 사람들도 다 견딘다. 오히려 위기를 기회로 삼아 더 왕성하게 집필하고 책을 펴내는 작가들도 있지 않은가. 불가항력적인 생계위기에 내몰린 처지도 아닌데 위기가 다만 위기로만 머문다면 이건 오롯이 내게 달린 문제다. 정신의 근육이 튼튼하지 못한 까닭이다.

굳이 궁색한 핑계를 대자면 있긴 하다. 남편이 한 달여간 병원 신세를 지는 중에 전쟁 아닌 전쟁을 치렀다. 같은 병동 위층에서 코로나 환자가 발생했다. 환자 면회는 물론 보호자 교대도 금지되고 휴게실도 폐쇄되었다. 엘리베이터 앞에는 직원이 책상을 놓고 앉아서 출입하는 사람을 일일이 체크하고 지하의 매점 이용도 통제했다. 게다가 의사 파업 사태까지 겹쳤다. 병간호 중 병원에서 24시간 내내 마스크를 써야 하는 건 무엇보다도 고역이었다. 피부가 약해서인지 귓바퀴가 짓물러 피가 묻어났다. 무릎과 손목도 아껴 쓰라는 듯 위험신호를 보냈다.

우선 몸의 소리를 듣는 일이 중요했다. 병시중을 들다 보니 자기 손으로 수저 들어 밥 먹고 용변 가리고 두 발로 걸을 수 있다는 것이 얼마나 감사한 일이었는지 새삼 크게 와 닿았다. 그보다 더 소중한 일이 있겠는가. 휠체어를 탄 환자들은 병원복도에서 힘들게 걷기 연습을 하는 환자를 보면서 걸을 수 있어 좋겠다고 부러워했다. 마음먹은 대로 육신 움직여서 하고 싶은 일 할 수 있다면 웬만한 욕심은 다 내려놓아도 좋을 것 같았다. 집에서 내 맘대로 TV 보며 뒹굴뒹굴 보내는 시간은 무위도식이 아니라 자유였다. 그러한 시간, 집이 그리웠다.

육신 없는 정신이란 불가할진대 형이하학적 몸의 욕구를 하찮게 치부한 건 오만한 착각이 아니었을까. 평소 우위에 놓았던 형이상학적 가치들이 와르르 무너져 내렸다. 이럴 때 문학은 무엇을 할 수 있는가. 구원? 위로? 구원의 문제는 종교 혹은 자아와 타자 간 인식의 층위가 복잡하게 얽혀 있어 다층적인 담론과 지면이 요구되므로 일단 차치하더라도 위로로 치자면 문자를 거치지 않는 영상매체나 음악이 훨씬 더 빠르고 가깝게 감성을 흔든다. 더욱이 책 말고도 재미있는 것이 넘쳐나는 세상에 내가 쓴 평론이나 수필은 과연 얼마나 읽히고 공감을 얻을까. 나만의 리그에서 문자를 소비하며 허공에 대고 헛발질하는 건 아닐까. 자기애나 정신적 사치를 포장하는 지적 유희나 허사(虛辭)는 아니었을까. 회의(懷疑)가 밀려들었다.

＊

다행히 남편의 수술 경과는 좋았고 그리던 집으로 돌아왔다. 재활을 도울 일이 남은 데다가 버려두었던 살림살이는 구석구석에서 내 손길을 기다렸지만 그게 대수인가. 집, 내 집에 왔는데…. 마스크 안 써도 되니 좋고, 온종일 TV 틀어놓고 각 방송국에서 펼치는 노래경연 프로 그램이나 인기 드라마 찾아 이리저리 채널 돌려가며 본방송에 재방송 까지 즐겨도 뭐라 할 사람 없으니 천국이 따로 없다. 세상살이 뭐 별거 있나. 책도 멀리하고 빈둥빈둥, 모든 것 내려놓고 시간의 흐름에 나를 풀어놓은 채 그 무엇에도 방해받지 않는 자유를 만끽했다. 속으로는 세뇌하듯 '나는 나다'를 외치기도 하고 시간과 놀면서 달포 가량은 그 럭저럭 평온했고 모처럼 꿀잠도 잤다.

그런데 차츰 스멀스멀 기어오르는 허무의 정체는 또 뭐란 말인가. 이렇게 살아도 되나. 노후시간에 대한 불안과 두려움이 깊어지고 몇 군데 원고청탁에 응하질 못하게 되자 불면의 밤이 잦아졌다. 빈 곳간 을 바라보는 농부의 심정이 그러할까. 매일 한두 가지만이라도 감사한 일을 찾아 새기자던 '내 마음의 프로젝트'도 점점 초심을 잃어갔다.

그리던 중에 신문에 소개된 시화집 한 권이 마음을 끌었다. 인터넷 으로 주문한 책을 받아들고 주린 배를 채우듯 책장을 넘겼다. 시 여러 편이 가슴을 훑고 지나는 중에 특히 시 한 줄기가 퍼뜩, 정신 차리라고 일갈한다.

"참된/농부는// 봄을/기다리지 않는다.// 아직 먼/봄을/불러들인 다."

정세훈 시인이 쓴 시 「농부여! 밭을 갈아라」(『우리가 이 세상 꽃이 되어도』, 푸른 사상, 2018)의 첫머리 몇 구절이다. 시구의 마디마디가 할(喝)인 듯 돈오(頓悟)의 죽비인 듯 내 어둔한 등줄기를 후려친다. 시인은 이어 노래한다.

"긴/겨울// 쇠스랑을/헛간에서/녹슬게 하지 않는다.// 그래서,/얼어붙은 땅을/두려워 않는다.// 묵정밭의/자갈을// 다스리는 법을/안다.// 농부여!/밭을 갈아라.// 밭은/지금// 얼어/붙은 채로// 그대를/기다린다.// 이/한겨울에."

나는 모순의 동물이다. 문학에 회의하면서 문학에서 힘을 얻다니 아이러니하다. 이 시에서 농부란 물론 문학인만을 지칭하는 게 아니란 걸 안다. 시인이 노동자에 깊은 관심을 가진 점을 고려한다면 농부의 비유는 매우 포괄적이며 한겨울 또한 단순한 사계의 의미를 뛰어넘는다. 봄여름은 어김없이 돌아와도 세상살이는 춥다. 꽁꽁 얼어붙은 것 같은 인간사, 해빙의 기미가 보이지 않는 척박한 세상에서 삶의 밭을 일구는 모든 이가 농부다. 그렇기에 시는 무기력한 나를 일으켜 세운다. 인생살이에 지쳐 있던 또 다른 누군가도 시의 각성으로 두 주먹을 불끈 쥐고 일어설 것이다. 그것이 바로 문학의 힘인 것을….

나의 쇠스랑은 어디에 있는가. 호미라도 좋고 삽이라도 좋다. 자갈을 골라내고 숨어 있는 꽃 몇 송이라도 숨을 틔워줘야 한다. 글 밭은 내가 피해갈 수 없는 감옥이자 해방구이다. 감옥의 열쇠는 나 자신이 갖고 있다. 세월 따라 노화로 오는 육신의 병고는 '어찌할 수 없는 일'이지만 정신의 영역을 다스리는 일은 치매에 붙들리지 않는 한 내가 '어찌할 수 있는 일'이다.

내가 내게 명령한다. 글 짓는 농부의 길이 주어진 길이라면, 아니 스스로 택한 길이라면, 좌고우면하지 말고 묵묵히 밭을 갈아라. 만일 글 농사를 포기하고서도 내내 미련이 남아 훨훨 날지 못한다면, 잊지 못하는 연인을 그리워하듯 뒤돌아보며 서성일 거라면, 더욱 밭으로 가라. 밭이 기다린다지 않는가. 참된 농부는 풍작이든 흉작이든 연연하지 않고 정성을 다한다. 농부가 땅을 두려워하랴. 언 땅은 깨부수면 되고 가문 땅은 물을 주면 된다.

자, 게으름의 이불 속에 안주하려 말고 일어나라. 묵정밭엘 나가려면 쑥대머리처럼 헝클어진 마음자리 정갈하게 가다듬고 신발부터 찾아야 한다. 신발 찾기, 잃어버린 언어를 찾아 나서는 일이다. 아직 살아 숨 쉬고 있고 걸으며 밭에 나갈 여력 있으니 족하지 아니한가. 찬란한 새 아침이 다시 '오늘'이란 문을 활짝 열어 나를 맞이해주니 이 또한 축복이 아니런가. 힘차게 나아가라. 오늘 내 마음의 기상도는 쾌청하다.

[『에세이포레』, 2021. 여름호]

VI.

잃다,
그리고 찾다

새야, 작은 새야

다시 하루가 열렸다. 이른 아침 베란다에서 밖을 내다보니 인적 드문 길에 봄꽃잔치가 자자하다. 벚꽃, 자목련, 개나리가 한꺼번에 함성이라도 지르듯 꽃망울을 터뜨리며 제빛을 자랑한다.

거실로 들어와 조간신문을 읽는데 무언가 툭 떨어지는 것 같은 소리가 긴가민가하게 스친다. 뭐지? 바로 그때 베란다 앞에서 큰 새 한 마리가 휙 난다. 새는 공중에서 원을 그리듯 한 바퀴 돌더니 쏜살같이 돌진하여 베란다 난간에 와 앉는다. 황조롱이다. 안을 들여다보는 눈빛이 수상쩍다. 그 눈길 따라보니 이게 웬일인가. 작은 참새 한 마리가 창틀 안쪽 바닥에서 몸을 잔뜩 움츠린 채 어쩔 줄 모르고 왔다 갔다 한다. 네가 어찌 안으로 들어왔단 말이냐.

거실 베란다 쪽은 벽 전면이 이중 유리문이고 그 바깥 한쪽엔 방충 미닫이창이 설치되어 있다. 그 유리문과 망 사이 좁은 홈에 참새가 있다. 찬찬히 살펴보니 아뿔싸, 방충망 위쪽에 참새 몸통 크기만 한 구멍이 뚫려 있다. 황조롱이의 추격전에 몰리던 참새가 살길 찾아 죽을힘을 다해 총알처럼 머리를 박으며 방충망을 뚫고 떨어진 것이다. 그 작은 몸에서 어찌 그리 놀라운 힘이 솟아났을까. 작은 생명의 생존본능이 눈물겹다. 황조롱이는 '너, 나와'라며 시위라도 하듯 방충 창 바깥 아래턱에 바짝 앉아 참새를 노려본다. 놓치지 않겠다는 듯 유난히 똥그랗고 반들거리는 눈빛이 날카롭고 섬뜩하다. 그들 사이에는 얇은 망만 있고 몸이 닿을 듯 말 듯 서로의 거동이 훤히 보인다. 천적 앞에서 갈팡질팡하는 참새, 그대로 두면 지레 탈진해서 죽을 것만 같다. 저 참새를 살려줘야 할 텐데 어쩌나.

참새를 무조건 집안에 들여 가둘 수도 없고, 그렇다고 당장 밖으로 내보내면 황조롱이에게 잡아먹힐 게 뻔하니 난감하다. 황조롱이는 나랑 눈길이 마주쳐도 물러설 기색이 없다. 오히려 으름장이라도 놓듯 지지 않고 빤히 보며 눈싸움을 한다. 내가 고개를 돌리고 싶을 정도로 서늘하다. 누가 이기나 보자. 그렇게 맞대면을 하던 황조롱이가 결국 제풀에 지쳤는지 겨우 자리를 떴다. 참새는 다급하게 구멍을 뚫고 들어와 목숨은 부지했지만 제가 온 구멍으로 다시 나갈 수가 없다.

황조롱이가 다시 오면 어쩌나 싶어 한참을 지켜보았다. 눈에 띄지 않는다. 아예 포기했나. 참새를 내보내도 될 것 같았다. 방충망을 조심스럽게 열어주었다. 참새가 '휴! 살았다'는 듯 잽싸게 날아올랐다. 혹시라도 약아빠진 녀석이 어딘가에 숨어서 참새가 나오길 기다렸다가 낚아채지나 않을까. 마음에 걸렸지만 다른 방도가 없다. 황조롱이의 차고 매서운 눈빛과 참새의 작고 힘없는 눈빛이 내내 생생하다.

우리는 흔히 새의 지저귐과 날갯짓을 보면서 '노래하며 춤춘다'라고 한다. 누군가는 울음으로도 듣는 새의 노래란 저희끼리 존재를 확인하는 대화이며 구애의 호소이거나 위험신호일 수 있다. 춤은 또한 먹이를 찾기 위한 생존의 몸부림일 수도 있다. 새들은 지상에서 허공으로 상승과 하강을 반복하면서 먹이를 찾고 제 둥지를 지킨다. 그들에게 창공은 생존의 기로이며 약육강식의 냉혹한 현실만이 엄존한다. 그렇게 보면 황조롱이를 나무랄 수만도 없다. 어쩌면 그날 황조롱이는 끼니도 거른 채 빈털터리로 귀가하는 가장처럼 제 뱃속도 채우지 못한채 허기진 몸을 끌고 새끼가 기다리는 둥지로 돌아갔을지 모른다. 황조롱이는 도리어 내게 '왜, 먹이 사냥을 훼방하느냐'고 원망했을지도 모를 일이다. 참새에게 먹히는 생명은 또 어떤가. 딱히 정해진 가해자도 피해자도 없고 선악도 함부로 단정할 수 없는 생명의 순환 고리에서 피해갈 수 없는 생존법칙이 안타까울 뿐이다.

인간은 인간의 시선으로 새를 본다. 아침에 우는 까치는 반가운 손님이 오는 소식을 알리는 길조로, 밤에 우는 부엉이는 어둠을 밝히는 지혜의 상징으로, 몸이 검은 까마귀는 상복을 연상하여 흉조로 여기기 일쑤다. 까마귀에는 푸른색과 붉은색도 흐르건만 '까마귀 노는 곳에 백로야 가지 마라'하니 까마귀는 억울하다. 게다가 하고많은 새 중에 왜 하필, 까마귀가 날자 배가 떨어지는가. 반면에 매의 눈은 불의를 간파하는 정의의 눈이 되거나, 전설의 새 비익조(比翼鳥)나 봉황이 상상의 힘으로 탄생하기도 한다. 비익조는 혼자서는 제대로 날아오를 수 없다. 눈과 날개가 하나씩만 있어서다. 불완전한 존재가 짝을 이루어 서로 도우며 온전한 하나로 완성되는 아름다운 사랑의 표상이다. 봉황은 상서롭고 고귀한 존재로 대접받는다. 말하자면 새에는 인간 욕망이 암묵적으로 투사되어 있다. 하긴 다분히 낭만적이고 자의적인 시선이 예술과 문명을 낳은 것도 사실이다. 새는 수많은 예술가의 영감에 실려 글과 그림과 음악과 춤 등에서 주인공으로 재탄생했다. 인간은 또한 날개가 없기에 새의 날개에 비상의 꿈을 실었다. 비행기는 그 꿈의 소산이다.

여러 상념을 뒤로하고 내가 참새에게서 본 것은 '운명'이란 단어였다. 여리고 슬픈 영혼이었다. 참새를 두 손으로 폭 싸안으면 할딱이는 숨결과 따뜻한 체온이 그대로 느껴질 것 같았다. 힘없이 죽어간 어린 생명 여럿이 겹쳤다. 겨우 열여섯 달 살다가 양부모의 학대로 숨진 정인이가 저리 두려움에 떨다가 하늘나라로 갔을까. 생모에게 버림받아 빈집에서 혼자 굶다가 미라가 된 세 살짜리 보람이 숨결이 저러했을까. 그렇게 꽃망울을 활짝 펴지 못한 채 꽃대를 꺾이고 만 아이가 하나둘이 아니다. 미물도 제 새끼는 정성을 다해 돌보거늘, 사람의 자식인 어린 영혼들이 어미 품에서 내쳐져 이 땅에 발붙이지 못하고 밤하늘의 작은 별이 된 게다. 그 아이들은 문을 열어줄 손길을 만나지 못했지만 내 눈앞에서 위기에 몰린 참새를 보고도 못 본 척 버려둘 순 없다.

좁은 틈새 바닥에 갇혀 바들바들 떠는 참새는 어쩔 수 없는 운명 앞에서 옴짝달싹하지 못하고 탈출구를 찾지 못하는 인간 초상을 닮았다. 인간이 할 수 있는 일은 의외로 많지 않다. 산업현장에서, 세월호에서, 천안함에서, 얼마나 많은 생명이 불운을 피하지 못하고 스러져 갔는가. 운명아, 비켜라! 소리쳐도 빳빳하게 고개 들고 노려보며 쉽게 물러가지 않는다. 빠져나갈 구멍도 없다. 언제 어디서든 예측을 불허하는 운명은 부르지 않아도 슬금슬금 따라다니다가 순식간에 뒤통수를 치며 인생길을 뒤틀어놓는다. 운명은 인간 의지를 허용하지 않는다. 꽃길이든 가시밭길이든 그냥 던져지는 것이다. 너른 땅 다 놔두고 하필 보도블록 사이에 씨앗 떨어져 뭇사람의 발길에 밟히며 살아내야 하는 잡초처럼, 누구인들 그렇게 살고 싶겠는가. 액운이 비켜 가주면 천만다행, 가끔은 행운도 찾아와 주니 그나마 살만한 게다. 다만 인간에겐, 모진 비바람을 태양으로 바꿀 전능함은 없지만, 주어진 최악을 최소화하며 견뎌낼 여력이 있으니 다행이다. 그마저도 살아 있어야 가능하다. 그럴 땐 천지신명께 빌기도 하지만 여린 새에겐 스스로 날아야 할 창공이 있을 뿐, 기댈 종교가 없다.

내 마음속엔 여자아이 하나가 산다. 인생의 봄을 지나던 어느 아침, 아버지가 갑자기 세상을 등지셨을 때, 이태 뒤 어머니마저 떠나셨을 때, 소녀는 예기치 않게 맞닥뜨린 운명 앞에서 한 마리 작은 새가 될 수밖에 없었다. 불운에서 헤어날 문을 열어줄 따뜻한 손길이 그리웠다. 세월이 흘렀건만 그 잔상은 불쑥불쑥 고개를 든다. 지금 와서 보니 너무 오랫동안 가두어 두었구나. 이젠 놓아 줄 때가 되었다. 너 스스로가 따뜻한 손길이 되어라. 가만히 문을 연다.

그동안 내 안에 갇혀 있던 작은 새 한 마리. 새야, 작은 새야, 잘 가거라. 저 멀리 허공에 새 한 마리 날아간다. 훨훨.

[『그린에세이』, 2021. 5·6월호]

명자·로사·글밭

근래 들어 왠지 필명을 갖고 싶다는 생각을 자주 하게 되었다. 필명을 멋지게 짓는다고 좋은 글이 나오는 것도 아닐진대, 어쩌면 익명의 시대에 슬쩍 묻어가면서 부끄러운 내 실체를 숨기고 싶었거나, 이미지의 시대에 편승하여 이름으로라도 나를 포장하고 싶었는지도 모를 일이다. 그 이유가 어디에 있건 필명을 계기로 이런저런 궁리를 하다 보니 내가 이름을 꽤 여럿 가지고 있으면서도 무심했다는 사실이 새삼스럽다.

– 명자 –

태어나면서 부모로부터 받은 이름이다. 그런데 나는 '명자'라는 이름을 별로 좋아하지 않았다. 주위에 '순자', '정자', '숙자' 같은 이름이 많다 보니 흔해서도 그렇거니와, 그보다는 좀 더 세련된 이름을 갖고 싶다는 마음도 없지 않았다. 또한, 일본 식민 시절에 고생을 많이 했다는 동네 어른은 어린 내게 '명자'는 일본말로 '아끼꼬'이고 일본사람들이 여자 이름에 '자(子)' 자(字)를 많이 쓴다며 내 이름을 좋지 않은 것처럼 말하기도 했다. 무엇보다도 내 이름을 달가워하지 않게 된 데는 특별한 이유가 있다.

중학교에 입학할 무렵이었다. 어느 날 외출에서 돌아오신 어머니가 나와 여동생의 이름을 다시 지었다고 하셨다. 그날 어머니는 어느 역술인의 집엘 가셨는데 우리 자매의 이름이 나빠서 조실부모(早失父母)할 것이라는 말을 들으셨단다. 이름을 새로 지어주어야 그 불행을 면할 수 있다는 역술인의 말에 어머니는 당장 새 이름을 받아오셨다. 호적은 못 고쳐도 집에서 100번 이상 불러주면 팔자가 바뀐다고 했다. 자식들의 앞날이 걱정되었던 어머니는 그의 말을 따르는 것으로 위안을 받고 싶으셨나 보다.

그날부터 나와 여동생은 '정순' '옥순'으로 불렸다. '명자'나 '정순'이나 맘에 안 들기는 매 한 가지였다 나는 어머니에게 이왕이면 좀 더 예쁜 이름으로 바꾸어오지 그랬느냐고 투정을 부렸다. 그래도 역술인의 말을 굳게 믿어야 했다. 그럭저럭 이삼 년 동안 우리 가족은 열심히 새 이름을 불러댔다. 그러나 그럴 필요가 없어졌다. 우리 자매가 미처 성인이 되기도 전에 부모님이 차례로 세상을 떠나시고 말았기 때문이다. 그때부터 내 인생은 한참 동안, 나의 이름 글자인 '밝을 명(明)'과는 다른 방향으로 어긋났다.

그 후부터 나는 마치 주술에라도 걸린 듯 '정말 내 이름 때문에 부모님이 일찍 돌아가신 게 아닐까'하는 생각을 하게 되었다. 그래서 '명자'

를 더욱 버리고 싶었다.

그런데 이름의 '아들 자(子)'라는 글자는 귀족들의 자제나 혈통을 의미했으며, 후에 학식이나 교양과 인품을 갖춘 사람들에게 붙이기 시작하여 공자·맹자처럼 학식 있는 스승을 뜻하는 극존칭으로 쓰였다는 기사를 언젠가 읽게 되었다. 그렇다고 해서 내가 갑자기 학식 있는 스승이 되는 것도 아닐 텐데, 세상사 마음먹기 마련인가. 다소 위안은 되었다.

따지고 보면 개똥벌레를 반딧불이라고 부르든 진달래꽃을 두견화라고 부르든 본질이 달라지지는 않는다. 내 이름이 김혜자였다고 해도 배우 김혜자 씨와 같은 인생을 살 수는 없었을 터이다. 그러니 내가 '명자'나 '정순'이 아닌, 훨씬 그럴듯한 이름을 가졌다 하더라도 나는 지금처럼 모태로부터 타고 나온 내 운명을 살았을 것이다.

- 로사 -

결혼 후에 나는 천주교 신자가 되었다. 종교에 대한 심오한 깨달음이나 인간존재에 대한 성찰이 있어서 신자가 된 건 아니다. 오히려 당시 나는 신의 존재에 대해 회의적이었고, 종교는 과학이 아니라 신비이니 무조건 받아들여야 한다는 말에도 쉽게 동의할 수 없었다. 수박 겉핥기식으로 니체의 '운명애'에 마음을 두던 때였다. 그런데도 영세를 받은 건 순전히 둘째 시누이 덕분이다.

어릴 때 소아마비를 앓아 지체 장애를 가진 시누이는 신체가 불편한 것만큼 마음 씀씀이도 결코 편치 않았다. 그리고 누구보다도 나를 힘들게 하는 존재이기도 했다. 그런데 그 시누이가 성당엘 다니면서부터 차츰 변화를 보이기 시작했다. 언젠가는 수녀님께서 주셨다며 '가슴으로 마시는 사랑차 조리법'이라는 내용이 적힌 종이를 멋쩍은 듯 슬그머니 내 손에 쥐여주기도 했다. 분노와 불평, 교만과 자존심을 모두 다져 기쁨과 감사의 차를 마신다는 내용이다.

시누이의 변화로 인해 시부모님을 비롯한 우리 가족은 모두 영세를 받았다. 그때 수녀님으로부터 받은 영세명이 바로 '로사(Rosa)'다. 지금까지의 속된 나를 버리고 정화된 몸으로 거듭나서 성녀 '로사'의 정신을 본받으며 살아야 한다고 했다. 내가 전범(典範)으로 삼아야 할 성녀 '로사'는 '장미'라는 뜻이 걸맞을 만큼 아름다웠으나 자신의 아름다움을 드러내지 않으려 애썼고, 극기와 고행으로 집 없는 아이들과 병자 및 노인들을 돌보며 예수에 대한 사랑과 희생으로 살다가 짧은 생을 마감했다 한다.

그런데 영세 후 나의 신앙생활은? 이제 와서 보면 지나친 순수지향이 오히려 걸림돌이 되지 않았나 싶다. 그때 나는 성당에서 만나는 사람들은 삶의 실천도 그처럼 신성해야 한다고 생각했다. 그러나 그것은 어쩌면 지나친 이상이거나 미성숙한 자아의 소산이었을지도 모른다. 신앙도 현실을 바탕으로 하는 것이고 성당 역시 현세의 인간들이 모이는 곳이니 그 안에서 받는 상처마저도 폭넓게 수용하는 것이 진정한 신앙인의 자세였을까. 어찌 되었든 나는 영세 이후 수년간 신앙생활을 하면서 부딪혀오는 상처들에 대한 답을 얻지 못했다. 이제는 그 상처들이 아물어 딱지도 떨어졌지만 영세한 지 삼십여 년이 넘은 지금, 나는 '쉬는 교우', '냉담자'로 불린다.

- 글밭 -

딸아이가 초등학교 3학년 때부터 나는 서예를 배우기 시작했다. 학교 자모회에서 시작된 것이니만큼 그 출발은 매우 소박했다. 먹의 농도를 맞추고 하얀 화선지에 중봉으로 가로획 세로획을 긋는 연습부터 했다. 그러다가 차츰 서툴게나마 해서·예서·행서체 등을 배우면서 묵향에 취하는 동안 서예야말로 내가 진정으로 가야 할 길이라고 생각했다. 서예는 마치 나를 위해 존재하는 예술인 것만 같았다. 외출을 달가워하지 않는 남편도 다행히 서예활동에 대해서만은 너그러웠다. 그때 서예를 지도하신 죽정(竹汀) 선생께서는 나에게 '서월(瑞月)'이라는 호를 지어주셨다. '상서로운 기운을 가진 달'이라는 뜻이다.

딸아이가 초등학교를 졸업하자 서예에 대한 나의 열정은 학교 자모회에서 문화센터로 이어졌다. 그때 한글서예를 지도하신 산돌 선생께 받은 호가 '글밭'이다. 이후 나는 '글밭'이라는 호로 십여 년 이상을 살았다. 그런데 여기에도 복병은 있었다. 서예를 하는 햇수가 길어지다 보니 여기저기 공모전에 출품하게 되고, 심심치 않게 수상(受賞)도 하게 되자 고민이 생기기 시작했다.

예술의 길은 멀고, 단순한 취미활동으로 서예를 하기에는 너무 많은 비용이 지불되어야 했다. 문방사우는 고매한 선비의 지필 도구이기에 앞서 값이 비싼 소비재였다. 칠 남매의 장남, 공무원인 남편에게 미안했다. 출품비와 표구비 등을 포함하여 나의 취미생활에 더 이상 큰 비용을 지불하는 건 일종의 사치로 여겨졌다.

이 세상에 핑계 없는 무덤이 있던가. 하여튼 나는 꽤 유수한 공모전의 입상을 끝으로, 오랜 고민 끝에 공적(公的)인 서예 활동을 접었다. 한 가지 선택을 놓고 그때만큼 오래 고민을 한 적은 드물었던 것 같다. 진정 서예를 사랑한다면 공적인 활동을 접더라도 집에서 붓을 잡으면 된다고 생각했다. 그러나 결국엔 흐지부지 붓을 놓고 말았다.

'글밭'이라는 호로도 나는 이름값을 제대로 못 한 것이다. 서예(書藝), 혹은 서도(書道)가 궁극적으로 추구하는 '예술'이나 '도(道)'의 경지에는 이르지 못하고 그 언저리에서 흉내만 내다가 만 셈이다. 지금 생각해보면 나는 늘 무엇엔가 목이 말라 있었고 서예는 그 갈증의 돌파구를 찾는 하나의 방편이며 우회로가 아니었을까 싶기도 하다.

이 외에도 나는 꽤 많은 길을 돌아왔다. 누구의 삶엔들 외길만 있을까만, 나는 유달리 여러 갈래의 길목을 기웃거린 것 같다. 돌이켜보면 명자·로사·글밭이라는 호명(呼名)은 내 삶의 지도에서 세상과의 관계 맺음을 드러내는 아이콘인 동시에 내 삶을 대신하는 아바타들이었다. 그런데 그 아바타들은 현실과 이상 그 어느 쪽에도 굳건히 발붙이지 못한 채 하늘의 중간쯤을 떠도는 풍선 같다. 현실 삶에서 악착같이 영악하지도 못하고, 이상을 향해서도 엉거주춤, 어중간한 늦깎이인 나의 아바타들이 딱하다. 혹여 필명의 아바타마저도 미아처럼 허공을 둥둥 떠돌다가 끝내는 터져버리고 마는, 허명(虛名)의 풍선이 되는 건 아닐는지….

하긴 문패만 그럴듯하게 달면 뭐하랴. 그저 글쓰기라는 집에서 제멋대로 난무하는 말[言]들과 씨름도 하고 한바탕 춤도 추면서 오래도록 같이 놀 수만 있다면 그보다 족한 일은 없으리.

[『문학마당』, 2010. 겨울호]

내 안의 다이아몬드 헤드

길의 초입은 평평한 포장도로로 시작된다. 조금 더 걸어가니 울퉁불퉁한 자갈길이 이어진다. 위를 올려다본다. 띠를 두른 듯 산허리를 휘감으며 둘레둘레 곡선으로 이어진 나선형의 길이 정상까지 닿아 있다. 해발 고도 232m, 높다고 보면 높고, 낮다고 보면 낮다고 할 수 있는 높이다. 그런데 내가 보기엔 까마득하다. 저 꼭대기까지 올라갈 수 있을까.

자갈길이 끝나자 이번엔 계단이다. 하나 둘 셋 넷 …. 수십 개의 계단이 끝나자 다시 더 길고 수직에 가까운 99계단이 불쑥 얼굴을 내민다. 터널처럼 길게 뚫린 용암동굴, 동굴 지나 다시 계단. 난간을 잡으며 힘겹게 오른다. 하와이의 오아후섬, 다이아몬드 헤드로 오르는 길은 그렇게 굽이굽이 몸을 바꾸며 우리를 맞이했다.

남편이 잠시 쉬었다 가겠다며 나더러 먼저 올라가라 한다. 척추협착증으로 고생하는 그는 이번 여행을 대비해서 꾸준히 운동했건만 아무래도 무리인가보다. 아들네와 딸네 가족, 우리 내외, 모두 열 식구가 어렵게 시간을 맞춘 하와이 여행길이다. 나이 따라 보폭이 모두 다르다.

그러고 보니 이 길, 우리 내외가 그동안 걸어온 인생길의 축도를 보는 듯하다. 때론 평탄한 길, 때론 울퉁불퉁한 비포장도로를 걸어야 할 때도 있었다. 눈앞에 닿을 듯 말 듯한 고지를 향해 온 힘 다해 한 계단씩 가파른 생을 오르다가 어두운 터널을 만난 적도 있었다. 남편과 나, 그처럼 멀고 험한 인생길 함께 걸어왔다. 우리 앞에 어떤 길이 기다리고 있을지 알 수 없지만 생의 시간이 허락되는 한, 끝까지 함께 갈 것이다.

앞서거니 뒤서거니 길 따라 걷던 아이들을 먼저 보내고 우리 내외는 길가 낮은 바위에 걸터앉았다. 한참 숨을 돌린 남편이 다시 가자며 일어선다. 나도 따라 천천히 걷는다. 자, 이제 조금만 가면 정상이다. 마지막 힘을 다해보자. 저 꼭대기에는 어떤 풍경이 기다리고 있을까.

드디어 다 왔다. 앞서 오른 가족들이 전망대에서 기다리고 있다가 반긴다. 발아래 펼쳐진 풍경을 내려다본다. 화산 폭발로 생긴 분화구가 둥글넓적한 입을 쩍 벌린 채 몸체를 드러내고 저 멀리엔 수평선과 맞닿은 에메랄드빛 푸른 바다가 하얀 포말과 숨바꼭질을 한다. 해안선과 모래사장, 그 주변을 따라 병풍처럼 늘어선 건물들, 인간이 세운 도시와 자연이 하나로 어우러져 멋진 풍광을 그려낸다. 19세기경 영국 선원들이 산정에 햇빛을 받아 반짝반짝 빛나는 암석이 있어 다이아몬드인 줄 알고 명명했다는 다이아몬드 헤드, 실제 알고 보니 크리스털이었다던가. 어디든 가까이 가기 전에는 그 실상을 알 수 없다.

그렇다면 눈에 보이는 것은 전부인가. 바다에 떠 있는 요트는 한가해 보이지만 해류 밑에서 꿈틀거리는 세계는 알 수 없다. 저 해변에서 우리 가족이 노닐었던 발자취는 흔적도 없고, 또 다른 이들이 바다와 하나 되어 보석 같은 시간을 보낼 테지만 이곳에서 육안으로는 그 모습을 볼 수 없다. 멀리 보이는 호놀룰루 시내도 산 정상에서 보기엔 오밀조밀 평온해 보이지만 막상 저 아래에선 수많은 사람이 분주하게 자신들의 삶을 살아낼 것이다. 저들도 이곳에 오르지 않고선 자기들의 세계가 얼마나 왜소해 보이는지 알 수 없을 것이다. 눈 앞에 펼쳐진 경관 너머에 감춰진 세계의 넓이와 깊이는 가늠할 수 없을 만큼 오묘하고 바닷가 모래알보다 더 중중무진(重重無盡)한 인연으로 얽혀 있으니 인간은 그저 이 거대한 우주에서 창해일속처럼 떠도는 존재에 불과하다는 사실을 새삼 실감한다.

나도 풍경의 일부가 되어 이런저런 생각에 사로잡혀 한참을 서 있었다. 이제 내려가야 할 시간이다. 오를 때 만났던 사람들이 떠오른다. 우리 내외가 쉬고 있을 때 할머니 한 분이 가족들의 부축을 받으며 내려가셨다. 이 험한 길을 어떻게 오르셨을까. 할아버지 한 분도 지팡이를 짚고 힘들게 내려가셨다. 한국에서 수년간 살았다는 필리핀 청년은 용케도 우리가 한국인임을 알아보고 무척 반가워하며 유창한 한국어로 말을 걸었다.

한쪽에선 허우적허우적 올라가려 애쓰는 사람들, 그 길 다 올랐다가 쉬엄쉬엄 하산하는 사람들이 서로 길을 비켜주며 오갔다. 누군가는 가볍게 또 누군가는 힘겹게 올랐거나 내려갈 것이다. 어쩌면 오르는 길보다 내려가는 길이 더 힘들 수도 있겠다. 자칫 방심하면 미끄러져 구르거나 낭떠러지로 추락하기에 십상이다. 어떤 길이든 적당한 속도와 힘의 안배가 필요하다.

　다시 일상으로 돌아왔다. 우리 가족은 다이아몬드 헤드에서의 시간을 추억의 곳간에 간직한 채 제각기 청소년, 중년, 노년의 시간을 통과하고 있다. 만일 인생살이에서라면 다이아몬드인 줄 알고 찾아 헤맨 것이 크리스털 정도만 되어도 그나마 천만다행일 게다.

　저마다 마음속에 다이아몬드 헤드 같은 지향점 하나쯤 품고 살아갈 나의 아이들. 오늘 하루도 자기 앞에 놓인 오르막길 내리막길 앞에서 얼마나 많은 시간을 서성일까. 그들이 가는 길에는 크고 작은 걸림돌이 복병처럼 숨어 있다가 무시로 나타난다. 요즘 뜻하지 않은 걸림돌 앞에서 장고(長考)의 시간을 보내는 아이도 있다. 그러나 노년에 접어든 내겐 그 앞에 놓인 돌을 치워줄 힘이 없다. 그저 먼발치에서 막연하게 바라볼 수밖에 없다. 내 아이들이 걸림돌에 걸려서 넘어지지 않고 새처럼 가볍게 혹은 용수철 같은 탄력성으로 훌쩍 뛰어넘어 전진할 수 있기를 마음속으로 기도할 수 있을 뿐이다. 만일 그 장애물이 벽처럼 높고 견고하여 넘을 수 없다 해도 주저앉지 말고, 담쟁이의 생존법을 터득하거나 돌아가는 길을 찾을 수 있으면 좋겠다. 설령 자신이 목표로 삼았던 것이 기대에 미치지 못한다 할지라도, 자신이 지금 내리막길에 있다고 생각될지라도, 상실감이나 좌절 같은 건 저 멀리 던져버릴 수 있다면 더 바랄 게 없겠다. 내리막길은 오르막길로 갈 수 있는 출발점이 되기도 하니까.

길은 스스로를 명명하지 않는다. 온몸을 보시하여 뭇 존재들에게 갈 곳을 일러주되 어디서든 '그곳, 그 자리'를 묵묵히 지킬 뿐이다. 다만 그곳을 지나는 사람들이 현재 자신이 서 있는 위치에서 어느 쪽을 바라보며 갈 방향을 정하고 가기를 원하는가에 따라 오르막길이나 내리막길이라 이름 지을 뿐이다. 다이아몬드나 크리스털도 그것은 그것일 뿐이다. 그 귀한 몸의 가치 역시 애초에 인간이 부여한 게 아니던가. 아직 가보지 못한 땅, 미지의 인생길 막바지에서 기다리는 것이 빛나는 광석일지 잡석(雜石)일지 알 수 없지만, 자신이 정한 행로 따라 여정을 즐기며 흔들림 없이 완주할 수 있다면 그것으로 족하리.

[『계간수필』, 2020, 봄호]

일어나, 봄의 새싹들처럼

토요일 오후, 지하철역으로 통하는 계단을 내려가던 중이었다. 그때 어디선가 노랫소리가 들렸다. 소리를 따라 가보니 지하철 예술 무대다. 짙은 선글라스를 끼고 흰색 상의에 청바지를 입은 메트로 아티스트가 기타를 치며 노래를 하고 있다. 나는 군데군데 비어 있는 자리 한 곳에 앉았다. 낮은 무대 뒤쪽 벽엔 숲속의 자작나무들이 배경 그림으로 병풍처럼 둘러져 있다. 시원한 바람이라도 한 줄기 불어올 것만 같다. 한 곡이 끝나던 참이다. 다시 노래가 시작되었다.

"검은 밤의 가운데 서 있어/한 치 앞도 보이질 않아/어디로 가야하나 어디에 있을까/둘러봐도 소용없었지/인생이란 강물 위를 뜻 없이 부초처럼 떠다니다가/어느 고요한 호숫가에 닿으면 물과 함께 썩어 가겠지."

고독하게 세상을 떠난 가객 김광석의 노래다. 발장단을 맞추는 아주머니, 눈을 지그시 감고 노래를 감상하는 노인, 표정이 각양각색이다. 노랫말에 가슴이 콱 막힌다. 한 치 앞도 보이지 않는 부초 같은 인생.

어디로 가야 하나, 어떻게 가야 하나. 조금 전, 횡단보도를 건너며 내가 있는 쪽을 자꾸 돌아보던 아이, 외손녀의 얼굴이 어른거린다.

외손녀가 오전에 전화를 했다. 외할머니댁에 가도 되냐고. 그럼, 되고말고.

아이가 왔다. 그런데 다른 때와 달리 꽤 크고 무거운 배낭을 지고 왔다. 기색이 왠지 예사롭지 않았다. 거실에 들어서자마자 아이가 말했다. 여기서 살면 안 되냐고. 내심 가출이란 단어를 염두에 두었던 듯, 배낭에 챙겨온 옷가지와 일용품엔 일탈에 대한 간절함이 가득 담겨 있었다. 속사정을 들어보니 제 부모와 입시 문제로 갈등이 있었다. 고3 막바지, 대입 원서를 쓸 시기는 다가오고 성적은 뜻대로 오르지 않으니 출구 없는 시간들 속에서 숨이 막바지에 찬 듯했다. 제 부모 입장도 답답하기는 매한가지일 게다.

아이는 제 심정을 털어놓으면서 연신 울컥울컥 눈시울을 붉혔다. 그러면서도 저녁땐 학원엘 가야 하고, 보강을 안 하면 제적당하는데 시간을 맞추기 어렵다며 걱정을 했다. 내일은 일요일인데도 오전과 오후에 학원 스케줄이 차 있단다. 그래, 가지 마라, 대학이고 뭐고 다 관두고 푹 쉬어, 까짓 대학이 인생의 전부겠니? 마음속으로는 이렇게 말하고 싶었지만 나는 그러지 못했다.

조금씩 이야길 풀어나갔다. 네가 다른 데로 가지 않고 여기로 와줘서 고마워. 그런데 어쩌니. 엄마 아빠랑 의논해서 원서도 써야 하고,

제일 중요한 시긴데 지금까지 노력한 게 아깝지 않니? 그동안 잘 견뎠
는데 조금만 더 참으면 안 될까? 할머니가 이렇게 말해서 미안해. 할
머니랑 학원에 같이 갈까? 나는 이런 말을 할 수밖에 없었다. 아이는
다행히 다소 진정이 되는 듯했다. 그리고 순순히 학원 길엘 따라나섰
다.

　이른바 대치동 학원가. 말로만 듣던 곳이다. 내가 사는 마포에서부
터 그곳까지는 꽤 멀다. 도착해서 보니 학원으로 가는 도로엔 백팩을
멘 아이들이 물결처럼 밀려다닌다. 차도엔 아이들을 내려주거나 태우
는 엄마들이 또 하나의 물결을 이룬다. 여기가 우리나라 맞나? 해외토
픽에서도 화제가 되었다는 말이 실감 날 정도다. 연휴에는 지방에 사
는 학생들이 연휴특강을 들으려 대거 상경한단다. 예전엔 아이들이 이
렇게까지 학원으로 내몰리진 않았다. 그러나 지금은 개천에서 용 난다
는 말은 옛 소리가 되어버리고 '조부모의 재력, 아빠의 무관심, 엄마의
정보력'이 아이 장래를 좌우한다는 말이 우스개 아닌 우스개로 나돌
정도다.

　한창 창창하게 꿈을 키우며 자라야 할 중고등학생들이 중고품처럼
길들여지고 일등만이 존재 가치가 있는 세상을 살아야 하니 어쩌나.
고3 성적이 대학을 결정하고, 그 간판이 평생자격증 노릇을 하고, 그
것은 종종 인격으로까지 규정되기도 한다. 그뿐인가. 대학입학은 끝이
아니다. 대학 캠퍼스의 낭만은 옛말이고 첩첩산중 취업절벽 앞에서 길
찾는 시간을 통과해야 한다. 자본주의 무한경쟁 사회에서 필연적인 생

존법칙이라고 치부한다면 별다른 방도가 없다. 전장의 무사처럼 불굴의 투지로 버티면서 강자로 살아남든지, 아니면 그저 루저로 살아가는 수밖에. 초등학생들마저 자신의 장래 꿈을 '정규직'이라고 말한다는 사회에선 희망은 먹빛이다.

나는 먼발치에서 아이가 학원에 들어가는 뒷모습을 보면서 돌아섰다. 적대적 공생공간에 아이를 밀어 넣은 거다. 공부하다가 힘들면 중간에 나와라, 할머니가 아현역으로 마중 나갈게, 문자 줘, 라는 말을 보태면서. 최선이란 때로 최악이 될 수도 있음을 실감하면서.

산소가 희박한 수족관인 줄 뻔히 알면서도 물고기를 집어넣고 '살아라, 살아라.' 하는 것, 사각의 정글 안에 여린 인자를 지닌 생명을 밀어 넣고 '이겨라, 이겨라.' 하는 것과 진배없다. 아이는 오늘 저녁, 버스와 지하철을 갈아타고 우리 집으로 올 거다. 하룻밤이라도 편히 쉬고 갈 수 있으려나.

메트로 아티스트의 노래도 끝이 났다. 지하철을 탔다. 토요일 오후라서 그런지 꽤 한산하다. 일반석은 젊은이들 자리로 남겨 두고 경로석에 앉는다. 내 왼쪽 옆에 앉은 노인이 어깨에 둘러멘 작은 가방에서 전표를 꺼내 차곡차곡 정리하더니 천 원짜리 지폐를 가지런히 모아서 한 장 한 장 센다. 지하철택배 일을 하는 분인 듯하다. 오른쪽 옆에 앉은 노인은 술에 취해 졸면서 내게 자주 몸을 기댄다. 나는 노래 한 곡을 떠올린다.

"곱고 희던 두 손으로 넥타이를 매어 주던 때/어렴풋이 생각나오 여보 그때를 기억하오/막내아들 대학시험 뜬눈으로 지내던 밤들 어렴풋이 생각나오/세월은 그렇게 흘러 여기까지 왔는데/인생은 그렇게 흘러 황혼에 기우는데"

김광석은 '어느 60대 노부부 이야기'에서 이렇게 노래했다. 내 옆의 노인들은 어떤 길을 걸어왔을까. 긴 생의 주름이 그들의 손등에 고단하게 겹쳐 있다.

지상으로 빠져나온 지하철이 한강을 건넌다. 마주 보이는 창밖으로 시퍼런 강물이 흐르고 하늘엔 잿빛 구름이 뭉텅뭉텅 너울너울 뭉쳤다가 흩어지면서 제 자리를 찾는다. 그 구름 갈피에서 석양이 붉은 숨결을 토해내며 숨바꼭질을 한다. 우리는 지금 모두 어디로 가는 것인가.

철교를 지난 지하철이 정류장에 멈췄다. 영감님 한 분이 타더니 내 맞은편 자리에 앉는다. 손에 비닐봉지를 들었다. 검은 비닐에 뿌리가 묶인 관엽 식물이 큰 이파리 댓 개를 달고 봉지 안에서 삐죽이 고개를 내밀고 있다. 곁자리에 앉아 있던 아주머니가 이파리를 만져보며 조화냐고 말을 건넨다. 마치 오래전부터 알았던 사람이라도 만난 것처럼 스스럼이 없다. 영감님이 답한다. 누가 아파트에 버린 걸 주워서 키웠더니 뿌리를 내려 아들네 집에 갖다 주려 가는 길이란다. 뿌리를 내리게 한 손길도, 다시 일어선 생명도 아름답다.

우리 아이도 험하고 거친 세상에서 저렇게 뿌리내릴 수 있을까. 지하철 예술 무대에서 들은 노래의 후렴 구절이 다시 귓가를 맴돈다.

"일어나 일어나 다시 한번 해보는 거야/일어나 일어나 봄의 새싹들처럼"

그래, 우리 다시 한번 걸어보는 거야. 그 길이 울퉁불퉁한 자갈길이나 뙤약볕 내리쬐는 모래사막일지라도 쓰러지지 말고. 아이야, 너는 혼자가 아니니 힘을 내렴. 우리 다시 함께 기운을 차려보는 거야. 일어나, 봄의 새싹들처럼. 아이들이여, 삶에 지친 군상들이여.

[『그린에세이』, 2018. 1·2월호]

잃다, 그리고 찾다

길을 잃었다. 낯선 이국의 여행지에서.

미국 동부와 캐나다를 열흘간 경유하는 여행은 애초부터 무리였는지 모른다. 그동안 아들과 딸네 가족과 어울려 해외여행을 할 때는 자유여행을 주로 했으니 아이들이 이끄는 대로 쉬엄쉬엄 따르면 되었다. 그러나 남편과 둘이 떠나는 여행은 사정이 달랐다. 행선지를 정하고 이동행로에 맞춰 일일이 숙소를 검색 예약하는 일이 만만치 않았다. 그래서 택한 게 패키지여행이었다. 정해진 시간에 일정을 다 소화해야 하므로 주마간산 격으로 지나치기 쉽지만 안내에 따라 주요 명소를 놓치지 않고 볼 수 있다는 장점도 있다.

인솔자 동반도 필수사항 중 하나로 골랐다. 그런데도 이번 여행은 출발 전부터 자꾸 불안했다. 남편도 나도 체력과 집중력이 예전 같지 않아서다. 장시간 비행과 버스 투어를 감당할 수 있을까. 더구나 수술 후 좋아지긴 했지만 보행이 더딘 남편이 다른 일행과 보폭을 맞출 수 있을까. 이런저런 걱정이 앞섰음에도 길을 나섰다. 차일피일 미룰수록 장거리 여행이 더 힘들어질 것 같았고, 무엇보다도 나이아가라 폭포 관광은 나의 버킷리스트 중 하나였기 때문이다.

함께 여행할 사람들을 만나고 보니 우리 내외가 제일 고령에 속했다. 그래도 뉴욕에서부터 며칠간 우린 종횡무진 씩씩하게 걸었다. 뒤처져 민폐라도 끼치면 어쩌나 싶어 미팅 시간보다 일찍 나가서 기다렸고 가이드 뒤를 제일 앞서 따라다녔다. 나름대로 눈물겨운 투혼을 발휘한 게다. 일행들은 다행히 모두 점잖았고 분위기도 좋았다. 마치 와룡선생 서울 구경하듯 자유의 여신상을 만나고 월스트리트에선 부의 상징인 황소동상의 뿔과 엉덩이도 어루만져보았다. 미국이란 나라의 근본정신과 물질의 욕망을 일별하며 몸으로 느낀 셈이다. 박물관과 미술관을 관람하거나 명소를 중심으로 정치, 경제, 사회, 문화, 역사의 산실을 두루 섭렵하면서 잠시나마 그들의 과거와 현재와 미래의 삶을 조망하고 눈도장도 열심히 찍고 다녔다. 이제 자연과 만날 차례다.

드디어 국경을 넘어 나이아가라 폭포 앞에 섰다. 마치 오랫동안 그리워하던 연인을 만나듯 설렜다. "30초 정도 폭포를 바라보고 있으면 떨어지고 싶은 심정이 생기니 주의해야 한다."라는 안내 문구가 허언은 아닌 듯했다. 신부의 면사포 같다는 미국 쪽 폭포와 말발굽 같다는 캐나다 쪽 폭포, 저 거대한 품에서라면 흔적 없이 사라져도 좋을 것 같았다. 태초부터 시원(始原)이 달랐을 한 방울의 물들이 서로 부딪치고 합쳐지면서 장대한 힘으로 작동하는 웅혼한 물줄기에서 혁명군의 기상이 느껴졌다. 그 아래 웅크린 채 등줄기를 내보이는 바위들은 쉴 새 없이 내리꽂는 물기둥에 시나브로 부서지면서 몸피를 줄여가겠지. 우린 제트보트와 크루즈와 헬기를 번갈아 탑승하고 터널을 통과하고 전망대에도 올랐다. 온몸이 흔들리는 급류의 소용돌이에서 물벼락을 맞으면서, 폭포를 바로 코앞 가까이서 올려다보거나 위에서 멀리 내려다보면서, 땅과 물과 공중에서 다각도로 대자연의 위용을 만끽했다. 낮에는 물안개와 물보라 사이에 걸린 무지개가, 밤에는 오색조명으로 물든 폭포와 불꽃놀이가, 여행객의 감흥을 한껏 돋웠다. 자연과 문명과 인간이 합작으로 변주해낸 판타지다.

그때까지만 해도 여행은 순조로웠다. 그러나 기력은 점점 소진되어 갔다. 일이 터진 건 거의 막바지 여행지인 오저블 케이즘(Ausable Chasm)에서다. "약 2억 년 전에 형성된 협곡으로 미동부의 그랜드 캐니언으로 불리는 곳"이라 했다. 숲으로 들어서면서부터 남편의 발걸음이 점점 느려졌다. 입구와 출구가 다르니 그냥 앉아서 쉬겠다고 할 수도 없었다. 앞에선 가이드가 잰걸음으로 일행을 이끌고 맨 뒤에선 인솔자가 따랐다. 그런데 웬일인가. 한참을 가다 보니 굽은 길에서 일행은 어느새 흔적도 없고 뒤따르던 인솔자도 보이질 않았다. 어디로 가야 하지? 이쪽은 막힌 길 같네. 저쪽인가? 사람들 발자국이 많이 난 듯한 길로 들어서서 걸음을 재촉했다. 농담인지 진담인지 가이드가 버스에서 했던 말이 떠올랐다. "가끔 짐승도 나오니까 개별행동하시면 안 됩니다." 가이드는 짐승을 만나면 절대 등을 보이지 말라며 대처요령까지 일러주었다. 사방을 둘러봐도 인기척이 없다. 고요한 산속에서 들리는 새소리가 평화가 아니라 두려움일 수도 있음을 그제야 깨달았다. 인간의 왜소함이란…. 남편과 나는 더욱 빠르게 앞을 향해 걸었다. 그럴수록 일행과 더 멀어진다는 사실을 그땐 알지 못했다. 숲은 점점 울창해지고 적막도 깊어갔다. 길을 잘못 들었나 보다. 어쩌지. 가이드나 인솔자 전화번호를 적은 종이도 버스의 짐 속에 두고 내렸다. 휴대폰에 진즉 입력해놓았어야 했다. 하긴 통화가 된다 해도 사방이 빽빽한 나무로 둘러싸인 숲에서 현재위치를 정확하게 알려줄 수도 없다. 큰일 났다. 되돌아 나가야 한다. 둘이서 망연자실, 갈팡질팡, 왔던 길을 허겁지겁 되짚으며 걷기 시작했다. 얼마나 걸었을까. 등에선 식은땀이 흘렀다. 그때 어디선가 누군가 부르는 소리가 메아리처럼 들렸다. "선생니~~임, 어디 계셔요~~오~" 나는 있는 힘껏 소리를 지르며 뛰었다. "여기요~~!!"

아, 길을 찾았다. 인솔자가 사색이 다 되어 반겼다. 그녀를 따라 가보니 아까 막힌 길이라 여겼던 곳이 바로 가야 할 길이었다. 눈앞엔 물살이 급한 협곡과 수억 시간의 주름을 켜켜이 단층으로 간직한 절벽이 여봐란듯이 떡 버티고 서 있었다. 난간 사이로 일행들이 보였다. 우리가 숲으로 들어가는 걸 어떤 가족이 먼발치에서 보았고, 금방 나올 줄 알았는데 보이지 않아 인솔자에게 제보를 하고 함께 찾았다 한다. 그 고마움과 미안함이란. 그뿐이겠는가. 휴대폰도 잃었다 찾고 여권이 들어 있는 크로스백도 호텔 방에 두고 나왔다가 버스출발 직전에 겨우 찾았다. 어이없는 실수 연발이었다. 그동안 여행을 꽤 다녔다고 생각했는데 이번엔 결국 나이 든 티를 고스란히 내고야 말았다. 워낙 강행군이기도 했지만 전에 없었던 일이다. 처음부터 왜 그리 불안했는 지 여행이 끝난 뒤에야 확연히 알 수 있었다.

긴 인생길에서도 곁에서 길을 찾아주는 인솔자가 있다면 얼마나 수월할까. 낯선 협곡에서 나를 부르는 소리는 아리아드네의 실이었다. 그러나 인생 협곡에선 미궁에서 빠져나오지 못한 채 생을 마치는 경우도 허다하다. 살다 보면 길을 잃고 헤맬 때가 한두 번이던가. '잃다'와 '찾다' 사이에는 서로 만나기 어려운 간극이 있다. 우리는 물질과 정신 혹은 가시적인 것과 비가시적인 영역에 두루 걸쳐 많은 것을 잃거나 찾으며 살아간다. 돈이든 사람이든 사랑이든 명예든, 그 대상이 무엇이든 간에 '잃다'는 '찾다'라는 필연적 욕구를 부른다. 이번 여행길에선 다행히 길을 찾았지만 '잃다'의 결과가 매번 '찾다'로 이어지는 건 아니다.

이제 여행은 끝났고 나는 다시 일상으로 돌아왔다. 내가 여행길에서 본 협곡의 물결은 돌진하는 소년 시대를 닮았고 나이아가라의 물결은 격동적인 청장년 시대를 닮았다. 그들 물줄기처럼 우리들도 애초 출발지는 다를지라도 '좁은 길, 넓은 길, 막힌 길, 열린 길' 등 수천수만 갈래의 길을 함께 휘돌고 급류를 헤치며, 끝내는 노년의 바다로 나아가며 승천하리라. 앞으로 내게 남은 생이 장거리 여행길일지 단거리 여행길일지 알 수 없다. 그 시간들 속에서 나는 또 얼마나 '잃다'와 '찾다'의 골짜기를 헤맬까. 짧은 여행, 긴 사색. 그 여로에서 꼬리를 남기는 '잃다와 찾다' 같은 사념일랑 아예 저 무념무상의 대해로 흘려보내고 오직 '지금, 여기'의 존재로서 살아 숨 쉬고 있음과 길을 걸어갈 수 있음을 소중히 여겨야 하려나.

[『그린에세이』, 2018. 9·10월호]

한 장 꽃잎처럼

내일은 비가 온단다. 꽃이 만개하여 한바탕 잔치를 치를 때쯤이면 얄궂은 비가 꼭 한 번씩 다녀가신다. 목마른 대지를 축이려고 오실 거라면, 산천초목을 살리려고 오실 거라면, 꽃 얼굴 다치지 않게 살살 내리시게. 꽃 송아리 떨어지지 않게 비바람도 살살 부시게.

시간은 수학 공식처럼 어김없이 봄을 데려다 놓았다. 요즘엔 꽃들도 인간사 흉내를 내려는지 서로 질세라 두서없이 화들짝 얼굴을 내민다. 앞서거니 뒤서거니 핀 꽃들 틈에서 내가 좋아하는 제비꽃도 있는 듯 없는 듯 납작한 키를 발돋움하며 세상 구경을 하고 있다.

'꽃이 피었다.'라는 구절은 짧지만, 단문에는 다 담을 수 없는 장문의 심정이 실린다. 뿌리가 길어 올린 생명의 신비와 환희, 연두와 어우러진 색채들의 향연, …, 더할 것도 덜할 것도 없이 해마다 느끼는 소회지만 봄이 누구에게나 그렇게 찬란하기만 하던가. 개화 뒤에 오는 낙화 또한 당연하지만 당연하지만은 않은 심정을 불러오곤 한다.

오늘은 P를 보러 가기로 한 날이다. 동창 Y와 미리 약속을 해놓은 터였다. 어느 날, 갑자기 쓰러진 동창 P는 초기대응이 늦어져 해를 넘기며 의식을 회복하지 못하고 병상에 누워 있다.

그동안 가끔 문병을 갔으나 쓰러진 이후로는 예전처럼 웃는 얼굴을 보지 못했다. 티끌만치라도 차도가 좀 있으려나, 막연한 기대를 갖고 그녀 곁에 섰다. 봄기운에 온갖 존재들이 기지개를 켜지만 그녀는 여전히 긴 잠에 빠져 있다. 창밖엔 봄꽃이 찬연하건만 보지 못한다. 이름을 불러도 대답하지 못한다.

같은 병동엔 여러 가지 의료 기구를 몸에 단 환자들이 연명의료를 받고 있다. 기적적으로 소생해도 그저 수명 연장에 그칠 뿐 보통의 삶을 누릴 가망이 없어 보인다. 환자 자신은 어떤 것도 결정할 수 없다. 가족들은 1%의 희망이라도 잡으려, 한을 남기지 않으려, 어려운 상황에서도 최선을 다한다. 일찍이 남편과 사별한 P의 모든 간병 부담은 외동딸이 오롯이 감당하고 있다. 딸은 온 힘을 다해 견디는 모습이다.

흔히 백세 시대라고들 한다. 100. 멀다. 아니 빠르다. 인생을 백 권의 책으로 치자면 나는 어느새 예순 권을 훌쩍 넘겨 종심(從心)의 페이지를 넘기고 있다. 가끔 돌부리에 걸려 넘어지거나 진창길을 걷거나 오르막길 내리막길을 지나는 동안 시간이라는 열차가 가파른 인생 고갯길을 허락도 없이 후딱 달려버린 거다. 열차의 운전자는 아마도 운명의 신이리라. 남은 여행 기간이 길 수도 있고 짧을 수도 있다. 병원에 가는 횟수가 잦아지고 벌써 세상을 떠난 친구들도 있다. 죽음을 정면으로 응시해야 할 시간과 가까워진 게 사실이다. 고종명(考終命)의

복을 누릴 수 있다면 더할 나위 없이 좋겠지만 미래의 시간은 불투명하다. 지금까지는 어떻게 하면 참답게 살아갈 수 있을지, '참살이(Well Being)'에 대해 많이 생각해왔다. 그러나 요즘엔 어떻게 해야 인간의 존엄을 잃지 않고 생을 마감할 수 있을지, '참죽음(Well Dying)'에 대해 생각하는 시간이 더 길어졌다.

내 친구 어머니는 젊은 나이에 남편을 잃고 3남 1녀를 훌륭하게 키워냈다. 성정이 깔끔해서 자식들 앞에서도 항상 옷매무시를 단정히 하고 한여름에도 흐트러진 모습을 보이지 않았다. 그러나 연로하여 병고를 겪는 건 누구나 피해갈 수 없는 일. 노환이 깊던 어느 날, 속옷에 변을 묻혔다. 거동이 불편해져 스스로 용변 처리를 할 수 없는 지경에 이르게 되자 곡기를 끊었다. 평생 남편 없이 살면서 몸단속을 목숨처럼 중히 여기던 분이 아랫도리를 남에게 내보인다는 건 용납할 수 없는 치욕이었던 게다. 자식들이 음식을 앞에 놓고 무릎 꿇고 울면서 애원해도 '나는 살 만큼 살았다. 추한 모습 보이며 더 이상 살고 싶지 않다.'며 물 한 모금도 입에 넣지 못하게 했다. 누추한 삶을 용인할 수 없었던 어머니의 의지가 워낙 완강해서 의식이 있는 동안은 자식들도 그 뜻을 거역하기 어려웠다. 그렇다고 그냥 보고 있을 수만도 없는 일이었다. 그분은 혼미를 거듭하며 당신의 뜻을 쉽게 이룰 수는 없었지만 그 자존감은 오래도록 잊히지 않는다.

행복 전도사로 잘 알려진 여성이 불가항력적인 병고와 싸우다가 자발적으로 생을 마감한 일은 매우 충격적이었다. '오죽했으면…'이라는 안타까움이 따랐지만 그것은 그녀가 택할 수 있는 행복의 길이었는지도 모른다. 상상을 초월할 만큼 생의 굴곡이 지난했던 프리다 칼로는 죽음의 순간에 "이 외출이 행복하기를, 그리고 다시 돌아오지 않기를" 바란다고 했다 한다. 삶이 지독하게 고통스러운 사람들에겐 삶은 곧 죽음과도 같은 것이요, 죽음은 곧 새로운 삶의 길일 수 있다. 삶이 숭고하다면 죽음도 숭고하다.

호주의 생태학자 데이비드 구달 박사는 스위스로 떠나 104세의 생을 안락사로 마감했다. 호주와 달리 스위스는 "조력자살을 허용하는 몇 안 되는 국가 중 하나"라고 한다. 시력저하 등 고령으로 인해 "앉아 있는 것 말고 할 게 없었다."라고 할 만큼 삶의 질이 떨어진 그는 베토벤의 '환희의 송가'를 들으며 편안히 눈감을 수 있기를 원했다. 안락사 지원단체인 '엑시트 인터내셔널'과 의료진이 그를 도왔다. 치사량에 해당하는 신경안정제 주사액을 정맥에 주입했는데 그 밸브는 구달 박사 자신이 열었다. 그는 '삶을 끝낼 기회를 얻게 돼 기쁘다. 의료진에 감사한다. 장례식을 치르지 말고, 어떤 추모 행사도 갖지 말며, 시신은 해부용으로 기증하겠다.'는 뜻을 밝힘으로써 여러 사람에게 생각의 여지를 남겼다.

그러한 결단에 반대하는 시선도 없진 않다. 천부 생명을 중시하며 생명 경시 풍조를 우려해서다. 반면에 품위 있는 죽음을 택할 수 있다는 점에 비중을 두어 찬성하는 측도 많다. 우리가 태어날 때 자기 의지대로 온 게 아니니 죽음의 경고와 함께 오는 극한의 고통도 천명이라

감내하며 초연하게 순명하는 것이 인간 자존의 궁극을 실현하는 길일까. 아니면 애초에 무의지로 이 세상에 왔으니까 오히려, 소임을 다하고 마지막 떠나는 여정에서만이라도 평안하고 행복한 길을 택할 권리 정도는 있어야 하는 걸까.

어떤 경우든 자기 결정권은 정신이 맑을 때라야 가능하다. 만일 예측할 수 없는 상황에 맞닥뜨려 자신에게 무슨 일이 일어나는지조차 알 수 없는 처지가 된다면 주체적인 결정은 불가능해진다. 치매 환자도 점점 느는 추세이고 노인에 대한 시선도 '경로(敬老)'는커녕 '혐로(嫌老)'가 신조어로 쓰일 정도로 곱지만은 않다. 장수가 아름다운 축복이 되려면 인위적으로 생물학적인 나이 숫자만 늘리는 '병든 장수'가 아니라 삶의 질도 좋은 '건강한 장수'여야 하리라. 장수를 축복으로만 받아들일 수 없는 이유다.

마지막 순간을 언제 어떻게 맞게 될지 예단할 수 없지만 나는 인위적인 연명의료만큼은 거부하고 싶다. 그렇다면 정신이 온전할 때 내 뜻을 미리 밝혀두는 건 어떨까. 친구 문병을 다녀오던 날, 나는 책상 앞에 앉았다.

"나, 민명자는 연명의료를 거부합니다. 인간 존엄을 지킬 수 없는 생명의 연장은 무의미하다고 생각합니다. 가족들에게도 누를 끼치고 싶지 않습니다."라는 구절을 넣어 나름대로 '연명의료 거부 증서'를 썼다. "혹시 유사시 내 생각을 말할 수 없는 지경에 이르게 되더라도 의료진과 가족들은 내 뜻을 존중하여 연명의료를 하지 말기를 바랍니다."라고 했고, 장기기증 의사도 간곡히 밝혔다. 내 몸의 장기 중 어느 하나라도 타인에게 도움이 될 수 있다면 얼마나 다행한 일인가. 나의 오빠는 시신을 기증하고 먼 길 떠났다. 내 마음도 그리 닿으면 증서를 고쳐 써야 할지도 모른다.

법적 효력 여부는 차치하고 우선 내 의사 표시가 중요한 게다. 예기치 못한 일이 발생하더라도 가족들이 불필요한 죄책감을 느끼지 않고 결정을 쉽게 할 수 있어야 한다.

자필로 쓴 증서에 작성 일자와 이름, 주민등록번호와 주소를 적었다. 서명을 한 후 인감도장도 꾹 눌러 찍었다. 남편과 나, 두 사람 중 누가 먼저 무지개 너머 저세상으로 갈지는 알 수 없으나 우선은 남편에게 맡기는 게 순서일 것 같았다. 증서를 받아 든 남편은 자신이 얼마 전 입원할 때 작성해두었던 유언장과 함께 우리의 서랍에 소중히 간직했다. 나중에 자식들이 쉽게 열어볼 수 있는 서랍이다.

우리 내외는 남은 시간을 조금씩 대비한다. 불필요한 물건 버리기도 그중 하나다. 그러나 끝까지 버리고 싶지 않은 것이 하나 있다. 인간의 존엄성이다. 그렇기에 나는 거부한다. 그 가치를 훼손하는 모든 것을. 그리고 바란다. 끝까지 그 가치를 지키며 살다 갈 수 있기를.

인위적인 의료를 거부하는 것, 그것이 자연의 순리를 따르는 일일지도 모른다. 영원한 안식처로 가는 황톳길, 세상의 짐 주렁주렁 숨 가쁘게 매달지 않고 낙화하듯 가볍게, 가볍게 가고 싶다. 속진(俗塵) 묻히며 무겁게 끌고 다니던 신발도 벗고 맨 발이면 더 좋다. 어느 날 밤자는 듯이, 허공을 날아 땅에 몸을 묻는 한 장 꽃잎처럼 허심하게 훌훌 떠날 수 있다면 더욱 좋으리. 오는 시간 가는 시간 따라 또 한 번의 봄이 왔다가 간다.

[『계간수필』, 2019. 여름호]

너 참 아름답다

그 남자

병실로 들어오는 햇빛에 아직 찬 기운이 묻어 있다. 수술 끝난 지 삼 일째다.

그 남자, 병상 곁에서 자리를 지키는 아내의 얼굴을 바라본다. 20대 초반에 처음 만났을 때, 하도 여리고 애틋해 보여서 평생을 곁에서 지켜주고 싶었다. 그러나 세월이라는 마술사는 청순했던 처녀를 노년의 여인으로 만들었고 이젠 그녀의 보살핌을 받는 처지가 되었다. 피곤한 기색이 역력한 아내를 바라보는 남자의 시선이 애련하다. '이번에 내 수술로 마음고생이 얼마나 컸을까.'

척추가 10여 년 전부터 말썽을 일으켰다. 의사는 수술을 권했지만 처음엔 그냥저냥 견딜 만했다. 그러다 나아지겠지 하는 마음도 없지 않았고 수술에 실패해서 더 고생하는 얘기를 하며 말리는 사람도 많았다. 그동안 이런저런 치료도 받았지만 더는 버틸 수 없는 지경이 되어버렸다. 결국 수술을 결정했다. 그런데 이번엔 심장이 문제였다. 심혈

관 질환으로 스텐트를 두 개나 삽입한 처지라 중층검사와 전신마취의 과부하를 견뎌낼 수 있을지, 담당 의사는 그게 관건이라 했다. 그만큼 위험부담이 따랐다. 제일 마음에 걸리는 건 아내였다. '내가 잘못되면, 내게 모든 걸 의지하며 사는 저 여자를 어쩌나.'

넉넉지 못한 집안의 장남과 결혼해서 고생도 많이 한 아내, 그녀를 위해 할 수 있는 일이 무엇일까. 아들딸이 어련히 잘 알아서 하겠지만 유언장이라도 써서 뒷일을 부탁해야 하지 않을까. 아내가 외출한 틈을 타서 조금씩 썼다. 인터넷에서 작성 양식을 찾아 하나씩 적어 내려갔다. 내용을 적다 보니 그동안 살아온 인생이 숫자로만 환산되는 것 같다. 나름대로 열심히 살았지만 남겨줄 재산이 많지 않다. 그래도 자식들에게 저희 어미를 당부하며 필요한 사항을 꼼꼼히 적었다. 자필 서명을 하고 도장도 꾹 눌러 찍었다.

그런데 아내가 이 사실을 알면 상심이 클 텐데 어쩐다? 만일의 경우를 대비해서 눈에 잘 띄는 곳에 두어야 할 텐데…. 무슨 일이 생기면 입고 간 옷부터 챙기겠지. 남자는 입원하는 날 코트 안주머니에 유언장을 깊숙이 넣고 집을 떠났다.

그 여자

병실로 들어오는 햇빛에 아직 찬 기운이 묻어 있다. 수술 끝난 지 삼 일째다.

그 여자, 남편을 바라본다. 초췌한 모습이 안쓰럽다. 처음 만났을 때, 20대의 청청하던 청년이 노년의 영감으로 병상에 누워 있다. 그동안 갈등도 없지 않았지만 긴 세월 둘이서 참 열심히 살았다. 큰 고비 작은 고비 넘기며 칠 남매 장남 노릇하랴, 처자식 먹여 살리랴, 얼마나 힘이 들었을까. 그래도 제일 위험한 고비는 넘겼으니 한숨 돌려진다. 여러 생각에 잠겨 있는데 남편이 뜬금없이 한 마디 던진다.

"저기…, 내 겉옷 안주머니에 뭐 있으니까 꺼내봐."

"뭔데요?"

"보면 울 텐데…."

남편이 뒷말을 흐린다. 뭘까. 입원실 수납장에서 옷을 꺼내 안주머니에 손을 넣으니 빳빳한 봉투가 잡힌다. 꺼내 보니 유언장이다. 이럴 수가. 겉으론 별다른 기색 없었는데 이렇게까지 착잡했구나. 이제 한시름 놓고 보니 마음의 여유가 좀 생겼나 보다.

수술을 앞둔 며칠 전엔 남편이 예금통장과 문서가 있는 곳을 하나하나 열어 보였다. 여긴 이게 있고, 여긴 이게 있고…. 죽으러 가는 것도 아닌데 뭘 그런 걸 일러주느냐고 퉁명스레 말했지만 내심으론 짠했다. 그때 이미 남편이 마음을 많이 쓰고 있다는 걸 알고 착잡했지만 이 정도일 줄은 몰랐다. '하나에서 열까지, 친구처럼 멘토처럼 기대며 살아왔는데 텅 빈 집에 나 혼자 남는다면? 아니야. 그런 일은 없을 거야.' 남편 걱정에 자신의 걱정까지 얹혔지만 내색하진 않았다.

수술하던 날, 예정보다 한 시간이나 수술이 앞당겨졌다. 남편이 침상에 실려 수술실로 들어가고, 문이 닫히자마자 아들한테서 전화가 왔다. 병실에 도착했는데 두 분 다 안 계시니 어찌 된 일이냐고. 상황을 전해 들은 아들이 부지불식간에 "어, 나, 아버지 얼굴 못 봤는데…."라며 말 끝을 흐렸다. 그 말 한마디에 아들의 모든 마음이 담겼다. 여자는 아무렇지 않은 척했다.

수술 시간이 길어지자 가족과 함께 대기하던 아들이 혼자 슬그머니 밖으로 나갔다. 담배를 피우려는 듯했다. 초조한 빛을 드러내지 않으려 애쓰는 눈치였다. 여자는 그것도 모른 척했다. 알은체하면 아들이 더 마음을 쓸까 봐.

수술이 무사히 끝난 후에야 아들은 그때의 심정을 토로했다. 아버지를 제대로 보지도 못하고 수술이 잘못되면 어쩌나, 자기가 초조한 기색 보이면 엄마가 더 걱정할 텐데 어쩌나 싶어 내색않으려 애썼다고. 가족들은 모두 그렇게 서로 걱정하면서도 아무렇지 않은 척, 전광판 상황을 지켜보면서 수술 시간을 견뎠다.

둘이서

그 남자가 집으로 돌아왔다. 퇴원한 지 석 달이 지났다. '만일'이라는, 오지 않을 일로 불안했던 날들도 가고 대지엔 봄기운이 돈다. 퇴원 후 처음으로 남자가 운전대를 잡았다. 볼일을 잠깐 보고 귀가하는 길에 여자는 일부러 여의도 윤중로 쪽으로 돌아서 가자고 했다. 벚꽃이 피기엔 아직 이르지만 봄을 느껴보고 싶었다.

길 양쪽에 늘어선 벚꽃 가지에선 꽃망울들이 한껏 기지개를 켜고 있었다. 윤중로로 막 들어선 그때, 아, 여자가 가볍게 탄성을 질렀다. 두 사람을 반갑게 맞이하는 귀한 손님이 있어서였다. 자동차 앞 유리로 물결처럼 쫙 흘러드는 봄 햇살, 긴 겨울을 통과하고 찾아온 그 빛이 그리 따뜻하고 찬연할 줄이야. 곁에서 운전하는 남자의 손등을 스치는 햇살, 그의 옆얼굴을 쳐다보며 여자가 말했다. "여보, 고마워요,"라고. '살아줘서'라는 말은 속으로 삼켰다. 만일 수술이 잘못되었다면 이 봄의 햇살을 온전히 누릴 수 있었겠는가. 영문을 모른 채 남자가 되받았다. "뭐가?"라고.

"오 맑은 햇빛 너 참 아름답다. 폭풍우 지난 후 너 더욱 찬란해."

여자는 나직한 목소리로 '오 솔레 미오'를 불렀다. 학창 시절 이 노래를 배울 때는 햇빛이 왜 아름다운지 실감 나지 않았다. 예전엔 미처 못 느꼈던 그 햇빛이 그렇듯 절절하게 와서 닿을 줄이야. 살아 있음이, 둘이, 함께, 다시, 길을 갈 수 있음이 이토록 고마울 줄이야.

생명(生命)은 생(生)의 명(命), 살아보라는 명령이다. 생명은 천명(天命)이다. 찬란한 햇빛이여. 그 빛과 함께 뿌리내리며 생명을 키우는 존재들이여. 이 세상에서 숨 쉬며 살아 움직이는 모든 생명이여. 너 참 아름답다!

[『에세이포레』, 2017. 가을호]

빈 차

저만치서 택시가 온다. '빈 차', 빨간 불이 켜져 있다. 내 마음도 붉게 흔들린다. 무작정 잡아타고 멀리 가고 싶다. 요즘 병통 하나 생겼다. 굳이 말을 만들자면 나만의 '빈 차 증후군'이라고나 할까. 세상이 시끄럽고 마음이 번잡할수록 빈 차의 유혹은 강해진다.

이 증세에는 코로나 팬데믹도 일조한다. 집에 갇혀서 보고픈 이들을 만나지 못하니 답답하기 그지없다. 그러나 꼭 그것 때문만도 아니다. 남편이 수술 후 당분간 자동차 운전을 하지 못하게 된 이유가 더 크다. 이전에는 남편과 어디든 불편하지 않게 다녔다. 그런데 여행은커녕 마음껏 이동하지 못하니 삶의 질이 바닥으로 떨어졌다. 내 운전면허증은 장롱 안에 무용지물로 있다. 20여 년 전 면허를 취득하자마자 가벼운 접촉사고가 나고부터는 운전을 멀리했다. 가뜩이나 기계치인데 겁까지 많은 게 탈이다. 이제 늦은 나이에 새삼 핸들을 잡는 것도 만용일 터, 도리가 없다. 하여, 요즘 생긴 버릇 중 하나가 택시 타고 드라이브를 하는 일이다.

꽃, 말 없는 말

그날, 남편이 낮잠을 청하는 사이 답답함을 달래려 집을 나섰다. 운이 좋아 말이 잘 통하는 기사님과 만나면 금상첨화다. 빈 차가 온다. 손을 흔든다.

"어디로 모실까요?" 대검찰청 쪽으로 돌아서 인사동으로 가달라고 했다. 내가 맘먹은 코스다. 검찰청? 게다가 돌아서? 의아한 눈치다. "화환이 도대체 얼마나 많은지 보고 싶어서요."

네 편 내 편을 떠나 신문이나 텔레비전에서 제대로 알려주지 않는 실상을 내 눈으로 직접 보고 싶었다. 눈치 빠른 기사님이 조심스럽게 먼저 말판을 깐다. 전직 공무원이란다. 시국관이 나와 통한다. 아, 오늘은 말 좀 풀어놓을 수 있겠네. 주거니 받거니, 강변북로를 돌아 반포대교로 접어든다. 차가 좀 밀린들 대수랴. '복잡한 세상아, 너는 너대로 가라. 나는 내 길 따라 흐르련다.'라고 말하는 듯 강물은 무심히 반짝이고 대교 아래쪽엔 세빛둥둥섬이 여봐라는 듯 버티고 서 있다. 처음 세워질 땐 말도 많고 탈도 많았던 곳이다. 아침 해처럼 활기차고 찬란한 채빛, 한낮의 해처럼 높고 사방을 비추는 가빛, 노을 녘 해처럼 아름답고 우아한 솔빛이 모여 세빛이란다. 여기에 아트 갤러리 예빛이 더해졌다. 온 누리가 그렇게 빛으로 찬란하면 좋으련만 세상 기운은 혼탁하다. 강변 주차장에 줄지어 늘어선 자동차들이 장난감처럼 납작 엎드려 있다.

대교 끄트머리에서 '어서 오세요'라는 안내 표지판이 서초구 입성을 알린다. 조금 지나자 내가 한때 열심히 드나들었던 국립 중앙도서관이 보인다. 오랜만에 보니 반갑다. 긴 비탈길을 넘어서자 우측으로 서초 경찰서, 드디어 대검찰청 앞이다. 아, 이럴 수가. 당시 검찰총장을 응원하는 화환 행렬이 예상보다 훨씬 많다. 대검 담장 둘레를 다 채우고 대법원 정문 쪽으로 빙 둘러 늘어선 화환에는 각종 문구가 적힌 리본이 눈길을 끈다. 꽃길 곁에서 자기주장을 담은 현수막을 들고 서 있는 사람들, 마이크를 든 사람들이 군데군데 모여 큰 목소리를 낸다.

"사진 찍으실래요?" 기사님이 창문을 내린다. "아니요." 그냥 보면 된다. 기사님이 말한다. "저 왼쪽 건너로 보이는 건물이 중앙 지검이에요."

지검 건물 담장 둘레에도 화환이 줄지어 있다. 도로 양쪽 주변이 온통 꽃 천지다. 나라 한쪽에서 요동치는 이 민심의 줄기를 어찌 이해해야 옳을까. 기뻐해야 할까. 슬퍼해야 할까. 검찰총장을 몰아내려는 측과 지키려는 측 모두 '정의'를 내세운다. 정의야, 너의 본래 얼굴은 어떤 모습이니. 어디에 있니, 있기나 한 거니? 정의란 녀석이 숨바꼭질 하자고 한다. 마이클 샌델의 '정의란 무엇인가'를 불러와도 정답을 찾긴 어렵고 그 실현은 요원하다.

검찰 동네를 벗어나 인사동으로 향했다. 인사동에 가면 꼭 들르는 곳이 있다. 마음이 헛헛할 때 자주 가는 곳, 얼마 전 타계한 이 여사 집이다. 실은 오늘의 주 목적지도 내심으론 이곳을 꼽은 참이다. 기사님과는 오랜 지기처럼 속을 트고 많은 이야기를 했다. 인사동에 도착하여 요금을 계산하면서 약간의 팁을 얹었다. 한사코 마다한다.

"이건, 제 치유비예요. 오늘 기사님 덕분에 막혔던 속이 뻥 뚫렸어요. 저 치료해주신 약값이니 받으세요." 그 말을 들은 기사님, 웃으며 마지못해 받는다. 웃어서 좋고 받아서 좋다.

이 여사 집 앞에 섰다. 작고 전에 미리 성당에 기부한 집이다. 아직 새 주인을 못 찾은 것 같다. 지난번처럼 2층 창문엔 오래전 커튼이 그대로 걸려 있고 집은 침침하다. '여사님, 저 왔어요.' 부르면 녹색 대문을 열고 나와서 나를 반길 것만 같다. 마당 안에서 주인 없는 정원수들만 밖을 내다보며 서 있고 담장 안에선 목련이 하얀 손을 내민다. 한참 서서 여사와의 지난 일을 회상하다가 돌아선다. 담장 우측으로 돌면 바로 조계사와 통한다.

조계사 경내로 들어서니 주변이 온통 국화로 장식되어 있다. 요즘엔 꽃도 온실에서 피느라 절기를 잊었다. 가을 서리와 친한 꽃으로만 여겼던 국화가 잔뜩 웃으며 얼굴을 내민다. 입구 쪽 부처님 좌상과 그 앞 층층 제단, 작은 연못 금강지 주변 계단과 동자상, 모두 화려하게 노랑 분홍 국화꽃 옷을 입었다. 여기선 '정의'를 말하는 대신 '사랑'이란 글자가 꽃으로 꾸며져 있다. 검찰청 앞 꽃과 사찰의 꽃, 꽃은 다 같은 꽃일진대, 한쪽은 서늘하고 다른 한쪽은 따뜻하다. 아니, 둘 다 그 바탕은 따뜻함인가. 다른 사람들처럼 나도 국화꽃 정경을 사진으로 남긴다. 불자(佛子)도 아닌 내가 애국자라도 되는 양 나라를 위해 합장하며.

조계사에서 나와 인사동 상점가로 들어섰다. 붐비던 외국인들도 거의 찾아보기 어렵다. 군데군데 '폐업 정리'라고 써 붙였거나 아예 문을 닫은 점포들이 거리의 썰렁함을 더한다. 코로나 바이러스가 터트린 직격탄이 위세를 떨치는 현장이다. 총체적 난국이다. 나는 겨우 꽃 몇 송이를 사 들고 집으로 향한다. 이 꽃은 서늘하지도 따뜻하지도 않다. 그저 애처롭고 가엾다. 같은 꽃이건만 어디에 놓이느냐에 따라 의미가 달라진다.

얼마가 지난 후, 이번엔 응원 화환 대신 근조화환이 그 자리를 메웠다. 재직 중인 대법원장을 탄핵하자는 소리를 담았다. 흰 꽃은 서럽겠다. 나도 기쁜 자리에 있고 싶다고. 꽃은 늘 고요한데 세상 사람들이 시류 따라 이리저리 속뜻을 얹어 불러낸다. 꽃은 세상 뜻에 떠밀려 말 없는 말을 한다.

시인과 시장

어느 날, 다시 빈 차를 보며 손을 흔들었다.

"남대문 시장으로 갈 건데요, 남산 쪽으로 돌아서 가주셔요." 기사님이 이해가 안 간다는 듯 되묻는다. "예? 남산으로? 어떻게요?"

내가 사는 마포에서 남대문 시장까지는 버스로 여섯 정거장만 지나면 도착한다. 엎어지면 코 닿을 만큼 가까운 거리다. 그런데 남산 쪽으로 돌아서 가자 하니 의아할 만도 하다. 시장에 특별히 살 게 있어서 나선 것도 아니다.

"숭례문 쪽에서 남산으로 돌아서 가주시면 돼요. 드라이브하려고요." 기사님이 되묻는다. "아, 예, 그럼 남산으로 해서 장충동으로 빠지면 될까요?"

조금 지나자 기사님이 말을 건넨다. "글 쓰시는 분이세요?" 나는 그저 '예'도 아니고 '아니요'도 아닌, 반문으로 답했다. "그렇게 보이세요?" 드라이브라는 내 말이 철없이 나이 든 감상적 글쟁이쯤으로 비친 건 아닐까. "말씀하시는 거 몇 마디 들어보면 알아요." 그러면서 기사님이 먼저 신상을 푼다. 명문 S대 국문학과를 나와 30여 년 동안 국어 교사로 봉직했다며 요즘 학교 교육에 대한 우려를 표한다.

택시를 자주 이용하다 보니 풍속도가 달라진 걸 느낀다. 우선 기사님들 연치가 높아졌다. 예순 정도면 젊은 층에 속하고 일흔쯤은 보통이다. 전직도 화려하다. 대기업 임직원, 공무원, 교사 등으로 근무하다가 정년 퇴임한 분들이 많다. 한결같이 늦은 나이에 일할 수 있어서 감사하다고 말한다. 운전석 옆자리에 손님이 앉는 건 달가워하지 않는다. 코로나 바이러스 탓이다. 정치 얘기는 가능한 한 피한다는 게 또한 묵계다. 가는 내내 말 한마디 안 하는 분도 있지만 대부분 친절하여 가벼운 대화가 오간다. 얼마 전엔 자수공장을 경영하다가 장사가 안되어 폐업하고 택시 운전을 한 지 13일째 되었다는 분도 만났다. 말하자면 빈 차는 나와 기사님이 고픈 말을 푸는 수다방이고 사랑방이다.

말이 통한다고 느꼈는지 기사님이 어느새 신바람이 났다. 늦깎이 시인으로 등단도 했다며 자작시 몇 구절을 읊는다. 고향과 어머니에 대한 그리움을 읊은 시였다. 필명도 알려주었다. 기사님, 아니 박 시인은 신석정 시인의 시를 좋아한다며 학생들에게도 자주 읊어주었다는 시를 술술 낭송한다. 「아직 촛불을 켤 때가 아닙니다」, 꽤 긴 시인데 암기력이 대단하다. 원체 잘 알려진 시라서 나도 몇 구절은 기억하고 있었고, 집에 마침 신석정 시인의 시집도 있기에 더 반가웠다.

"저 재를 넘어가는 저녁해의 엷은 광선들이 섭섭해합니다./어머니 아직 촛불을 켜지 말으세요/그리고 나의 작은 명상의 새새끼들이/지금도 저 푸른 하늘에서 날고 있지 않습니까?"

너무 익숙해서 그 존재조차 잠시 잊었던 시의 일부다. 빈 차는 바로 문학판이 되었다. 흔치 않은 일이니 횡재한 기분이다. 시인 기사님 덕분에 나는 오랜만에 여고 시절로 돌아갈 수 있었다. 기사님은 어머니의 촛불과 민중의 촛불도 이야기했다.

남산 둘레를 넘노라니 오른쪽으로 후암동이 전경을 드러냈다. 상전벽해, 한눈에 보아도 구옥은 거의 보이지 않고 우뚝우뚝 치솟은 빌딩들이 겨울 풍경 속에 스쳐 지나간다.

남대문 시장 앞이다. 문학 얘기를 나누며 몇 바퀴 더 빙빙 돌고 싶지만 아쉬움을 접는다. 차에서 내려 내가 자주 다니던 C 플라자 쪽으로 발걸음을 옮겼다. 그런데 이게 웬일인가. 지하상가엘 들어서니 분위기가 어수선하다. 매대엔 옷이 담긴 듯한 상자들이 여기저기 쌓여 있거나, 아예 커튼을 내린 점포도 있다. 재건축이 예정되어 연말이면 영업을 종료한단다. 12월도 중순을 넘겼으니 며칠 남지 않았다. 나는 서울

토박이라서 남대문 시장을 내 집처럼 드나든다. 칸칸이 이어진 점포 사이 통로를 오가며 물건 고르는 맛도 쏠쏠했다. 특히 그곳엔 단골집도 있었다. 그곳 점포 주인 중엔 남성이 단 한 명도 없다. 모두 생활전선에서 뛰는 여성들이다. 일터를 잃은 그들은 이제 어디 가서 무엇을 할까. 쉬어가는 기회로 삼는 이도 있을 테고, 생계 위협을 받는 이도 있지 않을까 싶다.

물건값이 턱없이 쌌다. 몇십만 원에 팔던 코트를 몇만 원에 가져가란다. 단돈 몇 푼이라도 건져야 한다는 절박함이 보인다. 유통과정을 다 알 수야 없지만 안 팔리면 다 헐값으로 폐기 처분될지도 모른다. 그렇게 값이 싼 데도 마냥 기쁘지만은 않았다. 그래도 단 한 벌이라도 팔아주는 게 그들을 돕는 것인가. 어쭙잖은 연민은 결례가 될지도 모른다. 이참에 연말 선물을 하는 건 어떨까. 옷 몇 벌을 골랐다.

시인 기사님과 시장 여인들의 얼굴이 겹쳤다. 시도 읽고 옷도 입어야 하듯, 정신도 채우고 물질도 채워야 헐벗은 삶을 면할 수 있다. 그런데 시를 배불리 먹은 날, 옷을 싸게 사고도 배가 고팠던 날, 그 허기의 정체는 무엇일까. 마음의 촛불 하나 켜본다. 그녀들도 가슴 깊이 촛불 하나씩 밝히고 있진 않을까.

남산에서 한강으로

이제 기사님과 즐기던 낭만의 드라이브도 끝내야 하려나. 다행히도 남편이 다시 핸들을 잡게 된 거다. 좋든 싫든 남편과 함께 다니면 된다.

대통령 선거가 끝난 주말, 남편과 남산을 거쳐 한강엘 다녀왔다. 시인 기사님과 둘레만 스쳐 지나갔던 남산, 그 꼭대기엘 다시 가보고 싶었다. 십여 년 만이다. 집에서 타워가 보여도, 멀리서 바라만 보며 무심히 지내던 참이었다. 세상 풍경이 얼마나 달라졌을까.

오랜만에 케이블카를 탔다. 크고 작은 나무들이 몸을 드러낸다. 케이블카에서 내려 계단을 조금 걸어 올라가니 팔각정이다. 팔각 광장 전망대에서 아래를 내려다본다. 오른쪽부터 차례로 수락산과 도봉산 주봉이 보이고 가운데에 북악산이 우뚝 서 있다. 그 산을 병풍 삼아 자리 잡은 청와대도 보인다. 저 푸른 기와집은 이제 새 주인을 맞게 되었다. 인간사 새옹지마, 우여곡절 많았던 검찰총장이 5월이면 새로운 대통령으로 취임한다.

팔각 광장엔 봉수대도 있다. 갑오경장 이전까지만 해도 나라에 변고가 있을 때, 낮에는 연기로 밤에는 횃불로 신호를 보냈다던 곳이다. 광화문 광장의 촛불이든 봉수대의 횃불이든 위기의 신호라면 타오를 일이 없을수록 좋다. 요즘 경상도와 강원도 일대를 휩쓰는 산불도 걱정이다. 봄비가 내려 화마를 빨리 다스리면 좋겠다.

팔각 광장을 지나 타워로 오르는 고속승강기를 탔다. 맨 꼭대기까지 불과 30초 만에 데려다 놓는다. 사방을 천천히 돌며 서울 시내를 내려다본다. 에펠탑이든 남산 타워든 발아래 보이는 풍경은 서로 다를지언정 인간이 얼마나 왜소한 존재인지를 보여준다는 점에서는 같다. 내가 사는 동네도 눈대중으로 찾아본다. 세상사 별것 아니다. 오글보글, 속

시끄러울 땐 이 타워를 한 번쯤 생각해보는 것도 좋을 것 같다. 더 높은 곳에서 침묵하며 내려다보는 하늘이 있음을 잊지 말아야 할 게다.

남산에서 내려오는 길에 한강 공원엘 들렀다. 주차장에 차를 대고 대교 사이를 왕복해서 걸으면 몇천 보는 거뜬히 채운다. 강가엔 우리처럼 걷기 운동을 하는 이들이 많다. 자전거를 타고 달리거나 킥보드를 타며 재주를 부리는 젊은이들도 있다.

강물 위에선 수상 스키랑 모터보트를 즐기는 사람들이 물살을 가르고 가마우지 떼가 먹이 찾아 강물 위를 선회한다. 예전에 중국 여행길에서 가마우지 낚시를 본 적이 있다. 목에 줄이 매인 가마우지는 물고기를 잡아도 제 맘대로 삼키지 못하고 어부 앞에 뱉어놓아야 한다. 어부가 목 끈을 풀어주어야 제 먹이가 된다. 그때 안쓰럽던 장면이 아직도 생생하다. 기껏 일하고도 강자에게 제 몫을 내주거나, 약자의 몫으로 제 배를 불리는 강자가 이쁘겠는가. 한강의 가마우지는 자유로워서 좋다.

하늘에는 가오리연, 방패연이 높이 치솟았다가 곤두박질치기도 한다. 연 날리는 아빠 옆에서 댓 살짜리 꼬마 아이가 강중강중 뛰기도 한다. 나뭇가지에 연 하나가 걸려 있다. 새의 둥지를 품은 나무들이 군데군데 서 있다. 두세 채 합한 것처럼 큰 집도 있고 아담하고 작은 집도 있다. 능력 따라서 지었나, 식구 수에 맞춰 지었나. 새들 세상엔 빈부격차 같은 건 없겠지. 짓다 만 집 하나도 눈에 띈다. "집을 왜,

짓다 말았지?" 내 말에 남편이 능청을 떤다. "으응, 이혼한 거야." 어이가 없다. 새들은 알 낳고 새끼 품으려고 집을 짓는데 집짓기를 그만 둔 거 보면 서로 의견이 안 맞아서 관뒀을 거란다. 믿어야 할지, 말아야 할지, 그걸 어떻게 아느냐고 했더니 자기 조상이 새라서 잘 안다나? 때맞춰 까치 두 마리가 유난히 시끄럽게 나뭇가지 사이를 오간다. "쟤들은 왜 저렇게 떠드는 거야" 혼잣말에 남편이 또 거든다. "궁금하면 전화해봐." 그래 볼까? 사랑싸움인지 영역 다툼인지 노래를 하는 건지 알 수 없지만, 까치한테 전화를 걸어본다. '얘들아, 짧은 세상, 싸우지들 말고 정답게 살아라~~' 까치가 알아들었다는 듯 고개를 까딱까딱한다. 허공에서 새들이 내려다보는 인간 세상은 어떤 모양새일까.

세상사가 한참 시끄러웠다. 한강에 나온 시민들은 각자 자기방식대로 자유를 즐기고 있었다. 우리 내외는 객설로 하루를 보냈다. 가끔은 일상을 느슨하게 풀어놓는 것도 나쁘지 않다. 한강에서 남산 타워를 다시 본다. 남산 타워는 굳건히 서서 한강을 지켜보고 있다. 강물이 역류하지 않듯, 시간도 역사도 거슬러 흐르지 않는다. 이제 뒤숭숭하던 대선도 끝이 났다. 하천의 지류가 합쳐 강물이 되고, 강물이 흘러 바다로 가듯, 갈래갈래 흩어진 민심도 한 줄기로 모여 도도한 역사의 물결 따라 나아가야 한다.

'빈 차'에는 서로 생각이 다른 사람들이 수없이 타고 내린다. 승객이 그 누구든 기사님의 주된 임무는 목적지까지 안전하게 운행하는 거다. 배의 선장도 마찬가지다. 거친 바다를 항해하는 동안 승객을 파도로부터 지켜낼 의무가 있다. 그런 점에서는 국가도 빈 차나 함선을 닮았다. 나라의 지도자는 갈라진 중지(衆志)를 한데 모으고 국민이 평안한 삶을 누릴 수 있도록 나라를 바르게 이끌어가야 할 책무가 있다. 가정이든 국가든 핸들을 잡은 이에 따라 운명이 좌우된다. 대한민국호가 격랑을 헤치고 순항할 수 있기를, 두 손 모아본다.

한강 공원을 돌아 나오는데 나무 한 그루가 발길을 잡는다. 눈에 띌 듯 말 듯, 나뭇가지에 빨간 점 같은 작은 망울들이 오톨도톨 솟아 있다. 가까이서 보니 홍매화 나무의 꽃눈이다. 가슴이 띈다. 오, 봄, 너로구나. 혹독한 겨울 길을 소리 없이 달려서 예까지 왔구나. 어서 오너라. 매화, 너도 어서 피어나 온 천지에 향기 가득 뿌려다오.

[『수필시대』, 2022. 여름호]

아침 별곡(別曲)

동이 트기 전, 산책길에 나선다. 아파트 단지가 꽤 큰 편이어서 이리 저리 돌다 보면 제법 운동이 된다. 사잇길엔 숲길과 화단도 조성되어 있다. 예쁜 명칭이 적힌 팻말을 달고 기다리는 무지개 정원, 야생초 화원, 별빛 언덕, 스토리텔링 길을 지나 하늘공원 구름다리까지 오가 며 온갖 나무랑 풀꽃을 만나는 것도 산책길에서 누리는 기쁨의 하나 다.

아파트 정문을 나서면서 두 팔을 뒤로 활짝 젖히고 큰 숨을 들이마 신다. 한 줄기 바람이 폐부 깊숙이 스며 살아 있음의 환희를 일깨운다. 나, 살아 있어요. 매미들이 기다렸다는 듯 사방에서 일제히 함성을 터 뜨린다. 냉방을 하고 창문 꼭꼭 닫고 사는 고층에는 미처 닿지 않던 소리다. 내 귀에는 "밈밈밈밈 미~~임" "위위위위 위~~임"으로도 들 리는 저 소리, 수컷들이 간절하게 짝을 찾는 구애의 신호다. 허공 한쪽 에선 비둘기가 "꾸우 꾸우 꾸꾸", 까치는 "깍 깍 까깍깍", 까마귀는 "꺼억 꺽꺽" 소리친다. 새들이 외치는 청음이나 탁음, 장단음이나 고

저음에는 나름대로 운율이 있다. 저들끼리 통하는 대화다. 내가 비둘기 소리를 흉내 내며 걸으니 함께 걷던 남편이 우스갯소리를 보탠다. "비둘기가 지금 뭐라고 그러는지 알아? 맹자야, 이리와~. 나랑 노~올자~~, 그러는 거야." 남편은 가끔 짓궂게 내 이름 명자를 맹자라고 바꿔 부른다. 게다가 한술 더 떠 까치는 "까치 까치" 울고, 까마귀는 "까막 까막" 운다나. 세상 소리 각양각색, 듣는 귀도 제각각. 생명 있는 존재들을 깨우는 아침은 소리로 열린다.

어둠이 채 걷히지 않은 거리를 가로등이 훤히 비춘다. 인공의 빛이 명멸하는 도심에선 하늘의 달이 제빛을 잃는다. 길바닥엔 밤새 제집 떠난 지렁이들이 더위에 말라죽은 채 널브러져 있다. 온몸에 마른 흙을 잔뜩 묻혔다. 몸부림의 흔적이다. 죽을 길인 줄 모르고 살길 찾아 나선 건가. 에쿠, 깜짝이야. 남편이 갑자기 발길을 멈춘다. 유달리 길고 살진 지렁이 한 마리가 바로 발 앞에 있다. 하마터면 밟을 뻔했다. 툭, 건드려본다. 꿈틀, 살아 있다. 길가 풀숲으로 옮겨준다. 이른바 토룡 구출 작전이다. 금방 사위어갈 목숨일망정 발길에 밟히지는 말거라. 이미 숨끊어진 지렁이도 차마 밟기 애처로운데 하물며 살아 있는 목숨이거늘.

얼마 전만 해도 가로수에서 낙화한 벚꽃과 농익은 버찌가 차례로 속절없이 떨어져 길을 메우더니 이젠 지렁이가 그 자리를 대신한다. 버찌가 길바닥을 검게 물들이던 그 날의 광경은 아직도 잊히질 않는다. 짹짹 소리가 유별나다 싶어 위를 올려다보니 참새 두 마리가 나뭇가지에서 낯선 광경을 연출하고 있었다. 부리를 한껏 벌린 새끼 참새에게 어미 참새가 버찌 한 알을 넣었다 뺐다 반복한다. 왜 저러지, 목에 걸릴까 봐 제대로 넘길 준비를 시키는 걸까. 그렇게 댓 번을 거듭하던 어미 새가 드디어 새끼에게 버찌를 먹이고는 후루룩 날았다. 다시 먹이를 찾아 나서는 모양새다. 뭇발길에 밟히는 열매는 다시 나무로 태어나지 못하고 지렁이도 매한가지로 가뭇없이 스러지고 만다. 그런데 이게 웬일, 이번엔 비둘기 떼가 길을 나섰다. 2차선 도로를 뒤뚱뒤뚱 가로지른다. 차량 통행이 뜸한 시간이라는 걸 알기라도 한 걸까. 차선 같은 건 아랑곳할 바 아니다. 하나, 둘, 셋, 넷, 다섯, … , 어린 새 서너 마리까지, 모두 열세 마리다. 대가족의 이동이다. 길은, 바닥은, 쓰러지거나 일어서는 존재의 생멸을 품고 아침은 그 길에 나이테를 더해간다.

길 건너편엔 배롱나무가 온통 붉다. 꽃송이를 제힘에 겨울 만큼 잔뜩 달고 바람에 잔가지를 흔든다. 한낮엔 그늘도 만들어줄 만큼 키가 크고 품이 넓다. 그 꽃길 지나 야생초 화원에선 진홍과 흰색 가우라 꽃이 한창이다. 가녀린 가지에 나비 같은 별 같은 꽃송이를 달고 숨은 듯 홀로 피어 있는 자태는 수줍은 처녀처럼 순박하고, 여럿이 모여 바람에 살랑이는 꽃 무리의 몸짓은 군무라도 추듯 화사하다. 나팔꽃이나 무궁화 앞을 지날 때면 노랫말이 저절로 흥얼거려진다. "아침에 피었다가 저녁에 지고 마는/나팔꽃보다 짧은 사랑아" "무궁화 꽃으로 피었네/이 말을 전하려 피었네/포기하면 안 된다/눈물 없인 피지 않는다."

어릴 적엔 나팔꽃 핀 울타리 옆에서 또래들과 어울려 "무궁화 무궁화 우리나라 꽃"을 큰소리로 노래하거나 '무궁화 꽃이 피었습니다' 놀이도 했다. 꽃봉오리 같던 그 시절 꿈결처럼 흘러가고 숲속의 꽃들은 여전히 소리 없는 함성으로 망울을 터뜨린다. 덩굴로 기대어 짧은 시간 피었다 지는 나팔꽃이든, 꼿꼿이 홀로 서서 긴 시간 제모습 지키는 무궁화든, 자연엔 카이로스의 시간 같은 건 없다. 그저 섭리 따라 순명할 뿐이다.

이른 아침 산책길엔 운동복 차림에 양팔을 앞뒤로 흔들며 걷는 젊은 이들도 간혹 눈에 띄지만 대부분 노년층이다. 지팡이나 보행 보조기에 의지하거나 반려견과 함께 걷는 이도 있다. 영감님 한 분은 지팡이를 겨드랑이에 끼고 아기가 걸음마를 배우듯 뒤뚝뒤뚝, 구름다리를 왕복하며 걷기 연습을 하신다. 자녀가 공원까지 자동차로 모셔오고 모셔간다.

새벽 배송을 하는 차량이 뜸해질 즈음이면 길가의 가로등이 일제히 꺼지고 아파트 건물 사이에서 붉은 태양이 얼굴을 내민다. 그때쯤엔 가방을 메거나 정장을 하고 출근 차림을 한 사람들이 많아진다. 아파트 창에 반사되는 빛이 찬연하다. 간밤의 어두운 생각일랑 멀리 밀어내고 희망으로 온 누리 비추거라. 밤이 슬그머니 뒤로 숨고 낮이 세상을 지배할 시간, 하루를 온전히 살기 위해 심호흡을 하고 신발 끈을 동여맬 시간, 아침은 그 시공간의 초입에서 만상을 맞이하려 하늘을 활짝 열고 기다린다.

*

"워~메, 오늘 아침엔 매미가 안 우네. 갸들이 모두 떠나버렸는갑네."

별빛 언덕길로 할머니 두 분이 올라오신다. 두 분 다 지팡이를 짚으셨다. 큰 소리로 주거니 받거니 하는 소리가 다 들린다.

"그 대신 귀뚜리가 울잖여~! 떠나는 게 있으면 오는 게 있제. 세월이 그렇게 가는 기여~."

철학자가 따로 있나. 인생 연륜이 철학을 낳는다. 그 곁을 스쳐 지나며 나도 동감한다는 뜻으로 고개를 끄떡, 눈웃음을 보낸다. 할머니도 반갑다는 듯, 따라 웃으신다. 산책길에서는 처음 만나는 사람들도 오랜 이웃처럼 친근하다. "안녕하세요" 인사를 건네거나 지나가는 반려견에 손을 흔들어주는 이도 있다.

운동기구가 놓인 쉼터에서 영감님 몇 분이 나누는 소리도 들린다. 나이 들면 귀가 어두워져 목소리도 자연히 커지나 보다.

"오래 살려고 운동 나오는 거 아냐. 언제 죽을진 몰라도 살아 있는 동안이나 건강하게 살다 가려고 나오는 거지."

우연히 들은 노변 철학이 생의 연민을 남긴다. 쉼터 둘레엔 치매 예방 수칙과 자가진단 체크리스트가 자세하게 적힌 팻말이 세워져 있다. 그 옆에서 길고양이 한 마리가 웅크리고 앉아 오가는 사람들을 빤히 쳐다본다. 네가 인간 생사고락을 어찌 알겠니.

스토리텔링 길가 나무 밑에선 할머니 한 분이 열매 하나를 놓고 양쪽 발로 비비며 껍질을 벗기신다.

"그게 뭐예요?"

"마로니에 열매예요. 먹진 못해요. 씨나 갖다 심으려구요."

궁금증에 그냥 지나치지 못하고 묻는 내게 할머니가 친절히 답하신다. 그러고 보니 나무에서 떨어진 열매 몇 개가 땅에 흩어져 있다. 그동안 무심히 지나쳤었다. 마로니에라는 단어가 대학로 마로니에 공원에서 젊음의 낭만을 즐기던 한때를 아련히 불러온다. 다른 한쪽에선 모과와 감이 열심히 열매를 익히고, 천년을 산다는 느티나무와 반송, 계수나무와 연리목이 어우러져 세상 이야기를 엮어간다. 소금 바람에도 잘 견딘다는 제주 팽나무는 타향에서도 뿌리 잘 내리고 늠름하게 서 있다.

불과 며칠 사이에 기온이 갑자기 뚝 떨어졌다. 뜨거운 여름이 있기나 했냐는 듯 가을이 불시에 찾아왔다. 숲길 둘레 어린나무에서 여름내 웃자란 가지들이 전정 작업으로 여지없이 잘려 나가고, 한때 눈을 호강시켰던 야생화도 거의 모두 베어지고 말았다. 야생화 대신 키 작은 황국화 모종이 나란히 심어져 올망졸망 꽃을 피우더니 이젠 그마저도 시들어 빛을 잃어간다.

이른 아침엔 제법 한기가 느껴진다. 한여름엔 멀리했던 햇볕과 친해져야 할 때다. 산책 시간을 동이 튼 후로 늦추었다. '가을은 모든 나뭇잎이 꽃이 되는 제2의 봄'이라 했던가. 구름다리 위에서 내려다보니 노랑 빨강 옷을 입은 나무들이 가을 채색화 여러 폭을 그려낸다. 단풍

놀이하려 굳이 멀리까지 가지 않아도 되겠다. 무엇이든 멀리서 찾으려 애쓸 것 없다. 어디서든 내가 살아 서 있는 '지금, 여기'가 바로 꽃자리다.

봄 여름 지나며 벚꽃과 지렁이가 밟히던 길바닥엔 바람에 떠밀려 허공을 맴돌던 낙엽이 지천으로 밟힌다. 잠시 벤치에 앉아 꽃처럼 떨어지는 낙엽을 가을 편지인 양 받아 본다. 하필 벌레 먹은 이파리다. 꽃은 가까이서 보아야 아름답고 낙엽은 멀리서 보아야 아름답다. "낙엽이 우수수 떨어질 때 겨울의 기나긴 밤 어머님하고 둘이 앉아 옛이야기 들어라." 때마침 어떤 이가 휴대전화 볼륨을 한껏 높이고 노래를 들으며 지나간다. 그도 늦가을 정취에 빠진 걸까. 이제 머지않아 잔설이 대지를 적시겠지. 내 어머니는 이미 오래전에 먼 길 떠나 곁에 안 계시는데 누구에게 옛이야길 들어야 하나.

아침은 자연 사계 따라 인생 사계 따라 중모리, 중중모리, 휘모리 가락을 풀어 놓는다. 아침이 내게 말한다. '무얼 더 바라느냐. 네가 날마다 아침을 만날 수 있음을, 새롭게 하루를 열 수 있음을 기뻐하라. 두 다리로 걸을 수 있음을, 산책자로 즐길 수 있음을 감사하라.'

[『수필과 비평』, 2021. 12월호]

삶의 꽃송이들

이 지 수

> 운명은 이리 오라 한다고 오거나 저리 가라 한다고 가지 않는다. '하
> 필'이란 괴물 앞에서 우리는 참으로 무기력하지만 산 자들은 '아직'이라
> 는 희미한 출구를 찾으며 하루하루 고단한 삶을 버텨낸다. 아직은 절
> 망에서 빛을 건져 올리는 언어다. 아직은 희망의 언어다. 아직은 미완
> 의 세계가 완성으로 나아갈 수 있는 가능성의 언어다. 아직은 미래의
> 언어다. 아직은 살아 있음의 언어다.
>
> ― 「하필과 아직」에서

외할머니의 수필 「하필과 아직」의 한 구절이다. 내가 힘이 들 때면
자주 보는 구절이기도 하다. 외가에 갈 때면 할머니는 책에 발표된 작
품을 읽어주거나 책을 건네주시곤 한다. 할머니도 나도, 어쩌면 우리
는 모두 '아직'이란 단어가 있어 희망을 얻고 살아가는지도 모르겠다.

할머니가 이번에 새로운 수필집을 내신다는 소식을 듣고 무척 기뻤
다. 내 마음을 꼭 쓰고 싶었다.

내가 어릴 적, 동생이 태어난 후 외가에서 지낸 적이 있다. 그때 할

머니는 나를 등에 업고 노래를 자주 들려주셨다. 신나는 노래와 슬픈 노래를 일부러 번갈아 들려주었는데, 그때 나는 신나는 노래를 들으면 그 박자에 맞춰 등에서 펄쩍펄쩍 춤을 추고, 슬픈 노래를 들으면 '으으응' 하면서 금방 울 것처럼 슬픈 표정을 지었단다. 그래서인지, 내가 언제든 마음 터놓고 말을 할 수 있는 분이 나의 할머니, 바로 이 책의 작가님이시다.

외가는 나에게 제2의 고향과 같은 곳이다. 할머니는 나를 늘 따뜻하게 품어주고 위안을 주신다. 나는 이런저런 속 이야기도 많이 하며 할머니를 비밀 친구처럼 섬긴다. 대학 진학 문제로 고민이 깊을 때도 나는 무거운 가방을 메고 외가로 갔다. 그만큼 나는 할머니에게 많이 의지하며 인생길을 묻는다.

할머니와 종종 전화하면서 여러 대화를 나누는데, 그중에서 내가 제일 재밌어하는 건 할머니와 할아버지의 일상에 관한 이야기이다. 두 분이 살아가시는 모습을 들으며 보노라면, 할머니는 꼭 구성지게 가락을 뽑으며 이야기를 이끌어나가는 판소리꾼 같고, 할아버지는 그에 맞춰 장단을 쿵짝 쳐주는 고수 같다. 맞다, 두 분은 천생연분이다.

나는 할머니의 삶과 글을 사랑하고 존경한다. 「맏며느리 사직서」나 「울기 좋은 곳」에서와 같은 시간을 지나왔지만 아직 순수를 간직하신다.

할머니는 평소 집에서 화초도 여러 가지 키우고, 꽃을 선물 받으면 잘 말려서 보관해둘 정도로 꽃을 좋아하신다. 산책길 나무에서 금방 떨어진 꽃이나 아파트 조경으로 잘려나간 가지에 달린 꽃들도 주워 말리신다. 가끔 예쁘게 핀 꽃 한두 송이가 탐나도 차마 따지 못하고 주위 눈치를 살피는 할머니 모습을 볼 때면 할아버지는 '꽃 도둑' 되고 싶으냐며 놀리신다.

언젠가 할머니 댁에 갔을 때, 두꺼운 종이책 사이에 하나씩 살포시 끼워 정성스레 말린 꽃들을 보여주셨다. 그 꽃들은 마른 탓에 색이 살짝 바랬지만, 어디 하나 찢어지고 부서진 모양 없이 정말 애정이 가득하지 않고서야 이렇게 잘 보관할 수가 없다는 생각이 들게끔 예뻤다.

할머니는 내게 책갈피를 만들어주겠다며 꽃 몇 개를 추리고 노오란 한지에 꽃잎을 붙이고 붓펜으로 '盡人事待天命(진인사대천명)'이라고 써서 곱게 코팅을 하여 주셨다. 나는 그 책갈피를 장지갑 안쪽에 부적처럼 소중히 지니고 다닌다. 할머니는 이렇게 사소한 것도 따뜻하고 맑은 시선으로 바라보고, 애정을 가득 담아 대하는, 소녀 같으신 분이다. 버릇없는 말이 허락된다면 '귀여우시기도 한' 분이다.

이 책 또한 할머니가 그간 보고, 듣고, 겪으신 삶의 꽃송이들이다. 종이책 사이에 꽃잎을 하나둘 곱게 말려서 나에게 만들어준 책갈피처럼 삶의 갈피를 하나둘 엄선하여 엮어내신 애정의 산물과 같은 책이다.

내가 지치고 힘들 때 책갈피를 보며 따뜻한 마음으로 다시 일어나는 것처럼, 이 책이 독자들께도 공감을 불러올 수 있으면 좋겠다는 작은 바람이 있다. 이제 할머니가 쓰신 문장을 다시 읽으며 부족한 내 글을 마무리해야 할 것 같다. 끝까지 읽어주셔서 감사하다는 말씀을 드린다.

생명(生命)은 생(生)의 명(命), 살아보라는 명령이다. 생명은 천명(天命)이다. 찬란한 햇빛이여. 그 빛과 함께 뿌리내리며 생명을 키우는 존재들이여. 이 세상에서 숨 쉬며 살아 움직이는 모든 생명이여. 너 참 아름답다!

— 「너 참 아름답다」에서

민 명 자 에 세 이 집

가면과
거울의
이중주

민 명 자 에 세 이 집

가면과
거울의
이중주